OS SEGREDOS DE
WINTERCRAFT

OS SEGREDOS DE WINTERCRAFT

GUARDIÕES SOMBRIOS

JENNA BURTENSHAW

TRADUÇÃO DE
DILMA MACHADO

ROCCO
JOVENS LEITORES

Título original
WINTERCRAFT: BLACKWATCH

Copyright © 2011 *by* Jenna Burtenshaw

O direito de Jenna Burtenshaw de ser identificada
como autora desta obra foi assegurado por ela em
conformidade com o *Copyright, Designs and Patents Act* 1988.

Primeira publicação na Grã-Bretanha em 2011 pela
Headline Publishing Group.

Todos os direitos reservados. Nenhuma parte desta obra
pode ser reproduzida ou transmitida por qualquer forma ou
meio eletrônico ou mecânico, inclusive fotocópia, gravação ou sistema
de armazenagem e recuperação de informação, sem a permissão escrita do editor.

Todos os personagens deste livro são fictícios e qualquer
semelhança com pessoas reais, vivas ou não, é mera coincidência.

Direitos para a língua portuguesa reservados
com exclusividade para o Brasil à
EDITORA ROCCO LTDA.
Av. Presidente Wilson, 231 – 8º andar
20030-021 – Rio de Janeiro – RJ
Tel.: (21) 3525-2000 – Fax: (21) 3525-2001
rocco@rocco.com.br | www.rocco.com.br

Printed in Brazil/Impresso no Brasil

preparação de originais
CLÁUDIA MELLO

CIP-Brasil. Catalogação na fonte.
Sindicato Nacional dos Editores de Livros, RJ.

Burtenshaw, Jenna
B98g   Guardiões sombrios / Jenna Burtenshaw; tradução de Dilma
Machado. – Rio de Janeiro: Rocco Jovens Leitores, 2014. – Primeira edição.
(Os segredos de Wintercraft; II)

Tradução de: Wintercraft: Blackwatch
ISBN 978-85-7980-180-8

1. Literatura infantojuvenil. I. Machado, Dilma. II. Título.

13-06209
CDD – 028.5
CDU – 087.5

O texto deste livro obedece às normas do
Acordo Ortográfico da Língua Portuguesa.

Para Adam,
meu maravilhoso irmão.
Com amor.

Sumário

1. Caçador   9
2. O julgamento   30
3. Inimigos   42
4. Bandermain   57
5. Punhais cruzados   71
6. Fidelidade   83
7. Cinzas e pedras   95
8. O segredo na caveira   108
9. O mensageiro   122
10. O guardião do portal   134

11. O Mercado das Sombras   144
12. Destino previsto   163
13. O Mundo Inferior   180
14. Por dentro das muralhas   191
15. O preço   204
16. Os canais   216
17. Atrás da máscara   229
18. Na escuridão   242
19. Trabalho sanguinário   252
20. Lâmina e garra   262
21. Perdido   275
22. Destino   286

1
Caçador

Havia se passado um mês desde a Noite das Almas; a noite em que Silas Dane foi embora da cidade de Fume como traidor e começou uma nova vida como fugitivo. Ele havia assassinado uma mulher do conselho, matado seus vários guardas e ameaçado a vida dos doze membros restantes da instituição. Naquela única noite, deixou de ser um dos homens mais confiáveis do Conselho para ser um fora da lei, igual a qualquer contrabandista ou ladrão que ele levara à justiça no passado. A notícia de sua traição tinha se espalhado por todas as cidades de Albion. O Conselho Superior o queria preso, mas, apesar de tudo, a lembrança daquela noite ainda fazia Silas sorrir.

Um nevoeiro pesado espalhou-se pela região inexplorada de Albion à medida que as semanas mais escuras do inverno se aproximavam. Ventos mais gélidos sopravam do norte, e todas as manhãs uma nova camada de geada grudava nas árvores. Com seu corvo planando sobre a cabeça, Silas cavalgava cada vez mais para dentro das regiões mais selvagens, passando entre os pequenos povoados salpicados na paisagem. Pela primeira vez em doze anos, sua vida lhe pertencia, e ele aproveitava a liberdade pelas estradas de Albion. Por enquanto, aquela liberdade era suficiente.

Os povoados eram locais sem lei, fora do alcance das regras do Conselho Superior: agrupamentos de casas construídas a grosso modo, postos comerciais e estalagens cujos residentes faziam qualquer um se sentir bem-vindo, contanto que trouxesse prata ou bens para serem trocados. Disfarçado com uma túnica de viajante retirada do corpo de um ladrão sem sorte que o tinha desafiado na estrada, Silas se misturou entre os outros desconhecidos sem nome, escondendo os olhos cinzentos debaixo de um capuz durante o dia e realizando seus negócios à noite. Onde quer que houvesse cerveja, as pessoas conversavam.

Conforme as nevascas chegavam constantemente do norte congelante, Silas foi obrigado a deixar de acampar todas as noites sob céu aberto e começou a alugar quartos dentro dos povoados. Seu abrigo mais recente era uma estalagem precária nos arredores de um dos maiores vilarejos do leste. Ele tinha ouvido que os segredistas – vendedores de informações – geralmente visitavam o local e esperavam ouvir notícias sobre a busca que montaram para encontrá-lo. Durante a segunda noite em que passou curvado no canto mais escuro da estalagem, ouvindo as conversas enquanto todos bebiam jarras de cerveja barata, não ficou decepcionado.

Pouco antes da meia-noite, um homem alto com uma echarpe grossa enrolada no pescoço entrou na estalagem. Caminhava feito um soldado e passou os olhos por todos os rostos ali dentro, examinando cada um. Silas baixou os olhos e afastou-se. Depois de passar semanas na companhia de estranhos, viu um rosto conhecido. Tentou não parecer interessado quando o homem cumprimentou com a cabeça um desconhecido encapuzado que estava sentado a três mesas de distância e foi juntar-se a ele.

– Ninguém comentou sobre haver patrulhas nos rios ou no litoral. – Ouviu o recém-chegado dizer. – Nenhum dos trabalhadores do estaleiro viu ou ouviu nada referente a Silas Dane ao longo dos litorais leste e sul. Ou sua informação estava errada ou ele pagou bem pelo silêncio deles.

– Uma hora dessas ele irá para o Continente. Continue procurando. Quero ser informado assim que ele for visto.

– Já pensou que pode nem estar indo em direção ao mar? Ele pode nem ter ouvido falar dessa mulher.

O homem encapuzado balançou a cabeça devagar.

– O conselho sabe dela já faz bastante tempo – disse o homem. – Não demorará para que Silas também saiba.

Silas se debruçou um pouco mais sobre o copo de cerveja, tentando identificar quem estava falando. Estava vestido como qualquer homem comum, mas, debaixo do casaco marrom que usava, Silas pôde ver rapidamente a bota vermelha, lustrada e nova. Aquelas botas pertenciam a um membro do conselho. Se havia um membro do conselho naquela estalagem, uma leva de guardas não devia estar muito longe.

Silas examinou a sala e identificou dois homens que não tinha visto na noite anterior. Se eram guardas, não o tinham reconhecido até o momento.

– Dalliah Grey é uma inimiga para nosso país – continuou o membro do conselho. – Temos motivos para acreditar que tentará entrar em contato com Dane quando descobrir que ele se voltou contra nós. Dane pode ter matado uma mulher do conselho, mas Dalliah Grey cometeu crimes muito piores antes de ser banida de nossas terras. Se os dois unirem forças contra nós, as consequências podem ser desastrosas.

Um grupo de contrabandistas começou a gargalhar perto deles, e Silas aproveitou a distração. Levantou-se, passou direto pelos dois homens e abriu a porta da estalagem, saindo no meio da noite repleta de neve. Uma carruagem preta estava parada à sua esquerda com dois guardas a bordo, de ombros encurvados para se protegerem da neve que caía. Nenhum deles olhou na direção de Silas enquanto ele ia para a direita, entrando na escuridão. Se tivessem planejado um ataque, os guardas seriam obrigados a agir agora de acordo com o treinamento que tiveram, enquanto o alvo estava exposto, longe dos olhos de qualquer testemunha.

Ninguém apareceu.

A porta da estalagem rangeu ao abrir cinco vezes para lançar vários bêbados no meio da rua, mas, na sexta vez, o membro do conselho saiu acompanhado do homem com quem estava conversando logo atrás dele.

– Quanto mais tempo Dane permanecer foragido, menos generoso eu deverei ser – disse o membro do conselho. – Encontre-o. Já teve tempo suficiente.

O homem assentiu.

– Assim que eu souber de alguma coisa, você será o primeiro a saber.

A mão de Silas ficou a postos sobre a espada enquanto o homem encapuzado se dirigia à carruagem e o condutor deu uma chibatada para que os cavalos seguissem em frente. O outro homem ficou parado na porta da estalagem, contando o dinheiro que estava em uma bolsinha de moedas e colocando-as no bolso. Silas moveu-se em silêncio atrás dele.

– Como você está, Derval?

O homem pegou o punhal, surpreso.

– Não há necessidade disso – observou Silas, afastando um pouco o capuz para expor o rosto.

– Silas? – O homem relaxou. – Você tem a sorte de um demônio, meu amigo – disse ele. – Sabe quantos guardas acabaram de sair daqui?

Silas o levou para a sombra, onde poderiam conversar sem serem vistos.

– O que está fazendo aqui, Derval? Soube que anda me caçando e não obteve muito sucesso.

– Tenho coisas muito melhores para fazer do que caçá-lo – respondeu Derval. – Gosto de aproveitar a vida, mas o Conselho Superior não precisa saber disso, não é? Onde há medo, há dinheiro, e você os deixou morrendo de medo desde a Noite das Almas. Vinte guardas mortos, metade da cidade jurando que viu os espíritos dos mortos e uma mulher do conselho finalmente recebendo o que merecia.

Silas afirmou devagar com a cabeça.

– Como a caçada está progredindo?

– Não está – respondeu Derval. – O conselho não sabe onde você está, e, se alguém sabe, não vai contar.

– Então os membros do conselho decidiram que eles mesmos iriam à caça?

– Foi uma reunião marcada – disse Derval. – Ele escolhe o local. Eu conto uma mentira ou duas e sou pago. Para mim está bom.

– Não acredito em coincidências – retrucou Silas de olho na rua, ainda preparado para um ataque. – Já que está aqui, preciso de um favor seu.

– Que tipo de favor? – perguntou Derval, de repente suspeito. – Não vou lhe dar meu cavalo. Não depois do que aconteceu da última vez.

Silas sorriu.

– Preciso de informação – respondeu. – Essa mulher que está preocupando o conselho. Quero que me conte tudo que sabe sobre Dalliah Grey.

– Pelo que soube, é tão ruim quanto você. É encrenca – disse Derval. – Dizem que ela causou muitos problemas para Albion há algumas centenas de anos. Ficou do lado errado do conselho, matou alguns membros, envolveu-se com coisas que não deveria.

– Há algumas centenas de anos? Por que o conselho está preocupado com ela agora?

– Porque, de acordo com nosso amigo membro do conselho, a velha *não está morta* – respondeu Derval. – Você sabe que tenho a mente aberta, mas até eu acho que o Conselho Superior entendeu errado desta vez. Quinhentos anos mais tarde e estão convencidos de que essa mulher continua forte, com um ressentimento contra Albion muito maior que o seu, eu apostaria. Todo aquele acontecimento na praça da cidade há algumas semanas fez o conselho se lembrar de algumas coisas. Queria ter estado lá para ver o rosto deles quando o véu se abriu daquele jeito. Alguns acham que Dalliah Grey estava envolvida, e isso os preocupou. Vamos admitir, se houvesse uma mulher de quinhentos anos lá na praça, ressentida comigo, eu também ficaria preocupado.

– E o conselho acredita que ela ainda está viva? – perguntou Silas.

– Pareceram convencidos – respondeu Derval. – Tem alguma coisa a ver com o véu, pelo que eu soube. Os antigos conselhos tentaram de tudo para matá-la na última vez que esteve em Albion, mas nada a afeta. Ela sangra e se cura. Igual a você.

– Onde ela está agora?

– Não há necessidade disso – observou Silas, afastando um pouco o capuz para expor o rosto.

– Silas? – O homem relaxou. – Você tem a sorte de um demônio, meu amigo – disse ele. – Sabe quantos guardas acabaram de sair daqui?

Silas o levou para a sombra, onde poderiam conversar sem serem vistos.

– O que está fazendo aqui, Derval? Soube que anda me caçando e não obteve muito sucesso.

– Tenho coisas muito melhores para fazer do que caçá-lo – respondeu Derval. – Gosto de aproveitar a vida, mas o Conselho Superior não precisa saber disso, não é? Onde há medo, há dinheiro, e você os deixou morrendo de medo desde a Noite das Almas. Vinte guardas mortos, metade da cidade jurando que viu os espíritos dos mortos e uma mulher do conselho finalmente recebendo o que merecia.

Silas afirmou devagar com a cabeça.

– Como a caçada está progredindo?

– Não está – respondeu Derval. – O conselho não sabe onde você está, e, se alguém sabe, não vai contar.

– Então os membros do conselho decidiram que eles mesmos iriam à caça?

– Foi uma reunião marcada – disse Derval. – Ele escolhe o local. Eu conto uma mentira ou duas e sou pago. Para mim está bom.

– Não acredito em coincidências – retrucou Silas de olho na rua, ainda preparado para um ataque. – Já que está aqui, preciso de um favor seu.

– Que tipo de favor? – perguntou Derval, de repente suspeito. – Não vou lhe dar meu cavalo. Não depois do que aconteceu da última vez.

Silas sorriu.

– Preciso de informação – respondeu. – Essa mulher que está preocupando o conselho. Quero que me conte tudo que sabe sobre Dalliah Grey.

– Pelo que soube, é tão ruim quanto você. É encrenca – disse Derval. – Dizem que ela causou muitos problemas para Albion há algumas centenas de anos. Ficou do lado errado do conselho, matou alguns membros, envolveu-se com coisas que não deveria.

– Há algumas centenas de anos? Por que o conselho está preocupado com ela agora?

– Porque, de acordo com nosso amigo membro do conselho, a velha *não está morta* – respondeu Derval. – Você sabe que tenho a mente aberta, mas até eu acho que o Conselho Superior entendeu errado desta vez. Quinhentos anos mais tarde e estão convencidos de que essa mulher continua forte, com um ressentimento contra Albion muito maior que o seu, eu apostaria. Todo aquele acontecimento na praça da cidade há algumas semanas fez o conselho se lembrar de algumas coisas. Queria ter estado lá para ver o rosto deles quando o véu se abriu daquele jeito. Alguns acham que Dalliah Grey estava envolvida, e isso os preocupou. Vamos admitir, se houvesse uma mulher de quinhentos anos lá na praça, ressentida comigo, eu também ficaria preocupado.

– E o conselho acredita que ela ainda está viva? – perguntou Silas.

– Pareceram convencidos – respondeu Derval. – Tem alguma coisa a ver com o véu, pelo que eu soube. Os antigos conselhos tentaram de tudo para matá-la na última vez que esteve em Albion, mas nada a afeta. Ela sangra e se cura. Igual a você.

– Onde ela está agora?

– Em algum lugar no Continente. Só o que sei é que o conselho não quer que você atravesse o mar para descobrir. Mas, se estão preocupados com essa mulher, ela não deve ser tão má assim. Parece ser interessante se quer saber.

Silas esvaziou o bolso e colocou uma bolsa de moedas na mão de Derval.

– Isto é pelo seu silêncio – disse ele. – Se eu descobrir que contou para os guardas sobre mim, vou caçá-lo, cortar sua garganta e ver o sangue escorrer por seu corpo sem vida, gota a gota. Está me entendendo?

– Como sempre – respondeu Derval. – Continue pagando, que continuo de boca fechada. É sempre um prazer negociar com você, meu amigo. Espero nos reencontrarmos em breve.

Silas disse sim com a cabeça, e um leve sorriso tremeluziu por seus olhos.

– Com sorte isso vai acontecer.

Os dois se despediram com um aperto de mãos, e Silas saiu sorrateiro da estalagem da mesma maneira que chegou. Seu cavalo estava no estábulo do ferreiro, exatamente onde ele o deixara. Abriu o portão do estábulo, colocou a sela na fera impaciente e partiu do vilarejo sem olhar para trás.

Silas passou o dia seguinte inteiro viajando, mantendo-se longe das estradas principais. Cavalgou por montanhas e campos cobertos pela neve e ao lado de rios congelados. A presença de um membro do conselho no agreste e o medo que o conselho tinha de uma mulher chamada Dalliah Grey o ajudaram a tomar uma decisão.

Levou dois dias para encontrar um estaleiro escondido onde navios de contrabando partiam para o Continente. Quando chegou, convenceu o capitão a deixá-lo entrar no próximo navio que partiria naquela noite, oferecendo seu cavalo em troca. Se o que Derval tinha dito sobre Dalliah era verdade, Silas precisava encontrá-la. Com tempo suficiente, poderia perseguir e capturar qualquer coisa, e sua reputação como o Cobrador mais competente do Conselho Superior era conhecida por onde seu nome tivesse chegado. Se conseguisse encontrá-la, uma das inimigas mais antigas do conselho poderia muito bem se tornar sua maior aliada.

O navio zarpou pouco antes de o sol se pôr, navegando pelo oceano calmo, e, assim que estava no mar, observando sua terra natal sumir no horizonte, Silas soube que estava fazendo a coisa certa.

A viagem para o Continente teria levado apenas algumas horas em boas condições climáticas, mas os países do norte estavam no meio de um inverno congelante. As correntes oceânicas estavam carregando placas de gelo para o sul do Mar Taegar, obrigando os navios a abrir caminho através dele e tornando a travessia lenta e traiçoeira.

Silas passou a maior parte da viagem ao ar livre no convés, mas, com o passar das horas, a noite chegou de mansinho, penetrando no terror da escuridão, e ele se agachou no centro do porão de carga, limpou com as mãos uma parte do chão sujo, pegou um saco preto e puxou seu cordão para abri-lo. Vários sacos de couro cheios balançaram nas barras alinhadas acima dele, cada um sacudindo levemente, seguindo o movimento lento do navio, que abria caminho através das ondas glaciais. Ele podia ouvir os pedaços de gelo se partindo contra o casco, arranhando a madeira com se fossem mil unhas, enquanto despejava o conteúdo da bolsinha no chão.

Um monte de moedas caiu primeiro, depois um anel de prata e três notas enroladas. Duas delas estavam seladas com botões de cera, mas a terceira tinha partido o selo e aos poucos ia se desenrolando no chão. Silas colocou as moedas e o anel no bolso e pegou a nota aberta. O selo era verde-escuro com a gravura de um pergaminho enrolado: o símbolo do Conselho Superior de Albion. Acendeu um fósforo e segurou-o perto do papel para ler o que estava escrito.

Ordem dada por meio desta para a captura de
Silas Dane.
Traidor, ladrão e assassino.
Cobradores podem exigir uma recompensa substancial
Em ouro e terras
ao entregarem esse **criminoso perigoso**
à guarda da Vigilância.
Torre do Norte, aposentos do Conselho Superior, Fume.

Silas olhou para o homem morto que era dono da bolsinha. Seu corpo ainda estava quente; e o pescoço, torcido de forma desajeitada no chão. Os Cobradores eram engenhosos e persistentes, mas ele não esperava que um deles o encontrasse em mar aberto.

– Bom trabalho – disse, sacudindo a cabeça em direção aos olhos sem vida do homem. – Chegou mais perto do que a maioria. – Limpou uma mancha de sangue da bochecha com as costas da mão. Um corte raso ficou ali queimando por um segundo ou dois antes de a pele voltar a se fechar de forma perfeita, curando rapidamente a ferida, não deixando nenhum sinal de que um dia houve ali um ferimento. O ataque do Cobrador tinha pegado Silas de surpresa. Isso não voltaria a acontecer.

Deixou a chama do fósforo queimar o canto da folha, consumindo-a em uma erupção de calor e cinzas.

– O conselho não dá ouro para homens mortos – comentou. – Você devia saber disso.

Silas levantou-se, pegou os punhos do Cobrador e o arrastou de qualquer jeito pelo chão. Depois tirou do gancho um saco de couro vazio que estava pendurado, enfiou o corpo do homem dentro dele e com dificuldade pendurou o gancho de volta no lugar. Ninguém o encontraria até que chegassem ao porto, e até lá ele já teria deixado o navio para trás.

Deixou o saco balançando com o resto e foi para a frente do porão, onde um alçapão levava para o convés principal. Subiu uma escada pequena, agarrou a alça da porta e empurrou-a para abrir, deixando a luz do luar se espalhar em seu rosto. O convés era inacabado e sujo, com marcas profundas de arranhões e manchado com tudo, desde vinho a fezes de animais. Os contrabandistas não se importavam com o que transportavam, contanto que aquilo lhes desse lucro no final da viagem. Havia oito homens no navio quando partiram do cais, incluindo Silas e o capitão, cujas roupas ficavam marcadas com as armas escondidas debaixo delas, já que confiava em sua tripulação tão pouco quanto nos estranhos que o pagavam para viajar no navio.

Silas carregava a própria arma: uma espada forjada em metal azul-petróleo que ainda estava embainhada debaixo de sua túnica roubada. Ficou parado ao ar livre, ouviu com atenção e marcou a posição de cada homem no navio. O capitão estava andando em sua cabina; dava para ouvir as botas arranhando as tábuas do piso. O timoneiro estava no leme, e dois jovens estavam subindo entre o cordame, agasalhados com roupas grossas e discutindo um com o outro em voz alta. O quinto homem estava na cozinha, fazendo batatas com carne, outro estava roncando enquanto dormia, e o último não lhe causaria mais problemas: o Cobrador morto, balançando levemente dentro do porão.

Verificou a posição das estrelas. A noite estava clara, e a luz do luar brilhava sobre o gelo flutuante, fazendo a superfície congelada reluzir como lanternas fantasmagóricas enquanto o navio viajava em direção ao nordeste. Silas conhecia bem a jornada. Estavam seguindo o canal marinho largo que se espalhava como uma cicatriz entre Albion e o Continente, indo para a cidade continental do norte chamada Grale. Fizera aquela viagem muitas vezes quando participava do exército de Albion, e até aquele momento parecia que o capitão estava cumprindo sua palavra. O navio estava marcado para chegar em Grale dentro de uma hora. Eles estavam exatamente onde deveriam estar.

Enquanto a lua se movia com firmeza no céu, as velas içadas do navio pegaram um vento favorável e abriram caminho mais rápido pelas águas congeladas. Ninguém da tripulação questionou o paradeiro do passageiro desaparecido – ele poderia ter caído no mar e ninguém teria se importado –; então, enquanto os contrabandistas comiam a refeição da meia-noite, Silas patrulhava o navio, procurando qualquer coisa que estivesse fora do lugar.

Se um Cobrador podia seguir seu rastro até aquele navio, um segundo poderia encontrá-lo com a mesma facilidade. Ele ficou parado na popa, atrás do leme desamarrado do timoneiro, e olhou para trás em direção a Albion. Os rochedos sinistros de sua terra natal havia muito já tinham sumido no horizonte, mas, entre o navio e o litoral distante, Silas viu algo se mover na água. Era um vulto negro e pequeno, distante o suficiente para ficar indistinto, até mesmo para seus olhos aguçados. Alguma coisa estava seguindo o navio. Silas certificou-se de ficar fora de vista e observou.

Poderia ser uma baleia. As baleias pequenas geralmente viajavam pelo Mar Taegar no inverno. Mas, quando o vulto se aproximou, um quadrado de tecido preto bateu em silêncio sobre as ondas, e Silas conseguiu ver duas sombras agachadas debaixo dele, lutando para manter o pequeno veleiro em curso. O gelo tinha sido suficiente para diminuir a velocidade do grande navio, mas seu casco deixava a água livre para trás, e o pequeno barco era manobrável o bastante para passar com segurança entre qualquer pedaço de gelo que cruzasse seu caminho.

Silas passou pelas sombras e subiu no na balaustrada do navio. Equilibrou-se com perfeição, tirou a túnica roubada e deixou o vento gélido penetrar no longo casaco de couro que estava usando por baixo. Olhou para o mar agitado abaixo. A água cortava e espumava abaixo dele, escura e rápida. Esperou até que as duas sombras desviassem o olhar e saltou da balaustrada com naturalidade, mergulhando primeiro com os pés na água congelante do oceano.

A água cobriu sua cabeça, e o rastro forte do navio o pegou, puxando-o para as profundezas. Ele abriu os olhos, esperou que a corrente o soltasse e permaneceu dentro d'água, reorientando-se em direção ao casco do pequeno barco. O peso de sua espada puxava-o para baixo, e o oceano borrava sua visão, mas ele não precisava enxergar bem para o que estava prestes a fazer. Sua audição aguçada alcançava os sons minúsculos da água, ouvindo o rangido de cordas ou o eco dos pés dos homens deslizando pela madeira oleada. Leves pancadas continuavam em sua direção, e os batimentos cardíacos de Silas diminuíram com o frio enquanto ele esticava os braços e nadava silenciosamente em direção ao inimigo.

Nenhum ar saía de seus pulmões quando Silas alcançou o barco e pendurou-se debaixo dele, segurando a madeira com uma das mãos, sentindo a vibração do movimento das pessoas acima na ponta dos dedos. Um homem falava tão alto que dava para ouvir, e Silas se concentrou até que as palavras se tornaram claras:

– Aquela é suficiente para derrubar uma morsa. Mas não pense que vou precisar. A boa e antiquada sagacidade... é isso que no fim vai acabar com ele. Posso apostar que ele nunca viu na vida alguém como eu, não importa o quanto digam que ele é forte. Ei! Está me ouvindo?

Silas sentiu uma sacudida forte repercutindo no barco. O outro passageiro gritou, mas não respondeu.

– Seu rato ignorante! Eu não deveria ter trazido você. É tão inútil quanto um porco em uma caçada aos coelhos. Deveria jogá-lo para fora agora mesmo e testar esses bracinhos finos. O que acha da ideia?

Silas colocou a outra mão no casco e dobrou os joelhos como se estivesse agachado. O casco era escorregadio, mas ele segurou firme e foi se arrastando em silêncio até ficar o mais perto possível de seus ocupantes. Seus olhos cinzentos quebraram a superfície da água, e ele subiu no barco, fazendo-o sacudir para um lado e para outro. Dois pares de olhos assustados o encararam no escuro.

– Não pode ser!

O Cobrador tentou pegar a espada, mas Silas foi mais rápido. Atravessou o barco com cinco passos, jogou a espada girando dentro do mar, depois torceu o braço do homem para trás antes de jogá-lo despreocupadamente na água.

– Ei! Pa-pare! – gritou o homem enquanto o barco o deixava para trás. – Vo-volte a-a-aqui! – Silas ignorou-o. Naquela água fria, o tolo estaria morto em minutos, então voltou sua atenção para o segundo passageiro, que agora estava encolhido de medo debaixo de um cobertor com uma espada inútil em sua mão trêmula. Qualquer aprendiz que desistisse de uma luta com tanta facilidade merecia ser sacrificado por sua presa.

    Silas sacou sua própria espada e puxou o cobertor com violência. Um jovem olhou para cima aterrorizado, largou a arma e ergueu as mãos imundas para proteger o rosto. Silas olhou furioso para ele e o puxou para que ficasse de pé. Com certeza não era um aprendiz. O jovem era magricela e fraco; um criado que o Cobrador havia trazido para fazer o que não pretendia fazer por conta própria.

    O garoto olhou para os pés enquanto os gritos ridículos de seu patrão perdiam a força ao se distanciarem. Silas examinou-o com cuidado. O navio dos contrabandistas estava se afastando, e o pequeno barco estava começando a sair do curso.

    – Sabe velejar? – perguntou ele.

    O garoto rapidamente confirmou com a cabeça.

    – E sabe como chegar em Grale?

    Ele confirmou outra vez.

    – Então, ao trabalho. Se me causar qualquer problema, jogo você no mar do mesmo jeito que fiz com seu patrão. Entendeu?

    Silas soltou o garoto, que logo começou a trabalhar, checando a bússola que estava costurada em sua manga esquerda e ajustando as velas para ficarem firmes enquanto atravessavam as ondas.

    – Mantenha as velas içadas – ordenou Silas, torcendo sua roupa para tirar a água do mar e secando-se da melhor maneira possível com um cobertor velho. – Siga o navio até ver terra, depois vire em direção aos rochedos. Não quero ser visto.

    Sob a direção do garoto, o pequeno barco foi passando rapidamente entre as ondas enquanto Silas ficava parado de pé na proa, olhando por cima do oceano, onde as praias distantes do Continente logo estariam à vista. Uma única lanterna presa na proa do grande navio cintilava na frente deles enquanto o barco mantinha o ritmo. Silas assobiou uma vez, uma chamada longa e aguda, e obteve a resposta com um cacarejo profundo vindo de algum lugar entre as enormes velas.

Uma pequena sombra desceu em direção ao mar, e um corvo molhado deslizou sobre a superfície da água, batendo as asas para pousar no ombro de Silas. Suas penas estavam mais imundas do que de costume, e uma linha de penas brancas em seu peito estava sem brilho e suja. Ele não gostava de ficar no mar aberto e se encolheu perto do pescoço de Silas, sacudindo as penas com persistência contra o vento congelante enquanto as luzes distantes aos poucos brilhavam, ganhando vida no horizonte.

Enquanto muitas das cidades de Albion se agrupavam ao longo da parte central do país, a maioria das cidades continentais ficava no litoral, como se tentassem escapar das vastas florestas, montanhas e lagos que dominavam o território mais adiante em seu interior. Todas as cidades do oeste tinham guardas a postos ao longo de suas praias para o caso de haver um ataque de Albion, mas os guardas de Grale eram muito menos detalhistas sobre quem permitiam entrar em suas águas comparados com aqueles a postos nas cidades maiores ao sul. Grale era longe demais de qualquer coisa para ser um ponto de ancoradouro para um exército invasor, e qualquer um que se arriscasse a viajar para lá não encontraria nada além do cheiro forte de peixe e fumaça para lhe dar as boas-vindas. Com guerra ou não, ainda havia dinheiro para se ganhar, e Grale ainda estava aberta para o comércio ilegal.

À noite, a cidade parecia decadente e deserta. As luzes cintilantes vinham de lanternas penduradas ao longo de fios acima das ruas vazias de Grale, que zuniam feito abelhas sempre que o vento as soprava. As fachadas grosseiras dos prédios de Grale, que já tinham sido brancas um dia, foram descascadas durante séculos pelos violentos ventos marinhos, e as pessoas que viviam ali eram tão frias quanto as ruas nas quais caminhavam durante as poucas horas de sol nos dias de inverno. Humilde, a cidade estava à mercê dos fenômenos atmosféricos, e seus habitantes eram oportunistas. Cada um ali era desonesto e imprevisível. Silas já havia feito negócios com eles.

– Baixe as velas – ordenou ele. – Agora.

O garoto obedeceu. Estavam muito perto da costa para arriscarem serem vistos, e, antes mesmo que Silas pudesse mandar, o garoto já estava com um par de remos, preparado para levá-los até a praia.

– Não – disse Silas, notando que os remos eram da mesma grossura dos braços esqueléticos do garoto. – Não pretendo chegar semana que vem. Dê-me os remos. Fique de olho em algum sinal luminoso feito com lente.

Grale havia sido o porto de comerciantes antes de começar a guerra entre o Continente e Albion, e seus habitantes ainda eram convencidos a permutar com contrabandistas que não pretendiam ficar ali por muito tempo. A chegada do navio dos contrabandistas já podia estar sendo esperada. Poderiam ter feito preparativos especiais para isso nas docas em uma hora determinada, mas Silas não receberia tal privilégio. Se apenas um homem visse o barco ali sobre as ondas, todos os outros saberiam do fato em pouco tempo e decidiriam que providência tomar.

Silas remava com rapidez. Quanto mais rápido ficasse fora de vista, melhor.

Os rochedos aos poucos foram surgindo de cada lado da cidade fustigada pelo vento, cada aglomerado tinha em seu topo uma torre de vigília feita de pedras. O garoto tremia em silêncio à medida que iam se aproximando da costa. Silas estava concentrado em evitar os agrupamentos de rochas que surgiam, furtivas, no meio das ondas quando alguma coisa luziu de leve mais adiante, um piscar de luz onde não deveria haver nenhuma.

Na metade do caminho, subindo o penhasco, uma sombra se moveu. Silas continuou remando. Outra série de remadas... duas... três, levando o barco para mais perto da praia. Os cabelos da nuca começaram a arrepiar. Olhou para cima e não viu nada, então um som logo acima dele não deixou sombra de dúvidas. Houve um ruído bem tênue, o arranhado de metal contra pedra, e um assobio suave quando algo caiu do céu.

Silas já estava de pé. Agarrou o braço do garoto e o puxou para o lado do barco. O corvo saiu voando na escuridão, e Silas despencou na água de costas quando uma tarrafa caiu sobre o barco. As cordas prenderam o mastro e o cercaram como uma água-viva morta. O ar encheu-se de flechas. Silas soltou o garoto e mergulhou.

Mais flechas passaram raspando por ele, mas os atacantes estavam atirando às cegas. Tinham esperado que ele chegasse à praia e erraram o cálculo de sua posição por uns bons metros. Ele ficou flutuando na vertical para ficar apenas com a cabeça fora da água e ouviu um grito agudo de medo quando o garoto se debatia inutilmente com as mãos abertas, lutando para flutuar.

A frequência das flechas atiradas permitiu que Silas calculasse quantos inimigos havia enquanto ele nadava em direção ao garoto apavorado. Uma flecha de haste preta atingiu seu braço, e ele a arrancou sem hesitar, manchando a água com um turbilhão de sangue. Agarrou o tornozelo do garoto e o puxou para dentro da água. O mar espumou quando o jovem começou a se debater, tentando soltar-se de Silas, que continuou segurando-o firme e seguiu arrastando-o em direção à praia rochosa.

As flechas pararam. Silas nadou mais rápido. Quem quer que estivesse lá em cima estaria descendo para a linha da água. Finalmente sua mão tocou em um enorme e frio rochedo de xisto. À direita havia uma pedra gigantesca, sólida e negra; à esquerda havia um caminho que levava à cidade.

As ondas do mar subiam e caíam na costa, puxando os dois nadadores para trás e obrigando-os a voltar outra vez. Acima deles, quatro sombras desciam pelo lado íngreme do rochedo, suspensas por cordas, permitindo que balançassem com facilidade entre duas saliências distantes. Silas conhecia aquela técnica. Já tinha visto isso, o que significava que aqueles homens não eram guardas comuns. Eram algo muito pior.

– Guardiões Sombrios. – Soltou um suspiro.

Os Guardiões Sombrios eram soldados de elite do exército continental, cada um altamente treinado em furtividade, infiltração e assassinato. Silas havia encontrado muitos deles no passado, mas não esperava vê-los ali. Se os Guardiões Sombrios estavam em Grale, sua busca por Dalliah Grey seria mais difícil do que ele previa.

Logo os homens ficaram fora de vista, e Silas saiu do mar, arrastando-se sobre as pedras na base do rochedo. O garoto estava logo atrás, e, assim que ele chegou se arrastando em terra firme, Silas o agarrou pela nuca e o ergueu para que ficasse de pé.

– Eles *sabiam* – disse ele com frieza. – Sabiam que eu vinha. Como souberam?

O garoto não respondeu.

– O que é isto? – Silas puxou um cordão de couro pendurado no pescoço do garoto e encontrou lentes de vidro penduradas nele.

O garoto gritou o mais alto que seus pulmões fracos permitiam:

– Aqui! Ele está aqui!

Silas o agarrou pelo pescoço, partindo para cima dele como um gigante.

– Escolheu o lado errado, garoto – avisou. – Reze para nunca mais me ver outra vez.

Os olhos do rapaz se arregalaram de medo, mas ele não estava olhando para Silas, e sim para o que estava atrás dele. Silas viu uma sombra se mover no reflexo dos olhos do garoto. Observou com atenção, viu o cintilar de uma lâmina brilhando sob a luz do luar e esquivou-se com calma quando ela veio em direção às suas costas. O homem que a empunhava tropeçou, o garoto fugiu, e Silas matou o agressor instantaneamente, torcendo e quebrando o pescoço dele com um golpe rápido.

Depois correu para a pedra e subiu, no rochedo, mão a mão, em direção a uma saliência alguns metros acima. As pedras eram escorregadias e lisas, mas ele alcançou a saliência, levantou-se e sacou a espada, pronto para se defender. A saliência era parte de um caminho curvo talhado na pedra do rochedo, e Silas foi subindo por ele para ganhar vantagem, ficando mais acima enquanto os outros Guardiões Sombrios se aproximavam.

As ondas do mar bramiam contra os rochedos enquanto ele subia mais ainda. Seu corvo guinchou um aviso, e ele parou, localizando um arqueiro a postos mais ao alto que olhava as ondas. Silas foi se movendo pela pedra, mantendo-se fora de vista, e pegou o arqueiro de surpresa. O homem atirou uma flecha, mas errou o alvo e já estava morto antes de a flecha cair de ponta no mar.

Mais Guardiões Sombrios se aproximaram, flanqueando Silas dos dois lados. Não havia escapatória. Flechas voaram, mas ele era mais rápido com os pés, desviando-se de todas até que uma segunda tarrafa, com lâminas usadas de peso, foi lançada em sua direção no meio da escuridão. A rede enrolou-se nele, prendendo-o debaixo dela. Silas esforçou-se para se libertar, mas o centro da corda era de metal e não dava para ser cortado. Ele parou de lutar enquanto seus inimigos o cercavam. E esperou, escolhendo o momento certo.

– Prendam-no.

Silas não viu quem deu a ordem, mas não tinha intenção de deixar ninguém cumpri-la. Só restaram seis homens: cinco com arco e flecha ou espada surgiram, e um – o líder – ficou parado atrás deles, mostrando sua silhueta na luz do luar. Silas esperou até que chegassem perto o suficiente e levantou-se rapidamente, fazendo com que a rede se erguesse junto com ele. Os Guardiões Sombrios se espalharam para segurar as pontas da rede, e Silas jogou as cordas, usando as lâminas de peso como armas contra eles. Dois homens morreram quando suas gargantas foram cortadas, e um terceiro caiu com o golpe da espada de Silas. Puxou a rede com violência, passando-a por cima dos ombros, e jogou o quarto homem no mar, deixando apenas o líder com seu último homem ali perto.

– Silas Dane – disse o líder. – Bem-vindo de volta.

Silas conhecia aquela voz grossa com o sotaque pesado do norte continental. A voz de um inimigo. Já tinham se passado doze anos desde que ouvira aquela voz pela última vez.

– Bandermain – disse ele. – Eu já devia saber.

Silas agarrou o punho da espada, ansioso para lutar, mas aquela não era hora de reuniões sanguinárias. Os Guardiões Sombrios nunca trabalharam sozinhos. Para cada grupo que Silas encontrara no passado, sempre havia outro posicionado por perto, e ele não tinha tempo de lutar com todos. Tinha sido traído por uma criança, e o inimigo o encontrara antes mesmo de ele botar os pés em terra. Sua chegada ao Continente não correria como planejado.

O último soldado da Guarda Sombria ergueu o arco, pronto para atirar uma flecha. Silas olhou para o oceano e, quando o arco estalou, ele se jogou direto na beira do caminho. A flecha passou por trás dele, ameaçadoramente perto de seu pescoço. O arqueiro logo preparou mais uma, e Silas saltou do rochedo, lançando-se no ar. O vento do norte batia em seu rosto e o mar abaixo estava cheio de pedras quando ele ergueu os braços para dar um mergulho mortal, caindo em posição vertical no meio das ondas.

Caiu com força na água rasa, sentindo o golpe de uma onda que o jogou direto contra o rochedo. As pedras cortaram seus braços, e a força do oceano arrastou seu corpo com violência para longe da costa.

O Guardião Sombrio que restava olhou para baixo, parado no caminho, não se atrevendo a seguir o alvo dentro do mar, mas não havia nenhum sinal de vida na água.

Silas havia sumido.

2
O julgamento

Kate Winters estava sentada nos fundos da sala de reuniões vazia, olhando fixamente para duas caixas estreitas de madeira dispostas lado a lado em um pequeno palco semicircular na frente da sala. Uma estava pintada de branco, a outra de preto, com um cesto de arame preso em cada um dos lados, cada uma com a metade da altura de um homem.

– Lá estão elas – disse com calma. – Aquelas caixas vão decidir tudo.

Edgar sentou-se, passou metade de um sanduíche para Kate e apoiou os pés no braço da cadeira ao lado dela.

– São apenas caixas – disse ele. – É com as pessoas que as usam que você deve ter cuidado.

Kate virou e olhou para a porta principal. A sala de reuniões era o maior cômodo no santuário da caverna subterrânea dos Dotados e um dos mais antigos. Como a maioria das estruturas, a maior parte foi construída dentro da parede da caverna, mas as paredes de pedra externas eram levemente curvadas, tornando-as diferentes do restante. Era um espaço comunal reservado para reuniões importantes e eventos, deixado vazio a maior parte do tempo.

Edgar encostou-se e ficou olhando para o teto arqueado, onde quadros de todos os Dotados que viveram e morreram ali nos últimos vinte anos estavam afixados.

– Não sei quem achou que essa era uma boa ideia – observou enquanto comia. – Este lugar me dá arrepios.

Kate não olhou para cima. Podia sentir os fantasmas pálidos das pessoas às quais pertenceram aqueles rostos presos no véu entre a vida e a morte, incapazes ou relutantes em deixar o mundo dos vivos para trás. Ela tentou ignorá-los, mas desde a Noite das Almas havia sido difícil bloqueá-las.

– Quando você acha que começarão a chegar? – perguntou ela.

– Temos bastante tempo – respondeu Edgar. – O que se pensa é que no mínimo eles deixariam você se sentar para assistir à decisão deles. A vida é sua. Se tem alguém que merece ouvir o veredicto, é você.

– Acho que não devíamos ter vindo aqui.

– Por quê? Ninguém vai nos ver.

– Não, quero dizer *aqui*. Nesta caverna. Os Dotados não me querem aqui. Nenhum deles quer.

– Eles só estão nervosos – disse Edgar. – No final, farão o que é certo.

– Tomara que sim – comentou Kate.

Pedir ajuda aos Dotados tinha sido mais difícil do que Kate imaginava. Desde que entrou na caverna deles na Noite das Almas, teve receio de estar cometendo um grande erro. Silas tinha razão. Os Dotados não a entendiam e definitivamente não a queriam entre eles.

Kate havia passado seu primeiro dia na caverna sendo interrogada sobre o assassinato de Mina, a líder dos Dotados que morrera enquanto ela estava sob seus cuidados. Eles levaram seu tio, Artemis, e não a deixaram falar com Edgar ou o irmão dele, Tom, durante três dias. Ninguém acreditou que Silas Dane era o assassino de Mina. Acharam que Kate estava por trás de tudo, e Edgar e Artemis levaram muito tempo para convencê-los a não mantê-la trancada.

Durante as últimas semanas, concordaram em fazer um julgamento informal, o qual parecia consistir em todos dando sua opinião sobre o que acontecera, exceto Kate. Consultaram o véu e discutiram entre si o melhor curso de ação a tomar contra ela, mas ninguém estava interessado no que ela tinha a dizer. Nas últimas semanas, Kate havia ficado livre para andar nas ruas subterrâneas dos Dotados, mas não tinha permissão para sair. Os vastos túneis da Cidade Inferior eram inacessíveis para ela; já havia se passado um mês inteiro desde que vira o sol, e ela estava proibida de usar suas habilidades para entrar no véu em nenhum momento.

O que os Dotados não sabiam é que ela era uma Vagante, e o mundo entre a vida e a morte estava aberto para ela o tempo todo. Os Vagantes não olhavam simplesmente dentro do véu como os Dotados podiam fazer, mas *entravam* nele, enviando seus espíritos de maneira profunda na meia-vida – o reino entre a vida e a morte. Para os Dotados, lidar com o véu era como olhar por uma janela que os mantinha seguros e separados do que acontecia ao seu redor. Os Vagantes eram diferentes. Quando se conectavam com a meia-vida, o gelo se espalhava pela pele deles e suas consciências se separavam do mundo dos vivos, lançando por completo seus espíritos no desconhecido.

Nenhum dos Dotados estava disposto a ensinar a Kate mais sobre a conexão dela com o véu. Eles nem mesmo questionaram por que seus olhos com brilho prateado eram diferentes dos deles. Simplesmente a excluíram, recusando-se a fazer qualquer coisa, menos ignorá-la. Edgar e Tom eram os únicos que falavam com ela de verdade. Até mesmo Artemis, que raramente se incomodava em esconder sua antipatia pelos Dotados, estava distante de uma forma estranha, e parecia passar mais tempo com eles do que com a sobrinha.

– Qual você acha que será o veredicto? – perguntou ela.

– Terão que admitir que não foi você – respondeu Edgar. – Isso tudo é só para aparecer. Está convivendo com eles já há um mês e não sentiu desejo de sair por aí apunhalando ninguém, sentiu? – Ele baixou a voz e ergueu as sobrancelhas tortuosamente: – Existem alguns deles que *eu* não me importaria se desaparecessem caso surgisse uma oportunidade. Acho que, ao passar tanto tempo com Silas, fiquei contaminado com o jeito de ser dele.

– Falo sério – disse Kate. – Não é brincadeira.

Edgar deu de ombros.

– Não deixe que eles afetem você – disse ele. – Tem de ser do seu jeito. Você verá. Onde você vai estar enquanto estiverem em reunião?

– Alguém deveria me vigiar. Ouvi algumas mulheres discutindo sobre quem ficaria esta noite. Acho que nenhuma delas queria ficar sozinha comigo.

Os olhos de Kate cintilaram com uma luz prateada quando ela olhou para baixo, e Edgar olhou-a de forma discreta. Ele ainda não estava acostumado a ver os olhos dela daquele jeito, o que geralmente significava problema.

– Está acontecendo outra vez, não é? – perguntou ele.

– Não é tão ruim. – Kate olhou para o teto. – São aqueles quadros. Às vezes, atraem os espectros. Fica mais difícil afastar tudo, mas tudo bem.

– Os Dotados deveriam ajudá-la com essas coisas – comentou Edgar. – E não tratá-la como uma criminosa.

– Eles acham que eu estava trabalhando para Silas – explicou Kate. – Acredito que nada vai fazê-los mudar de ideia agora.

Uma porta rangeu ao se abrir ao lado do palco, onde três cadeiras foram colocadas de frente para todas as outras.

– Cuidado! – sussurrou Edgar.

Os dois deslizaram de suas cadeiras, caindo de joelhos quando a voz de um homem atravessou a sala:

– Não se trata apenas de nossas leis, é claro. É a mensagem que estaria enviando. Quanto a isso, devemos ser perfeitamente claros...

– Rápido! – exclamou Edgar. – Vá para a esquerda!

Kate engatinhou entre as pernas da cadeira da maneira mais silenciosa que pôde, e Edgar foi atrás dela, indo em direção à antecâmara, onde havia um antigo túmulo de pedra no centro, separada da sala principal por uma porta aberta.

– Não preciso dizer o quanto essa situação é perigosa – continuou o homem quando Kate se abaixou e passou pela porta. Edgar se encostou contra a outra parede, agachando-se e ficando fora de vista. – Pelo que soube, a grande maioria dos votos vai ser da mesma maneira. Se hoje for como estou esperando, poderá descobrir que está na hora de você tomar uma decisão difícil.

Kate olhou através da brecha entre as dobradiças da porta. Quem falava era Baltin, um dos membros mais respeitados dos Dotados. O homem ao seu lado estava de costas para Kate, mas ela o reconheceu imediatamente.

– Artemis? – sussurrou Edgar, olhando ao lado da soleira da porta. – O que ele está fazendo aqui?

– Está pronto? – Baltin colocou a mão sobre o ombro de Artemis.

O tio de Kate lançou o olhar até o outro lado da sala.

– Sim – respondeu ele calmamente. – Mande-os entrar.

Baltin afirmou com a cabeça em direção à porta do palco aberta, e alguém atrás dela começou a bater um sino, baixo, anunciando que a reunião estava para começar.

– E agora? – indagou Edgar. – Não podemos ficar aqui. Alguém vai nos ver.

– Shh.

Dois minutos se passaram antes que as portas principais da sala se abrissem e as pessoas começassem a enchê-la, uma a uma. Kate reconheceu todas elas da época em que esteve na caverna. Conhecia cada rosto, sabia onde morava e exatamente o que todos pensavam sobre ela. Algumas eram educadas o suficiente quando ela estava por perto, mas nenhuma jamais teve tempo para falar com ela. Kate era uma inimiga vivendo entre eles. Edgar podia estar confiante de que a considerariam inocente, mas ela não tinha tanta certeza.

Das oitenta e oito pessoas que moravam naquela caverna, somente um pouco mais da metade regularmente escolhia ir às reuniões na sala, mas desta vez parecia que todas elas estavam presentes. Nem todos os Dotados queriam assumir um cargo ativo nos negócios dos Dotados. Muitos só queriam um lugar seguro para viver longe dos guardas. Quando os interessados no julgamento de Kate tomaram seus lugares, um burburinho tomou contra do local. Kate esperou que Artemis descesse do palco, mas Baltin gesticulou para que ele se sentasse em uma das cadeiras ali mesmo.

– Estão deixando que ele fique – murmurou Edgar. – Isso pode ser bom.

Kate não estava ouvindo. Os Dotados raramente deixavam uma pessoa comum se sentar em suas reuniões, e deixar uma ter o privilégio de ficar no palco era novidade. Um sussurro de surpresa tomou conta da sala quando Artemis sentou-se e uma mulher pequena ocupou a outra cadeira, deixando a do meio livre para Baltin.

Para Kate, aquela mulher era a pessoa mais perigosa presente. Era a magistrada, ali para registrar tudo que seria dito e garantir que qualquer decisão que tomassem fosse executada rápida e completamente.

A mulher olhou para a multidão com cuidado, e Kate recuou. Ela havia interrogado Kate muitas vezes, mas não parecia fazer diferença o quanto Kate era honesta ou quantas vezes alegou ser inocente; ela não ouvia.

Baltin ergueu as mãos pedindo silêncio, e, assim que a multidão se calou, uma sensação de expectativa tomou conta da sala.

– Tenho certeza de que todos sabem por que estamos aqui – disse ele. – Há pouco mais de quatro semanas, três de nossos velhos amigos nos procuraram pedindo proteção: Edgar Rill, que muitos de nós conhecem e em quem confiam como um filho; Tom Rill, que conhecemos e em quem confiamos da mesma forma; e Artemis Winters, nosso relutante amigo do norte, que no passado nos prestou ótimos serviços, apesar de suas desconfianças arraigadas de nosso povo. Por isso, damos-lhe as boas-vindas aqui entre nós hoje e o honramos como faríamos com um irmão.

Um leve aplauso espalhou-se pela sala. Artemis olhou para os pés e sequer ergueu a cabeça para agradecer ao apreço deles.

– Agora vamos ao que interessa – continuou Baltin.

A magistrada atraiu a atenção dele com a batida rápida de sua caneta-tinteiro no braço da cadeira dela.

– Sim, Greta?

– Onde está a garota? – perguntou ela devagar.

Baltin sorriu para a multidão antes de voltar-se para ela.

– Está segura sob os cuidados de um guardião – respondeu ele. – Assim que ela for... – Ele parou e se corrigiu: – *Se* ela for condenada, será levada rapidamente para o claustro, onde será encaminhada para você. Até lá, ela permanece sob vigilância. Você tem a minha palavra.

Kate e Edgar entreolharam-se. A magistrada registrou a resposta de Baltin em sua página e depois olhou ao redor da sala.

– Nunca gostei dela – sussurrou Edgar.

Kate não disse nada, mas a magistrada certamente a deixava apreensiva.

Baltin voltou-se para o público.

– Prosseguindo – continuou ele –, de fato houve um quarto visitante em nossa casa. Uma pessoa que, talvez, seja menos bem-vinda que nossos três amigos.

– *Ela é uma assassina.*

Baltin olhou de soslaio para um homem na primeira fila.

– O que disse?

– Todos nós sabemos o que ela fez. Não tem por que disfarçar isso. Ela matou Mina e Seth! Ou todos nos esquecemos do que aconteceu com ele por tentar levá-la à justiça?

O coração de Kate ficou pequeno. Silas fizera uma segunda vítima naquela caverna no dia em que tirou a vida de Mina. Kate não sabia o nome dela.

– Não estou gostando dessa história – resmungou Edgar.

Baltin ergueu a mão pedindo silêncio.

– Esta é uma questão à parte – disse ele. – Não foi por isso que viemos aqui hoje.

– Nós todos sabemos que foi ela – falou o homem na frente.

– Talvez – argumentou Baltin. – Mas, por enquanto, estamos aqui para votar por sua culpa ou inocência no crime contra Mina Green. Nem mais nem menos. Aqueles cujos votos estiverem corrompidos por qualquer outro assunto devem sair do recinto agora. Ninguém aqui pensará mal de vocês. Na verdade, serão respeitados por sua honestidade.

Ninguém se mexeu.

– Muito bem – continuou ele. – Como povo, sempre nos empenhamos em agir com justiça em relação a um dos nossos. Hoje, acredito eu, não será diferente. Todos tivemos tempo para chegar a uma decisão sobre as últimas semanas. Agora devemos julgar o que ouvimos durante esse período. Todos estão com suas pedras?

Um murmúrio de concordância o cercou.

– Sendo assim, que comece a votação. Inocente. – Ele colocou a mão sobre a caixa branca. – Ou culpada. – Colocou a mão sobre a preta. – Em ordem, por favor. Comecem.

Todos na sala se levantaram ao mesmo tempo, com exceção dos convidados mais idosos, que se levantavam mais devagar, arrastando os pés ao subir os degraus até o palco para dar os primeiros votos, obrigando todos os demais a abrir caminho, formando com respeito uma fila atrás deles. Um a um foram se aproximando das duas caixas, cada um com uma bolsinha de tecido na mão. Dentro das bolsinhas havia duas pedras cinza e comuns: uma dela havia sido deixada como era; e a outra, entalhada e queimada com uma linha preta e grossa. Cada pessoa devia se aproximar das caixas com uma pedra em cada mão e colocar, com as palmas viradas para baixo, uma em cada caixa, assim ninguém saberia que escolha havia sido feita. O número de pedras marcadas em cada caixa seria contado em separado, e, se o total batesse com o número de votantes, a contagem seria considerada justa e o veredicto seria dado.

Kate ouviu o som surdo das pedras caindo duas a duas e se obrigou a olhar. O homem que havia falado não fez questão de esconder em qual das caixas estava jogando sua pedra marcada e saiu todo orgulhoso do palco, com passadas largas, assim que terminou de votar.

– O que eu faço se o veredicto for contra mim? – sussurrou Kate quando metade das pessoas já havia retornado aos assentos. Ela nunca se atrevera a pensar no que poderia acontecer depois. Como os Dotados tratavam aqueles que eram considerados culpados de assassinato?

– Vamos ver o que acontece – respondeu Edgar, apertando a mão dela de leve. – Nem todos são idiotas como ele. Os Dotados são pessoas boas. Ainda acho que vão colocar a pedra no lugar certo.

Artemis, Baltin e Greta, a magistrada, não tinham permissão de participar da votação, mas, assim que as duas últimas pedras foram colocadas, Baltin assumiu a responsabilidade da contagem. Kate ouviu o aumento repentino do barulho das pedras chacoalhando quando ele abriu o postigo na lateral das caixas e os cestos ficaram cheios, um de cada vez. As pessoas esperaram em silêncio. Tudo que se ouvia era a batida leve e o rangido das pedras encostando umas nas outras enquanto Baltin fazia a contagem da caixa branca.

Kate se deu conta de que estava apertando a mão de Edgar mais forte ainda. Prendeu o fôlego. Talvez fosse esse o motivo de as pessoas não serem convidadas para seus próprios julgamentos. A espera... não saber... tudo parecia interminável. Ela queria gritar para Baltin se apressar, para acabar logo com tudo, mas ele era um homem cuidadoso. Tinha um dever a cumprir, e o faria da maneira correta. Uma eternidade depois, ele passou para a caixa preta. Kate tentou ler sua expressão, mas tudo que viu foi uma determinação tranquila.

– Falta pouco agora – disse Edgar.

Por fim, Baltin endireitou-se e caminhou devagar até ficar atrás da caixa. Pausou, suspirando duas vezes, até que, finalmente, abriu a boca para falar:

– A contagem é justa – falou ele. – Todos se mostraram honrados com sua honestidade. Por isso, têm minha gratidão. – Voltou-se para Artemis, que o olhava fixamente, os olhos repletos de um desespero silencioso, mas não conseguiu encará-lo. – O veredicto foi dado – continuou. – Com a contagem de sessenta e oito pedras contra vinte, Kate Winters, de acordo com esta reunião, foi considerada culpada de assassinato.

– O quê? – gritou Edgar, esquecendo-se de que devia estar escondido, mas o grito foi abafado pelo regozijo que preencheu a sala. Ele tentou se levantar, mas Kate o segurou. – Eles não podem fazer isso! – exclamou. – Isso não está certo!

– Não importa agora. – Kate tentou acalmá-lo. – Deixe como está. Não quero que se meta em mais encrencas por minha causa.

– Pode esquecer disso. – Edgar tentou desvencilhar-se das mãos de Kate, mas ela o segurou com força.

– Você não vai mudar a opinião deles.

– Não! Eu a trouxe aqui. Falei que estaríamos seguros. Isso não era para acontecer!

A voz de Baltin cortou o barulho da multidão ali reunida:

– A magistrada agora vai verificar a contagem, e eu gostaria de agradecer a todos pelo julgamento hoje. Estejam certos de que a prisioneira será levada à justiça rapidamente, de forma condizente com a natureza de seu terrível crime.

– O que isso significa? – perguntou Kate.

– Não sei – respondeu Edgar, mas Kate sabia que ele estava mentindo.

– Edgar, o que isso significa?

Kate obrigou-o a olhar para ela e viu terror em seus olhos.

3
Inimigos

Silas saiu do oceano e avançou com dificuldade em direção ao caminho que havia perto da praia. Duas pequenas luzes de fogo iluminavam a lateral do penhasco enquanto os Guardiões Sombrios acendiam tochas e desciam para continuar a busca, mas Silas não olhou para trás. O caminho o levava direto para o centro de Grale, e um estranho totalmente encharcado nas ruas à noite não passaria despercebido por muito tempo. Ele foi andando na escuridão, deixando um rastro de água salgada, e passou debaixo de vários arcos estreitos entre os longos prédios com terraço cujas paredes sujas engoliam a luz do luar.

Passou por seis desses arcos e, no sétimo, viu um homem agachado em uma porta. Silas continuou andando. O homem trocou de posição, como se quisesse garantir que fosse notado. Silas reconhecia uma tática da Guarda Sombria quando via uma. Aquele homem era um chamariz, colocado ali para fazê-lo virar e escolher outra rota, guiando-o para uma armadilha. Se a Guarda Sombria achava que ele ia entrar nesse jogo, estava muito enganada.

Com um leve movimento, Silas chutou uma pedra solta no chão, pegou-a e atirou-a no homem que o aguardava, acertando-o com força na têmpora e derrubando-o bruscamente ao chão. Aproximou-se com cautela. O homem estava inconsciente, mas ainda respirava. Então veio um sinal no escuro – o brilho da luz de um pequeno sinalizador no final do arco mais distante. Outro membro da Guarda Sombria estava verificando.

Silas revistou os bolsos do homem e encontrou um saco de couro que continha a lente dele. A lente de um guarda comum seria um pequeno círculo feito de vidro com uma armação grosseira de metal, mas os Guardiões Sombrios não eram guardas comuns. Suas lentes eram discos convexos e finos de cristal, facetados na borda e emoldurados por um fio fino de prata. Sem a luz da lua para refletir de volta debaixo dos arcos, Silas pegou um fósforo que estava no bolsinho do saco da lente, acendeu-o e ergueu a lente até a altura do peito, emitindo um sinal para o homem que esperava. Ele sabia alguns dos códigos de lente da Guarda Sombria, mas não tinha como saber se o que havia usado ainda estava ativo. Não houve resposta. O código devia ser antigo. Ele tinha entregado sua localização.

Silas largou o fósforo, enfiou a lente no bolso e olhou para cima. Estava parado em um lugar estreito entre duas fileiras de prédios de fundos um para o outro. O céu era uma fenda escura entre eles, e o espaço entre as pedras mal tinha um metro de largura. Ouviu passos avançando em sua direção, então se moveu devagar mais adiante no caminho, segurou-se em uma pedra com uma leve protuberância na parede e subiu. Agarrou-se à parede como um morcego, subindo e pressionando o calcanhar contra a parede atrás dele, do outro lado, para dar impulso quando as pedras da parede onde ele estava eram planas demais para subir. Depois ficou parado, agarrado com as pontas dos dedos das mãos e a ponta das botas, quando um Guardião Sombrio aproximou-se.

Quando o agente descobriu o homem ferido, armou o arco e a flecha revistando o beco à procura de algum sinal de vida. Seu alvo tinha sumido. Silas ficou observando-o dar dois passos para dentro da escuridão. Viu e ouviu o fogo e o sibilo de um fósforo, e, depois, *flic-flic-flic*, o sinal da luz de uma lente passou cortando a escuridão.

Silas sorriu. Eles o perderam de vista.

Mais quatro Guardiões Sombrios se reuniram entre os arcos enquanto Silas continuava a subir em direção ao topo dos telhados. Seus dedos doíam enquanto se agarrava à parede. Seus músculos estavam cansados. Alguma coisa havia mudado. Precisava ficar fora de vista.

Alcançou as telhas totalmente pretas, espremeu-se para subir entre as extremidades de duas chaminés iguais, pisando o telhado inclinado. Uma vez ali, checou sua posição. Grale era uma cidade pequena, e ele estava perto do centro. A lua espalhava longas sombras da floresta que cercava Grale como uma ferradura nos três lados, e o oceano estava negro-prateado. Silas conseguia ver a doca coberta onde o navio dos contrabandistas passaria o resto da noite. Virou-se para o outro lado e seguiu sobre os telhados enquanto existia algum, depois se jogou sobre um poste que prendia um dos fios de lanternas, agarrando-o com as duas mãos e escorregando silenciosamente até o chão. Tentou levar seu pensamento até o véu enquanto corria, usando-o para sentir a presença de seus perseguidores antes que se aproximassem demais, mas o véu não estava lá. Ele não conseguia sentir nada.

Silas parou de correr.

O véu havia sido parte de sua vida todos os dias nos últimos doze anos. Ter desaparecido de repente... era impossível. Impensável. Procurou a silhueta familiar de seu corvo no céu, mas não conseguia distingui-lo entre as nuvens que se moviam como pano de fundo da paisagem.

A rua dava na margem do único rio de Grale, um canal largo e de correnteza rápida atravessado por três pontes antigas ligando um lado da cidade ao outro. Silas seguiu pela margem até a ponte mais próxima, um caminho feito de pedras por cuja largura mal dava para passar uma carruagem. Atravessá-lo o colocaria em evidência, e estava prestes a voltar para a proteção das ruas quando os Guardiões Sombrios surgiram nos becos logo adiante. Não havia tempo para alcançar os prédios, então Silas foi deslizando pela margem, ficando fora de vista debaixo da ponte.

A antiga estrutura era fraca e instável, com fendas largas nas laterais onde a água em seu maior nível de elevação arrancara pedaços. Anos de escombros no rio haviam estrangulado os pilares de pedras que a mantinham no lugar, e troncos velhos de árvores tinham sido colocados no fundo do rio para apoiar os pontos mais fracos. Lama e terra cercavam os pés de Silas enquanto ele esperava afundado até os tornozelos dentro da água, na margem, com seu casaco negro camuflando-o nas sombras. Os Guardiões Sombrios fizeram sinais uns aos outros, mas, em vez de procurarem ao longo da margem do rio, afastaram-se e voltaram para os becos. Silas os ouviu saindo e saiu do esconderijo. Uma recepção típica do Continente, pensou. Nada tinha mudado.

Ouviu um som de algo sendo arranhado por perto, e seu corvo surgiu rapidamente entre as sombras, furtivo como um camundongo no meio da escuridão. Ele se abaixou para pegar o pássaro, que estalou o bico e se agitou quando sons de passadas ecoaram no alto. Silas ficou parado, com a espada de prontidão. Uma corda molhada brilhou com a luz da lua sobre o rio. Uma das pontas estava amarrada ao redor de um tronco de árvore podre, a outra serpeando pela água. Dois homens mergulharam quando Silas olhou na direção deles. Como poderia não tê-los visto? A Guarda Sombria não o havia perdido. Ela o havia cercado.

O som de cavalos fazendo força para se deslocar ecoava na margem do rio. A corda esticada. Tarde demais, Silas percebeu o que estava acontecendo. Tentou fugir, mas a corda já estava fazendo seu trabalho. O tronco de árvore podre estava começando a ceder, inclinar e partir. O peso da ponte não era suficiente para impedir a madeira de se mover, e as primeiras pedras começaram a cair e logo se tornaram uma avalanche, desmoronando dentro do rio e indo ao encontro do local onde Silas estava.

O corvo saiu voando para longe da destruição quando uma pedra grande atingiu o ombro de Silas, lançando-o ao chão. Ele tentou se levantar, mas não havia tempo. Jogou os braços na frente da cabeça para se proteger quando a ponte caiu, enterrando-o debaixo da chuva de pedregulhos e prendendo-o no escuro.

Kate olhou para as pessoas na sala de reunião; aquelas nas quais um dia confiou e que acreditavam que ela era capaz de cometer assassinato. Muitas delas diziam sim com a cabeça, concordando com as palavras de Baltin, e outras até mesmo aplaudiam a decisão, como se uma grande criminosa estivesse prestes a receber a justiça que merecia. A visão de tantos inimigos a fez sentir frio. Artemis tinha tentado mantê-la longe dos Dotados. Tinha tentado protegê-la do mundo deles a vida inteira. Agora ela sabia o porquê.

Procurou o tio, que estava no palco, apenas sentado em silêncio.

– Não acredito que isso está acontecendo – disse ela.

– Alguém precisa fazer alguma coisa – completou Edgar. – Temos de tirar você daqui. – Ele deixou a segurança da antessala e entrou direto na sala de reuniões, atraindo olhares zangados e gritos de surpresa das pessoas sentadas ali perto.

– Espere – sussurrou Kate. – O que está fazendo?

Edgar hesitou por um momento, incerto do que dizer, até que uma dos Dotados falou em voz alta:

– Você não devia estar aqui – disse ela. – O que está acontecendo?

Baltin falou mais alto ainda em cima do palco diante da sala:

– Alguma coisa errada?

– Edgar estava escondido aqui, nos ouvindo – explicou a mulher, enquanto todos os presentes se viraram para olhar o intruso. – Ele não deveria estar aqui, Baltin.

– Por que não? – perguntou Edgar. – Eu me preocupo com o que pode acontecer com Kate e sei que ela merece muito mais do que isso. Ser traída por aqueles que deveriam ser amigos dela.

– Aquela assassina não é nossa amiga – retrucou o homem sentado na frente. – Não temos o que discutir com você ou seu irmão, mas aquela garota trouxe a morte para esta caverna. Ela é uma ameaça para todos nós.

Edgar subiu ao palco.

– Artemis, diga que eles estão errados sobre Kate. Diga que não devem fazer isso.

O tio de Kate balançou a cabeça, batendo os dedos uns nos outros com nervosismo.

– Eu... não posso – disse ele.

– Por que não?

– Não posso mais mantê-la segura. Não sozinho – disse ele. – Este lugar... Estas pessoas. Elas entendem pelo que Kate está passando e não podem ajudá-la.

– Ajudá-la? Elas acham que Kate é uma assassina!

– Sei disso. Mas lá em cima, na superfície, os guardas ainda estão procurando por ela. Não posso deixar que o conselho a encontre outra vez.

Artemis entregou a Edgar uma folha de papel dobrada. Ele a abriu e leu rapidamente. Era um cartaz de procurado, mostrando o rosto de Kate e seu nome escrito em letras grossas e pretas. Edgar a esmagou entre os dedos.

– Isto não significa nada – disse ele.

– Você me disse que podíamos confiar nos Dotados – comentou Artemis. – Foi você que falou para trazermos Kate para cá.

– Não tínhamos outra escolha!

– E eu não tenho nenhuma escolha agora – retrucou Artemis. – Baltin me prometeu que nada de ruim aconteceria a ela. Não quero fazer isso, Edgar, mas é a única maneira que vejo de mantê-la a salvo.

– Então vai simplesmente deixar que a prendam? – perguntou Edgar. Que a deixem trancada e se esqueçam dela, é isso? Quer mesmo que isso aconteça?

– Pelo menos ela estará segura – respondeu Artemis. – É a única esperança que posso ter por ela agora.

Baltin apertou o ombro de Artemis, tranquilizando-o.

– O guardião da garota não fez nenhuma objeção – explicou ele. – Kate será recolhida e levada para o claustro. Decidiremos o castigo dela no tempo devido.

Todas as pessoas reunidas se levantaram ao mesmo tempo, e Edgar subiu ao palco, sem conseguir acreditar que todos estavam calmos, voltando a continuar com suas vidas.

– Não podem fazer isso! – gritou. – Eu disse a ela que iriam ajudá-la, mas vocês são tão ruins quanto o conselho! Estão ameaçando-a da mesma maneira que ameaçaram vocês durante séculos, tudo porque têm medo do que não entendem.

Ninguém respondeu. Vários Dotados voltaram para trás para olhá-lo enquanto saíam, os olhos escuros brilhando de ódio. A porta do esconderijo de Kate se moveu, e Edgar a viu olhando diretamente para Artemis. Pelo que ela sabia, o tio não havia nem tentado convencê-los de que ela não poderia ter matado Mina, que ela jamais mataria alguém. Artemis viu a sobrinha e virou-se.

– Pelo menos tem vergonha do que fez – observou Edgar.

Artemis levantou-se. Suas roupas estavam mais imundas que o normal, e parecia que ele não dormia havia dias.

– Baltin – disse ele –, não precisa mandar sua gente ir atrás de Kate.

– A decisão já foi tomada, Artemis. Eu o avisei que isso podia acontecer. Você concordou que era o correto.

Artemis apertou as mãos, lutando contra o que estava prestes a dizer. Kate esperou que ele a defendesse, que tentasse acertar o que os Dotados haviam entendido extremamente errado, então ergueu a mão e apontou para o esconderijo.

– Ela está ali – falou ele.

Kate não podia acreditar no que estava vendo. Artemis poderia ter distraído Baltin ou pelo menos ficado calado. Poderia ter lhe dado a chance de se explicar e, talvez, fazer algum tipo de diferença no julgamento contra ela. Em vez disso, simplesmente apontou para a sobrinha, entregando-a como se também estivesse convencido de que ela era culpada.

Edgar saltou pela beirada do palco, passando às pressas entre as fileiras de assentos em direção à amiga.

– Kate! – gritou ele. – Temos de ir!

Mas Kate não estava preparada para partir.

O ar na sala de reuniões estava mudando. Alguma coisa estava se deslocando dentro do véu. Kate ouviu um som parecido com um trovão, os espíritos ao redor dos quadros no teto de repente pareceram mais claros, e ela sentiu o véu atraindo com força seus pensamentos, lutando para chamar sua atenção contra o que estava acontecendo na sala. Foi completamente dominada pela tontura. O teto descia em sua direção, pressionando-a, e as paredes se inclinavam para dentro. Afastou-se devagar e entrou na antessala, pressionando as costas contra o túmulo no centro do piso. Estava difícil respirar. O som de água corrente ecoava ao redor, seu corpo estava paralisado, e ouviu o chiado de um pássaro vindo de algum lugar ali perto.

Kate agachou-se ao lado do túmulo e sentou-se no chão. As imagens tremeluziam diante de seus olhos: água, penas e pedras. Podia sentir o cheiro forte de sangue e o toque áspero da pedra esmagando as pontas de seus dedos. Nada daquilo fazia sentido. Ela não conseguia detê-lo. Só o que podia fazer era deixar acontecer. Queria gritar, mas seus pulmões não funcionavam. Então Edgar surgiu na sua frente. Segurou sua mão, e o véu recuou. As imagens desapareceram. Recuperou o controle do corpo, e as lágrimas escorriam em sua face.

– Venha – chamou Edgar, gentilmente colocando-a de pé. – Vamos sair daqui.

– Não – disse Kate. – Tem alguma coisa errada.

– Muitas coisas estão erradas agora. Precisamos ir.

– Acho que é Silas – observou Kate. – Alguma coisa aconteceu. Pude *senti-lo*. – Olhou para as mãos, lembrando-se da pressão da pedra contra elas. – Ele está ferido.

– Podemos falar sobre isso mais tarde – falou Edgar. – Não há nada que possamos fazer agora. Você vem?

Kate concordou com a cabeça. Deixou Edgar puxá-la para dentro da sala de reuniões, e saíram pela porta da frente lado a lado.

A caverna dos Dotados era mal iluminada para simular a noite que caía sobre a Cidade Superior. A luz da lanterna dava um brilho quente ao teto curvado de tijolos vermelhos e iluminava as duas longas fileiras de casas onde os Dotados moravam. Eles foram devagar demais. Greta, a magistrada, já estava parada na rua, ladeada por dois dos guardas mais fortes de Baltin, esperando por ela.

– Ótimo – observou Edgar, segurando firme a mão de Kate.

– O julgamento acabou – disse Greta. – O veredicto foi justo.

– É mais do que ela merece – falou um dos homens. – Devíamos entregá-la aos guardas pelo que fez.

Edgar sussurrou para Kate sem mexer os lábios.

– Se é para irmos, temos de ir agora. Siga meu sinal.

Os dois guardas hesitaram quando pareceu que Edgar ia se mover. Greta deu um passo à frente.

– A caverna está fechada – comentou ela. – Não há saída.

Mais Dotados estavam se reunindo ao redor deles, os olhos escuros atentamente fixos em Kate. Suas mãos estavam gélidas, e gotas de água pingavam no chão, formadas pelo calor da mão de Edgar que derretia o gelo que se juntava sobre as mãos de Kate enquanto o véu se aproximava.

– O que eles estão fazendo? – perguntou Edgar, recusando-se a soltá-la.

– Não são eles – respondeu Kate. – É o véu. Tem alguma coisa diferente nele.

– Srta. Winters? – A voz de Baltin surgiu atrás dela. – Está na hora de pagar pelo que fez. Venha conosco agora. Não fará nada de bom a si mesma aqui. Deixe o rapaz ir.

Kate percebeu que estava segurando a mão de Edgar com tanta força que os dedos dele estavam ficando brancos e o soltou de uma vez.

– Isso mesmo – disse Baltin, fazendo sinal para os dois homens caminharem devagar em direção a ela. – Edgar, afaste-se, por favor.

– Não. Não podem simplesmente levá-la!

– Não vê o que está acontecendo? – comentou Baltin. – Ela não tem controle absoluto sobre a conexão com o véu, e isso a torna perigosa. Ela pode nem se lembrar de ter matado Mina. Quer que o mesmo aconteça com você?

As pupilas de Kate brilharam com uma luz prateada ao refletirem a luz da lanterna.

– Esta garota já foi fundo demais em coisas que não são da conta dela – explicou Baltin. – A Noite das Almas foi... não há outra palavra para isso... foi uma abominação. Os efeitos dos estragos que Kate causou dentro daquele círculo ainda estão sendo sentidos através do véu. Ela é perigosa e sempre será. Não podemos permitir que cometa os mesmos erros outra vez.

– Ela usou um círculo de escuta – disse Edgar. – Isso não é crime.

– Em nosso mundo deveria ser – retrucou Baltin. – Ela abriu um círculo de escuta, expôs uma multidão de pessoas inocentes aos perigos da meia-vida e interferiu no destino de milhares de almas atormentadas. Se a sorte não tivesse permitido que ela contivesse os espectros naquele círculo, as consequências teriam sido inimagináveis.

– Mas ela as *conteve* – explicou Edgar. – Ela não abriu o círculo. Foi Da'ru. Se Kate não tivesse assumido o controle dele, quem sabe o que teria acontecido. Ela ajudou as pessoas naquela noite, algo que os Dotados não fazem há muito tempo.

– Como eu disse. Foi sorte – disse Baltin. – Tudo poderia ter terminado de maneira bem diferente. Não se esqueça do sangue que foi derramado por causa dela. Guardas e uma mulher do conselho foram assassinados dentro de um círculo ativo. Você faz ideia do que poderia ter acontecido se Kate tivesse perdido o controle?

– Aquelas mortes não foram culpa de Kate!

– Talvez não, mas isso não muda o fato de aqueles círculos serem instrumentos de um grande poder desconhecido. Os Dotados ainda não sabem a extensão da influência deles sobre o mundo dos vivos. Kate foi negligente em suas ações e podemos estar começando a ver somente agora as consequências. Ela abriu um portal entre o mundo dos vivos e o dos mortos; um portal maior do que jamais se viu em toda a história. Um ato como esse tem efeitos de longo alcance. Quem sabe quantos ainda vão sofrer pelo que ela fez?

– Besteira! – exclamou Edgar. – Kate não prejudicou nada nem ninguém, e vocês são todos loucos por pensarem que ela faria isso.

– Já chega – retrucou Baltin com severidade. – Você é um convidado nesta caverna, sr. Rill. Lembre-se disso.

Edgar estava prestes a discutir, mas uma sombra de dúvida passou pela mente de Kate. E se Baltin tivesse razão? E se ela tivesse feito algo errado? E se fosse perigosa? Kate sabia muito bem o quanto as centenas de pessoas na praça da cidade haviam chegado perto da morte na Noite das Almas. Tinha visto a corrente da morte com os próprios olhos; ela a vira exigir a vida de Da'ru, a conselheira, e ajudara a corrente a realizar seu trabalho. Baltin estava certo: se alguma coisa tivesse acontecido às pessoas reunidas naquela noite, ela teria sido a responsável. Não poderia correr o risco de que algo assim acontecesse novamente.

Kate deu um passo à frente e dirigiu-se a Edgar.

– Eu vou com eles – disse ela. – Vai ficar tudo bem.

– Não, não vai. Eles não vão deixar você sair outra vez. Vão mantê-la aqui embaixo, Kate! – Mas os homens de Baltin já estavam ao redor dela.

Dois deles seguraram Edgar enquanto Kate seguia Baltin pela rua principal da caverna, indo em direção a um pequeno prédio cuja entrada era proibida a qualquer um, exceto àquele que tinha a chave. As fechaduras da porta estavam duras pelo desuso. Baltin abriu a porta e entrou na escuridão iluminada por velas, fazendo sinal para que Kate o seguisse.

Ali dentro era um cômodo que os Dotados usavam de claustro. Alguém estivera ali recentemente e o preparara para a chegada de Kate. Havia uma cama perto da porta, uma mesa longa cheia de livros antigos que pareciam ter vindo do sótão empoeirado de alguém e uma série de prateleiras que cobria toda a parede circular, que continha quatro velas, já queimadas pela metade.

– Para seu próprio bem, sugiro que se acostume com este lugar – aconselhou Baltin, sua voz ecoando de forma pesada pelo cômodo. – Aqui você não fará mal a ninguém e deve permanecer até pensarmos em uma solução mais permanente.

– Eu não fiz mal a ninguém – disse Kate enquanto Baltin se posicionava entre ela e a porta. – Eu não matei Mina.

– Não se trata apenas disso – retrucou Baltin. – Todos nós sabíamos o que você era, mesmo antes de você saber. Pode achar que não prejudicou ninguém, mas o véu não mente para nós. Ele nos avisou sobre você há quatro anos e disse que, com o tempo devido, você nos prejudicaria. Tenho pessoas para tomar conta daqui. Acha mesmo que Mina não teria feito o mesmo assim que descobrisse tudo que pudesse de você?

– Mina me recebeu na casa dela – disse Kate. – Confiou em mim, assim como confiava em meus pais. Eles deram a vida para ajudar os Dotados. *Você* acha mesmo que eu quebraria essa confiança?

– Os filhos não são os pais – comentou Baltin. – Pode estar certa sobre Mina, mas veja o que aconteceu a ela. O véu nos avisou sobre suas... habilidades especiais. Respeito sua família, sempre respeitei, mas seria um tolo se ignorasse aquele aviso agora. Não posso me dar o luxo de confiar em você, Kate, e, já que concordou em ser trazida para cá, não acho que confie em si mesma. Terá refeições regulares, mas nenhum visitante até decidirmos o que fazer com você. Além disso, não posso lhe prometer nada.

Baltin saiu, deixando Kate parada ali sozinha. Girou as fechaduras e sacudiu uma porta depois da outra para se certificar de que estavam bem trancadas. Assim que a última porta foi trancada, ele e seus homens partiram, e um silêncio assustador tomou conta do local, o tipo de silêncio que sugeria que alguém estava parado ali perto, tentando não respirar.

Kate pegou a vela mais próxima e a segurou no alto. Sentiu como se alguém a estivesse observando. Sua pele formigou, e foi só então que percebeu os traços de gelo subindo pelas veias de seus braços. O véu estava mais perto do que o normal naquele lugar e a deixava insegura. "É isso", disse a si mesma, sentando-se na cama. "É isso que você deve esperar, quem sabe por quanto tempo."

Um sussurro profundo cercou o cômodo em resposta às suas palavras, e Kate tremeu. Atreveu-se a entrar no véu um pouco e viu as formas sombrias dos espectros paradas perto das paredes feito estátuas entalhadas na pedra. Vê-las tão claramente não a assustava mais, e a presença delas lhe deu um pequeno conforto quando se sentou ali sozinha. Se Baltin queria que ela ficasse fora do véu, trancá-la não adiantaria nada. Ele já devia saber disso. Sentada ali no meio do silêncio, Kate não conseguia evitar pensar no tipo de solução definitiva que ele e a magistrada tinham em mente.

4
Bandermain

– Acordem-no.

Uma voz penetrou de forma lenta na mente de Silas enquanto ele tentava entender o que estava acontecendo. Um pedaço de corda prendia seus pulsos ensanguentados, e o cheiro de terra úmida era devastador. Ele estava em um porão, amarrado a uma cadeira e impossibilitado de se mexer. Era tudo de que podia ter certeza sem abrir os olhos. Sua mente, tomando isso como uma ordem, tentou abrir as pálpebras. Um de seus olhos estava muito inchado, e a pálpebra não se movia. O outro estava grudado de sangue, mas, quando conseguiu abri-lo, se deu conta de todos os detalhes ao redor em um piscar de olhos.

A chama de uma vela queimava a alguns centímetros da ponta de seu nariz. Atrás da chama havia um rosto observando-o, e depois dele havia pelo menos outros três homens, todos armados e encarando, sem expressão, a parede atrás dele. Silas tentou se mover à medida que ia recuperando os sentidos, e uma dor percorreu sua perna. Sentia o osso como se a perna estivesse em carne viva, marcada por uma barra de ferro em brasa.

Com movimentos leves, testou os braços e as pernas, um a um. O ombro esquerdo estava deslocado, fazendo com que sentisse o braço solto e pesado, e todo movimento transmitia ao seu corpo uma dor abrasadora. O instinto o obrigou a ficar o mais imóvel possível. Sentia a maioria das juntas dos dedos torcidas e deformadas, um dos tornozelos estava quebrado e o braço direito estava trincado em pelo menos dois lugares. Testou os pulmões. O estalo de uma costela quebrada repercutiu em seu peito, e ele então se conscientizou de que não deveria respirar fundo outra vez. Era como se cada parte de seu corpo estivesse machucada, quebrada ou sangrando. Isso não deveria estar acontecendo. Ele deveria ter se curado.

– Você devia estar morto. – O rosto por trás da chama se levantou, levando a vela. – Por que não está morto?

A pergunta não era para ele. A voz áspera falava para si mesma, estudando Silas com atenção. Silas não gostava de ser estudado.

A sombra do homem feita pela luz da vela tomava conta de todo o cômodo. Seus ombros eram largos e poderosos, seus braços fortes bem usados na empunhadura de uma espada. O rosto carregava as finas cicatrizes de muitas batalhas, e os lábios pálidos estavam torcidos junto com um olhar que era metade curiosidade e metade uma admiração ressentida. Quando Silas o vira pela última vez, o homem carregava uma espada de duas mãos nas costas e, enquanto os outros Guardiões Sombrios carregavam punhais nos cintos, ele ainda usava a mesma arma que havia tirado a vida de muitos soldados de Albion. A empunhadura da espada aparecia sobre seu ombro direito, o pomo era coberto de couro preto com listras douradas, gasto pelo uso.

– Começou a viajar com um bando, não é mesmo, Bandermain? Deve estar ficando velho.

O Sentinela Bandermain era mais alto e mais velho que Silas e muitas vezes provou ser um hábil estrategista com a força e a resistência de um touro. Na última vez que Silas o tinha visto, ele comandava mais da metade do exército continental. Era um guerreiro completo, e sua força se comparava à de Silas sempre que se encontravam em batalha. Mas isso fora em outra vida, antes de o espírito de Silas ser desconectado de seu corpo. Muita coisa havia mudado desde aquele dia.

– Sempre soube que seria eu a derrotá-lo – disse Bandermain. – E estava certo.

A luz inundou o rosto dele, criando sombras que cobriam seus olhos profundamente imóveis, os quais não demonstravam nada dos pensamentos que se passavam por trás deles. Estava usando um casaco longo e vermelho de um membro do alto escalão da Guarda Sombria, e muitos desconhecidos poderiam tê-lo achado bonito à primeira vista, mas havia uma marca de perigo naquela aparência – uma marca usada somente por aqueles que já haviam matado e amavam matar. Era um sinal maligno que só podia ser sentido por outro assassino ou por suas vítimas no momento fatal em que percebiam que haviam se tornado a presa dele.

– Achei que já estaria morto há muito tempo agora – disse Silas, usando os pulmões o mínimo possível. – Não é isso que geralmente acontece aos oficiais que deixam o inimigo partir em liberdade da terra deles?

– Isso já foi há muito tempo – retrucou Bandermain. – Aprendi com meus erros. Recuperei a confiança de meus líderes várias vezes, enquanto você, pelo que soube, recentemente perdeu a confiança dos seus. Traição. Nunca esperaria isso de você.

Silas continuou encarando Bandermain, mas não respondeu nada.

– Ouvi muitos boatos sobre você desde a última vez que esteve aqui – comentou Bandermain. – Agora posso ver que pelo menos alguns deles eram verdade. Pontes caindo. Pessoas morrendo debaixo delas. Cada uma delas. Cada uma... menos você.

– Ossos fortes – defendeu-se Silas. – Cabeça dura.

– Creio que não. Não somos tão ignorantes quanto sua gente gosta de pensar que somos deste lado do mar – comentou Bandermain. – Sabemos do véu, e sabemos o que seu Conselho Superior pretende fazer com ele. – Fez um sinal para um de seus homens, que deu um passo à frente e desenrolou um dos noticiários para Silas ler. Era uma cópia recente, com menos de uma semana, mas a notícia principal já se repetia sem parar havia muitos anos. – O que tem a me dizer sobre isso?

A guerra está para terminar
Novas estratégias foram estabelecidas
O Continente sente o poder dos avanços científicos.
Albion ao ataque!

Silas tossiu ao rir com desdém.

– Acredita nisso? – perguntou ele. – Quantos deles você interceptou? Um? Talvez dois? É *disso* que você tem medo? Eu costumava ficar ansioso para enfrentá-lo em uma batalha, Sentinela. Agora... sinto apenas pena de você.

Bandermain fechou os dedos, mas Silas sabia que ele não atacaria um prisioneiro, não aquele que poderia ser útil a ele. Apesar da unidade militar que mantinha hoje em dia, Bandermain não era tolo.

Em qualquer outra noite, nem mesmo a Guarda Sombria teria uma chance contra Silas, mas alguma coisa havia mudado, e Bandermain estava confiante demais considerando como Silas o deixou ensanguentado na última vez que se encontraram. Uma leve cicatriz ainda era totalmente visível ao longo da mandíbula de Bandermain, uma que fora feita pela espada de Silas, que havia sentido piedade dele naquele dia, mas não pretendia fazer o mesmo outra vez.

– Eu sei o que você se tornou – comentou Bandermain. – Dei ordem a meus homens que se preparassem para uma grande caçada. Capturar você significava um desafio para eles. No entanto, aqui está você, provando ser uma ameaça tão grande para nós quanto um peixe em uma rede. Acho isso interessante, para não dizer meio decepcionante.

– Você não sabe nada de mim.

– Sei que pode se curar sem remédios. Lutar e não se cansar. E esta noite eu o vi ficar submerso por mais tempo que qualquer homem vivo.

– Seria um truque muito interessante – disse Silas. – Mas, como pode ver, não deve acreditar em tudo que ouve do outro lado do mar.

– Não me parece um homem que está sentindo dor.

– Eu pratiquei.

– Com certeza é verdade – disse Bandermain. – Há pessoas que estariam muito interessadas em pegá-lo. Você é uma lenda, meu amigo. As crianças falam de você nas ruas. Fazem jogos e revezam para ser aquele que derrota Silas Dane, o "poderoso soldado do oeste".

– Não tenho interesse nos jovens do seu país – retrucou Silas. – É assim que a Guarda Sombria consegue informações hoje em dia? Com as crianças nas ruas?

– Ficaria surpreso em saber o quanto meus espiões descobriram – disse Bandermain. – Do jeito que as coisas vão, seria visto como um serviço para os nossos países se eu o matasse aqui e agora, neste local, mas, depois desta noite, acho que nós dois sabemos que isso não é tão fácil quanto parece.

Silas sentiu os dedos quebrados começarem a estalar e voltar ao lugar. Os ossos o faziam sofrer de dor enquanto se regeneravam, mas ele tentou não chamar a atenção para sua força que retornava.

– O garoto no navio – perguntou ele. – Era um dos seus?

– Não – respondeu Bandermain. – Ele entende um pouco de sinais luminosos com lente, igual a você, mas o sinal malfeito que ele fez foi suficiente para atrair a nossa atenção. Ele pensou que, se o entregasse a nós, ganharia piedade. Foi essa escolha que salvou a vida dele. Devia ter prestado mais atenção nos colegas do navio, Silas. Principalmente no capitão. Todos nós sabíamos que uma hora você partiria de Albion, e meus homens estavam preparados para encontrá-lo quando você partiu. Tenho pessoas vigiando você há mais tempo do que imagina.

– Tenho certeza que sim – disse Silas. – Eu, no entanto, não tive ninguém vigiando você. Você não é tão interessante assim. Na verdade, meus homens e eu não pensamos em você há anos. Tivemos coisas mais importantes a fazer.

Bandermain não perdeu a pose, mas falhou ao tentar esconder o ódio fervendo por trás dos olhos.

– Coisas importantes como traição? Assassinato? Deslealdade? – perguntou. – Meus contatos comentam que você se relaciona com bruxas. Você as protegeu, abriu mão de seu bom nome para ajudá-las. O que elas lhe deram em troca?

— Não protegi ninguém — respondeu Silas.

— Porém, na Noite das Almas, "Silas Dane, grande campeão do exército de guardas de Albion", entregou um dos seus. A praça da cidade capital ficou vermelha de sangue. Não é isso que os historiadores do conselho andam dizendo? Houve um tempo em que eu não teria acreditado em tais histórias. Você traiu o Conselho Superior, matou seus próprios homens e assassinou a mulher que jurou proteger, tudo para salvar uma garota Dotada que você foi enviado para caçar. Não é desse Silas Dane que me lembro. O inimigo que conheci valorizava a honra acima de tudo. Ele não teria se voltado contra seu juramento sem um bom motivo. Se o conselho tivesse pedido, ele teria cortado a garganta da garota e a deixado sangrar até secar. Em vez disso, escolheu um caminho diferente. Foi um bom trabalho, devo admitir, mas você se expôs, Silas. Chamou minha atenção. — Bandermain afastou-se e acenou com a cabeça para o guarda segurando o cartaz. — Mostre para ele.

O guarda enrolou o primeiro cartaz e desenrolou uma página menor. Silas imediatamente soube o que era. O papel era grosso, amarelo e malfeito. Dezenas de criados deviam ter se sentado para fazer uma cópia atrás da outra, distribuindo-as por Albion para o máximo possível de pessoas verem. Era um cartaz de procurado. Ele sabia mesmo antes de ver o que estava escrito, mas, quando o guarda virou o papel, ele ficou surpreso com o rosto desenhado ali. Uma garota de cabelos longos e negros e olhos de gato. Inconfundível.

— Vejo que a conhece — observou Bandermain. — É a garota que você estava protegendo, não é?

Silas não respondeu.

— Srta. Kate Winters. Filha de Jonathan e Anna Winters. Último membro dos Dotados da linhagem Winters. Essa garota era sua aliada. Você matou para protegê-la e traiu por ela. Isso nos deixa com uma pergunta... por que a deixou em Fume para morrer?

Silas olhou diretamente nos olhos de Bandermain, deixando a indiferença de sua alma conectar-se com o fogo no coração do inimigo.

— Não fiz nada pela garota — respondeu. — Ela não é do meu interesse.

— Entretanto, ela é do interesse de muitos outros. Você sabia disso quando a deixou para trás. Você a avisou antes de se virar e fugir? — Bandermain colocou as mãos em cada lado da cadeira de Silas, perto o suficiente para que o prisioneiro sentisse o cheiro de carne em seu hálito. — Disse que ela seria caçada como um animal nas ruas? Porque eu gostaria muito de tornar essa promessa uma realidade. Sei que ela tem algo a ver com você e sua... condição. Sei que está escondida em algum lugar dentro de Fume, mas não será útil para mim se estiver morta.

— Não me interessa o que você quer — disse Silas, frio. — A garota me parece estar bem viva.

— Seu pequeno truque na praça da cidade foi tão bom quanto pintar um alvo nas costas dela — falou Bandermain. — Meus homens a estão procurando enquanto conversamos. Eles vão encontrá-la.

Não era surpresa para Silas que Bandermain tivesse subido de posto tão rapidamente na Guarda Sombria. De longe era o mentiroso mais experiente e desonesto do Continente, mas ali, naquele cômodo, não era experiente o bastante.

— Você não sabe onde ela está — observou Silas.

– Então por que não nos poupa o tempo de uma longa caçada e nos diz? Assim, muito menos sangue será derramado. Não quero as espadas da Guarda Sombria manchadas de sangue de Albion mais do que o necessário.

– Por que está me perguntando? – indagou Silas. – "O eco de cada palavra dita chega aos ouvidos da Guarda." Não é nisso que seu povo acredita? Vocês têm ouvidos em toda parte. Ouvem tudo. Ou está dizendo que eles estão errados? As coisas mudaram desde que você assumiu o cargo? Seus homens deveriam ter os ouvidos dos maiores líderes de sua terra. Em vez disso, eles se escondem dentro das tocas dos contrabandistas, ameaçando garotos escravos e sendo mortos por inimigos que não deveriam ter desafiado, para começar.

Bandermain inclinou-se mais para perto, o rosto vermelho de ódio, e Silas aproveitou a chance. Soltou o braço direito das cordas e agarrou a garganta do inimigo, apertando-a com força. Bandermain não reagiu, mas a Guarda Sombria saltou em cima de Silas de uma vez só, e, apesar de não ter recuperado a força totalmente, foram precisos quatro homens para soltar sua mão e amarrar seu braço de volta na cadeira. Bandermain não saiu do lugar enquanto Silas era imobilizado outra vez, e um grande hematoma surgiu ao redor de seu pescoço. Ele não pareceu surpreso. Ao contrário do que se esperava, olhou para Silas com uma expressão sinistra de vitória.

– Ótimo – disse ele, esfregando a garganta. – Muito bom. E eu estava começando a achar que você ia me decepcionar.

Silas sentia o ombro ferido latejar como se pregos estivessem penetrando fundo em cada músculo a cada movimento, mas sorriu de forma ameaçadora, desafiando Bandermain a se aproximar novamente.

– Terminamos aqui – disse Bandermain. Virou-se de costas e caminhou para a porta com seus homens logo atrás.

– Não vão encontrá-la – falou Silas.

Bandermain parou na soleira da porta e olhou para trás.

– Vamos, sim – retrucou ele. – Se os tolos com os quais você a deixou não a matarem primeiro.

A Guarda Sombria retirou-se, e a tosse aguda de Bandermain ecoou nas paredes enquanto se distanciavam. A fechadura clicou atrás deles, e Silas ficou sozinho.

Kate não se preocupou em tentar dormir. Assim que Baltin saiu, retirou um pequeno pacote de um bolso especial que havia costurado dentro do casaco e, desdobrando um pano negro que envolvia um objeto de forma impecável, desvendou um livro encapado com couro roxo e velho. Se soubesse que ela possuía aquele livro, Baltin o teria tomado dela sem pensar duas vezes. Era da grossura de seu punho e seus dedos formigaram de frio quando tocou as letras prateadas da capa.

Wintercraft

O *Wintercraft* era um dos livros mais raros e perigosos de Albion. Dentro de suas páginas estava a história da vida de um grupo de Vagantes que viveu séculos antes de Kate nascer – pessoas que conseguiam entrar no véu, da mesma maneira que ela –, juntamente com as várias experiências que tinham conduzido sobre o que encontraram do outro lado. Os Dotados não gostavam das práticas do *Wintercraft*. Viam o véu como algo a ser estudado, e não penetrado e usado em experiências, e Kate tinha testemunhado o estrago que o conhecimento contido naquele livro poderia causar a ela. Quase custou sua vida na Noite das Almas e colocara em perigo a vida de centenas de pessoas que o viram agindo no meio da praça da cidade, mas o *Wintercraft* era uma parte dela. Kate precisava protegê-lo.

Muitas de suas páginas foram escritas pelos ancestrais de Kate, e seus pais morreram tentando protegê-lo do Conselho Superior quando ela tinha apenas cinco anos de idade. O livro continha respostas que os Dotados eram incapazes de lhe dar sobre o que significava ser um Vagante, e, mesmo sendo difícil entender algumas partes, ele havia se tornado um conforto para ela. Somente Edgar sabia que ela ainda o possuía. Sem mais nada a fazer naquele lugar, ela se enfiou debaixo dos cobertores e começou a ler.

As horas passaram devagar, e Kate acabou dormindo sobre as páginas abertas, sonhando com espectros, círculos de escuta e guardas. Sua mente vagueou, retornando ao tempo que passou com Silas, aos rostos das pessoas que ele havia matado e às almas daquelas que ele a ajudara a libertar, e a lembrança disso a fez acordar assustada. Saiu debaixo dos cobertores, procurou a segurança da luz de sua vela e acendeu outra que estava em uma caixa sobre a prateleira curva do cômodo, só para o caso de a primeira se apagar. Os espectros haviam desaparecido, e ela já havia apagado as outras luzes, pois não gostava das formas que elas criavam nas paredes. Uma cicatriz em seu braço esquerdo ardeu um pouco; uma linha fina de um corte que tinha sido feito havia algumas semanas, quando Silas roubou seu sangue. "Silas", sussurrou para si mesma.

Então começou o som de arranhões. *Krrr... krrr... krrr...* parecia que alguma coisa estava tentando cavar com as patas uma entrada para o quarto.

De repente, as duas velas não eram suficientes. Kate pegou a caixa de velas da prateleira, encheu a mão com elas e acendeu todas, deixando um rastro de parafina pingando no chão ao lado de sua cama e colocando uma a uma sobre ela. Segurou uma das velas na frente, tentando localizar o som, mas ele parecia estar vindo de todos os lugares ao mesmo tempo. Então pressionou a mão na porta e sentiu as vibrações minúsculas em seus dedos. Alguém estava do lado de fora, arranhando para tentar entrar.

O arranhado parou, e ela se agachou na frente da porta, espiando pelo buraco da fechadura do meio. Ouviu alguma coisa estalar, e outra metálica ressoou contra a fechadura, deslizando pelo chão da caverna. Alguém resmungou enquanto respirava, e Kate afastou-se quando um arame passou pelo buraco da fechadura, quase atingindo seu olho.

– Quem está aí? – perguntou, mas ninguém respondeu. Passou para a fechadura de cima, na esperança de conseguir ver o rosto do visitante, mas tudo que conseguiu ver foi um emaranhado de cabelos negros curvando-se para a frente enquanto seu dono estava concentrado no que fazia.

Kate baixou a manga cobrindo a mão direita e esperou, olhando pela fechadura do meio, o momento certo para atacar. Quando o arame apareceu novamente, ela agarrou a ponta enganchada e puxou com força. O arame passou direto pela porta e, quando Kate olhou pelo buraco da fechadura, deparou-se com o olho de Edgar.

– O que está fazendo? – perguntou ele.

– O que *você* está fazendo?

– Tirando você daqui.

– Parecia que estava tentando acordar a caverna inteira – disse Kate. – Deixe-me em paz. Estou bem neste lugar.

– Deixar você em paz? Aí dentro? Claro. Por que não pensei nisso? Com certeza está se divertindo muito sentada no escuro.

– Na verdade, eu estava dormindo – mentiu ela.

– Que bom que está se divertindo.

– Vá embora. Antes que alguém o veja.

– Devolva meu arame.

– Não.

– Kate, por favor. Estou tentando ajudar.

– Não preciso de sua ajuda.

Edgar calou-se.

– Já tenho tudo planejado – disse ele por fim. – Podemos sair daqui e encontrar a saída para a superfície. Tenho até suprimentos.

– Não.

– Pense nisso só por um segundo.

– Já pensei – falou Kate. – Baltin tinha razão. Não confio em mim mesma. Coisas estranhas acontecem ao meu redor, e não quero que prendam você outra vez. Talvez eu esteja melhor aqui. Vá encontrar seu irmão. Leve-o para a superfície se quiser. Eu vou ficar aqui.

– Não vai, não – retrucou Edgar, afastando-se alguns passos antes de voltar. – Acha que preciso de ferramentas para abrir uma fechadura e tirar você daí? Bem, não preciso. Baltin tem as chaves. Acho que vou pegá-las emprestadas por um tempo.

– Não pode fazer isso. Vão pegá-lo.

– E o quê? Ficarei aí com você? Parece que aí dentro é um mar de rosas, pelo que diz. Por que eu me incomodaria com isso? Vou pegar a chave e depois vou voltar aqui, você querendo sair ou não.

– Edgar, não. Edgar!

Edgar saiu às pressas pela caverna. As luzes ainda estavam fracas, e as duas únicas pessoas nos arredores eram as duas sentinelas posicionadas nas duas únicas saídas da caverna. Ele foi rastejando pela rua, olhou por cima da porta principal e viu um guarda sentado de costas para a parede, comendo sanduíches e lendo os noticiários contrabandeados da Cidade Superior. Só mais um minuto e ele entraria e sairia da casa de Baltin com as chaves na mão. Ninguém daria conta do acontecido antes que fosse tarde demais. Ele e Kate já estariam longe. Edgar pensou em seu irmão, Tom, que havia se adaptado bem com os Dotados. Tinha até mostrado alguma habilidade para ver dentro do véu. Estavam contentes com Tom, e ele gostava de morar ali. Poderia sentir falta de Edgar durante um tempo, mas estava no lugar mais seguro que poderia estar. Kate, no entanto, não estava.

Edgar tomou sua decisão. Atravessou a rua principal, encontrou uma das janelas de Baltin destrancada e entrou sorrateiramente.

5
Punhais cruzados

Kate andava de um lado para outro esperando Edgar voltar.

Finalmente ouviu-se o barulho de uma chave entrando na fechadura da primeira porta. Uma a uma foi se abrindo, e Kate ficou parada na frente da porta com os braços cruzados enquanto ela se abria. Mas a pessoa do outro lado não era Edgar. Era Baltin, vestido de pijama vermelho e roupão, apoiando-se na soleira da porta. Parecia cansado. Seu rosto estava com um tom verde de enjoo.

– Baltin?

Edgar estava lá, segurando uma lanterna a poucos passos de distância, e encolheu os ombros, desculpando-se.

– Srta. Winters – Baltin baixou a cabeça de leve e entrou no quarto. A cama afundou quando ele se sentou. – Feche a porta – ordenou quando Edgar o seguiu. – Feche, garoto!

A porta não podia ser trancada do lado de dentro, então Edgar ficou encostado nela para mantê-la fechada.

– O que está acontecendo? – perguntou Kate.

Baltin se ajeitou na beirada da cama e se sentou com a cabeça entre as mãos.

– Eu o encontrei amarrado na casa dele – explicou Edgar. – Ele não quer dizer quem foi. Pediu que o trouxesse direto para cá. Nem mesmo chamou os guardas.

– Porque os *guardas* não nos servirão para nada – retrucou Baltin. – Um inimigo está solto na caverna, e acho que Kate sabe quem é.

Kate logo pensou em Silas, mas isso era impossível. Não tinha como ele se arriscar a voltar a Fume com os guardas procurando-o.

– O véu afastou-se de nós – disse Baltin. – Não consigo mais ver dentro dele. Você consegue?

Ela podia sentir o véu ao redor, esperando logo além do alcance de seus sentidos comuns. Nada mudara até o momento pelo que ela sabia, mas, se Baltin achava que havia alguma coisa errada, era melhor que ela concordasse. Respondeu que não com a cabeça.

– Isso é pior do que eu pensava – disse Baltin. – Você precisa falar com ele, Kate. Precisa detê-lo. Seja lá o que ele estiver fazendo, precisa parar.

– Quem?

– Silas Dane.

– Você viu Silas? – perguntou Kate. – Aqui?

– Quem mais me atacaria?

– Silas não faria isso – disse a garota. – Não aqui. Ele não correria o risco de ser visto.

– Ele já fez muito pior – disse Edgar.

– Mas por que Baltin? E por que se incomodar em amarrá-lo? Silas não faria isso. Não serviria para nada. Não pode ser ele.

– Ninguém mais sabe como achar esta caverna. Ele é o único que... – A voz de Baltin foi sumindo, e ele olhou, ansioso, ao redor do quarto sombrio. – Ele já está aqui, não está?

– Só você tem a chave daquela porta – disse Kate. – Não tem mais ninguém aqui.

– Está mentindo – rebateu Baltin. – Está protegendo-o. Por que ele está aqui? O que ele quer?

Kate pegou uma vela acesa e circulou pelo quarto iluminando cada canto que a chama pudesse alcançar.

– Viu? – perguntou. – Não tem ninguém aqui.

– Então ele continua lá fora. Você o trouxe aqui. Tenho de avisar os outros. Saia do meu caminho! – Baltin empurrou Edgar para o lado e espiou pelo buraco mais alto da porta. – É tarde demais – sussurrou.

Kate avançou e foi ver com os próprios olhos. Do buraco mais baixo da porta podia ver debaixo da arcada iluminada da sala de reuniões. Não havia ninguém ali. Tudo estava em silêncio, mas, quando olhou pelo mesmo buraco que Baltin tinha usado, estava bloqueado e negro.

– Ele está lá fora – sussurrou Baltin.

– Ninguém está lá fora – disse Kate. – Tem alguma coisa presa na porta, só isso. – Ela não parou para pensar no que poderia ser ao abrir a porta, ignorando os protestos de Baltin, e olhou ao redor. Uma folha grande com as bordas pretas estava presa sobre a fechadura, e ela notou pelo menos uma dúzia de outras espalhadas pelo chão, mas várias haviam sido presas em algumas portas. Ela arrancou a folha enquanto Edgar juntava-se a ela do lado de fora.

– O que é? – perguntou ele. – O que diz aí?

Kate olhou para as letras vermelhas como sangue rabiscadas na folha.

**Você sabe nossas exigências.
Entregue o que exigimos.**

Havia uma marca impressa no topo da folha – dois punhais cruzados com duas letras debaixo. GS.

– Só podem ser os guardas – sugeriu Kate. – O que significa GS?

Mas Edgar já tinha saído. Estava dentro do claustro, impedindo Baltin de sair de lá.

– A pessoa que o atacou – disse ele. – Ela disse alguma coisa?

– Afaste-se, garoto.

– Ela disse algum nome? Alguma coisa?

– O véu retrocedeu – disse Baltin, olhando para Edgar como se estivesse ficando maluco. – Silas Dane é responsável por isso e será detido. Nada mais importa agora.

– Não. Isso não tem nada a ver com Silas – explicou Edgar.

– E como você sabe?

– Por causa disto. – Edgar apontou com o dedo a marca no cartaz. – Nunca ouviu falar na Guarda Sombria?

– Não tenho tempo para isso – disse Baltin. – Todos nós sabemos o que está acontecendo aqui.

– Você precisa ouvir! Quando trabalhei para o Conselho Superior, as pessoas encontravam cartazes como esses do lado de fora dos aposentos do conselho a cada poucos meses. A Guarda Sombria faz parte do exército continental. Quem o atacou esta noite provavelmente era um mensageiro. A Guarda Sombria os envia a Albion de vez em quando para lembrar ao Conselho Superior que eles podem mandar assassinos à sua porta a qualquer hora e também para avisá-los de que o Continente não vai simplesmente desaparecer. Às vezes, eles levam exigências, outras vezes simplesmente espalham os cartazes e partem. Os guardas costumavam fazer um bom trabalho encobrindo tudo sempre que havia um mensageiro na cidade, mas nunca ouvi falar de terem mandado um à Cidade Inferior na minha vida.

Baltin apontou para o cartaz nas mãos de Kate.

– Então o homem que deixou isso...

– Era só um mensageiro – completou Edgar. – Não vai querer contrariar essas pessoas. Se acha que os guardas são maus, acredite em mim, a Guarda Sombria é pior.

– Mas como o mensageiro entrou aqui? – perguntou Kate.

– Provavelmente entrou à força. Suas ordens devem ser para espalhar a mesma mensagem em toda a Cidade Inferior – respondeu Edgar. – Aposto que ele nem sabe que os Dotados vivem nesta caverna. Se soubesse, acho que não teria vindo aqui e saído com tanta facilidade.

Baltin empurrou Edgar ao passar por ele e arrancou o cartaz de Kate.

– Não faz sentido – disse ele. – Se essa "Guarda Sombria" está procurando alguma coisa, por que deixou isto? Por que não entraram sem serem vistos e levaram o que queriam? Ou deixaram que o mensageiro o fizesse?

– Porque estão procurando algo específico e não sabem onde está – explicou Edgar. – Querem assustar as pessoas para que encontrem o que querem para eles e tirem de onde está escondido. Fume é muito maior do que a maioria das cidades do Continente. Levaria uma eternidade para encontrar alguma coisa aqui. Acrescente a Cidade Inferior e terá meses de busca em suas mãos. A Guarda Sombria quer o que for mais rápido. Não querem arriscar que os guardas encontrem primeiro o que eles estão querendo.

– Mas o que eles querem? – perguntou Baltin. – Não fizeram nenhuma exigência. Não me pediram nada.

Edgar pegou outro cartaz caído no chão da caverna e o entregou nas mãos de Baltin. Estava escrito com a mesma tinta que o primeiro:

Entreguem Kate Winters e serão poupados.

– É você, Kate – observou Edgar, virando-se para ela. – Estão vindo atrás de você.

Kate deveria ficar surpresa ou, ao menos, um pouco preocupada. Em vez disso, simplesmente deu de ombros.

– Eles e todo mundo – disse ela.

Baltin releu o cartaz.

– Então está resolvido – falou ele.

– O quê? – perguntou Edgar.

– Houve discussões sobre a melhor maneira de lidar com a situação especial de Kate entre nós – respondeu Baltin. – Isso apenas prova que ela é uma ameaça muito maior do que imaginávamos. Voltem lá para dentro, vocês dois.

Edgar adiantou-se, mas Kate o segurou.

– Não – retrucou ela. – Não vamos entrar lá com você. Se a Guarda Sombria estiver me procurando, não vou ficar sentada naquele quarto, esperando que encontrem um jeito de descobrir onde estou.

– O que vou dizer não pode ser ouvido por qualquer um – avisou Baltin. – Se mais pessoas soubessem o que sei, não seriam tão amigáveis com você aqui.

– Amigáveis? Todas elas me odeiam!

– Elas não sabem de tudo – continuou Baltin. – Vamos entrar.

– Não. – Kate recuou, e Baltin ficou sério, apagando qualquer traço de amizade de seu rosto. Kate sentiu o véu descendo outra vez, e formas fantasmagóricas se moveram atrás de Baltin. Ela tentou ignorá-las; no entanto, vê-las ali a fez sentir um frio familiar nos ossos.

– Seu tio sabia dos perigos que você poderia enfrentar se a trouxesse aqui – disse Baltin. – Mas as consequências por deixá-la vivendo no mundo lá fora, sem vigilância e sem treino, teriam sido muito piores. Ele sabia o que precisava ser feito, e achei que fosse sensata o suficiente para ver isso também.

– Quero entender o que está acontecendo tanto quanto qualquer um – disse Kate. – Eu quero ajudar.

– Você abriu mão de ter uma vida livre no momento em que começou a se interessar por coisas que não eram da sua conta – explicou Baltin. – Você se aliou a Silas Dane e ainda esperava encontrar amizade entre nós? O único motivo de você não ter sido expulsa desta caverna na noite em que chegou foi por causa de ameaças como *esta*. – Baltin amassou o cartaz da Guarda Sombria. – Você é uma ameaça a tudo que tentamos proteger há centenas de anos. O véu responde mais a você do que a qualquer um de nós, e é óbvio que não somos os únicos a reconhecer isso. Não se trata mais apenas de você. Sabe o que poderia acontecer se os líderes do Continente pusessem as mãos em você? Eu mesmo a entregaria ao Conselho Superior antes de viver para ver este dia.

– Espere – pediu Edgar. – Isso é um pouco de exagero, não é?

– Se tivéssemos reconhecido a habilidade de Kate quando ela era mais jovem, as coisas poderiam ter sido diferentes. De qualquer forma, a mente dela foi aberta para o véu sem o treinamento adequado ou cuidado. Com ancestrais iguais aos dela, isso é desastroso. Quando achamos que Kate não havia herdado os Dons dos pais, ficamos aliviados. As habilidades da família Winters são lendárias. Como Vagantes, seus espíritos podem entrar diretamente no véu, mas o seu elo pode tornar-se tão forte que eles não só entram nele como também o *atraem*. Se o espírito deles for poderoso o bastante, o véu pode ficar instável ao seu redor e passar livremente para o mundo dos vivos. Quando isso acontece, o simples fato de estar perto desses seres pode enviar as almas das pessoas ao redor para a morte.

– Acha que Kate pode matar as pessoas, só de ficar perto delas?

– Se as condições forem propícias, sim – respondeu Baltin. – Isso já aconteceu. Os Dotados tentaram evitar que o sangue dos Winters fosse passado adiante para outras gerações. Agora Kate é a única Winters Dotada que restou. Expor ao véu a mente desprotegida dela foi como derramar óleo em uma chama. Silas Dane acendeu algo dentro de Kate que jamais vai parar de queimar. Se ela não for controlada, poderá significar a morte de todos nós. – Baltin voltou-se para Kate. – Por que você acha que Artemis nunca contou a verdade sobre sua família? Ele sabia que isso podia acontecer. Silas Dane estragou você, Kate. Ele a tornou perigosa e incontrolável, igual a ele. Acho incrível que não veja isso.

– Sei o que posso ver – disse Edgar, tentando fazer o possível para não parecer tão debilitado quanto estava. – Você está apavorado.

– Claro que estou apavorado. Estou por todos nós – comentou Baltin. – Pode não ter visto o que Kate realmente é, mas não somos tolos. Conhecemos os sinais. O prateado nos olhos dela, o jeito como o véu muda quando ela está por perto. Sabemos o que ela é. Tipos como Kate podem ser perigosos tanto pelo que não sabem quanto pelo que sabem. Basta um erro e pessoas morrem, igual a Mina.

– Mina foi apunhalada – retrucou Edgar. – O véu não teve nada a ver com isso.

– Se Kate tivesse permissão de explorar suas habilidades e as desenvolvesse, um dia acabaria usando-as – explicou Baltin. – Isso não pode acontecer. Se for mantida na ignorância, pelo menos há uma chance de o véu se afastar dela para sempre. Seu elo com ele pode simplesmente... desaparecer.

– Desaparecer? – perguntou Kate. – É isso que todos vocês esperam?

– Se não for assim, pessoas como esses Guardas Sombrios continuarão a caçá-la – disse Baltin. – Vão obrigá-la a influenciar o véu da maneira que querem, e isso colocará todos nós em perigo. Você pode ser uma arma violenta. Não podemos deixar que isso aconteça.

– Então, devo ficar aqui neste quarto até ficar "curada". É isso que está dizendo?

– Queria que fosse – respondeu Baltin. – Esse ataque muda as coisas. Não temos mais tempo para esperar.

Ele se moveu antes que Kate percebesse o que estava acontecendo. Abaixando-se atrás dela, encostou uma pequena lâmina em sua garganta.

– O que está fazendo? – indagou Edgar.

– Garantindo que terei sua atenção. Nunca quis que chegasse a isso, mas tenho uma responsabilidade. Preciso fazer o que é certo. Agora, entrem.

Edgar não saiu do lugar. A mão de Baltin estava tremendo, a lâmina roçando a pele de Kate. Não parecia o tipo de homem que já tivesse ferido alguém, mas estava nervoso o suficiente para cometer um erro e cortá-la sem intenção, caso as coisas saíssem do controle.

– Tudo bem – disse Edgar. – Solte-a.

– Entrem!

Edgar ergueu as mãos e começou a andar.
– O que você vai fazer? – perguntou.
– O que alguém deveria ter feito há semanas.
– Artemis sabe disso?
– Andem!
– Ele não sabe, não é?
– Mandei vocês andarem! – Baltin, irritado, apontou o punhal para Edgar, e Kate libertou-se dele assim que a arma deixou de tocar sua pele.

Baltin hesitou, sem saber o que fazer ou a quem ameaçar. Edgar foi para cima dele e o derrubou no chão, imobilizando-o de lado e obrigando-o a ficar quieto enquanto Kate abria os dedos dele com força para arrancar o punhal de sua mão.

– *Guar...* – Baltin tentou pedir ajuda, mas a luta levantara poeira do chão, e ele se engasgou, transformando o grito em tosse seca.

– Ele está bem? – perguntou Kate.
– Está. Me ajude a colocá-lo no quarto.
– Esperem – disse Baltin, ofegante, enquanto os dois pegavam seus braços, um de cada lado, arrastando-o. – Pensem no que estão fazendo.

– Eu já pensei – retrucou Edgar, tirando um molho de chaves do bolso do roupão de Baltin. – Você nos atacou. Nós nos defendemos. Parece mais do que justo para mim.

– Kate não pode sair desta caverna. Não pode!

Edgar fechou a porta, trancando Baltin lá dentro.

– Você não entende! – Baltin esmurrou a porta do outro lado, e Edgar deixou a chave pendurada na fechadura do meio.

Kate olhou pelo buraco mais alto da porta.

– Você virou Artemis contra mim – falou ela. – O que disse a ele?

O olho de Baltin apareceu na fechadura.

– Disse a ele a verdade – respondeu. – No início ele não acreditou, até que mostramos o que sabíamos. Mas Artemis é um homem coerente. Não poderia negar o que viu com os próprios olhos.

– O que mostrou a ele? – perguntou Kate.

– Mostramos o véu – contou Baltin. – Demos a ele a prova. Ele sabe que você não é mais uma simples garota. Sabe o quanto você se tornará perigosa.

– Por que não me mostrou isso?

– Porque o véu jamais mostraria a você o que podemos ver – explicou Baltin. – Você não pode testemunhar o próprio futuro, Kate. Nós podemos.

– Não lhe dê ouvidos – disse Edgar. – Podemos ir agora, antes que alguém perceba que ele sumiu.

– O que você viu? – indagou Kate.

– Sabemos que você nunca poderá sair desta caverna – disse Baltin. – Não podemos protegê-la se sair. Nós lhe demos uma chance, Kate. Se fugir agora, não teremos outra escolha a não ser caçá-la, para sua própria segurança e para proteger o futuro de Albion.

– Por quê?

– Não posso contar.

– Você ia me matar.

– Estava disposto a fazer o que deve ser feito.

– Nunca mais confiarei em nenhum dos Dotados – disse Kate. – Não sei o que viu no meu futuro, mas sei que não o passarei aqui, por mais que ele dure. Adeus, Baltin. Diga a Artemis que ele nunca mais terá de se preocupar em "me proteger" outra vez.

– Espere! – gritou Baltin quando Kate virou e se afastou do claustro. – Guardas!

Kate continuou olhando para a frente, caminhando por uma rua que um dia achou ser segura, sem querer que Edgar visse as lágrimas em seu rosto.

– Não há lugar para mim aqui – disse ela. – Eles podem ficar com Artemis e o véu. Não quero ter mais nada com eles em minha vida.

Kate podia ouvir o som de Baltin esmurrando a porta do lado de dentro do claustro enquanto ela e Edgar fugiam, apressados. Não demoraria muito para que um dos guardas o ouvisse, e, quando o encontrassem trancado lá dentro e vissem que sua única prisioneira não estava lá, nada mais os convenceria de que ela não era uma ameaça. Qualquer segurança que tivesse existido naquele lugar agora havia acabado.

– Vai mesmo deixar Artemis para trás? – perguntou Edgar, seguindo Kate pelo caminho entre duas casas e chegando a um pequeno jardim de pedras do outro lado.

– Meu tio me entregará para eles assim que me vir – explicou Kate. – E você também não pode ir. E Tom?

– Ele gosta daqui – respondeu Edgar. – Ficará seguro o suficiente. E não vou deixá-la sair sozinha.

Kate não disse nada. Nenhuma palavra seria suficiente para dizer o quanto era grata por restar ao menos uma pessoa em quem pudesse confiar. Edgar pendurou sua sacola nos ombros, e Kate apertou o passo, cabisbaixa, quando o sino dos guardas ressoou atrás deles.

– Encontraram Baltin – disse Edgar. – Vamos.

6
Fidelidade

Quando a Guarda Sombria saiu, Silas tentou se libertar da cadeira, mas seu corpo resistiu. Atacar Bandermain o machucara mais do que ele queria admitir. Seus músculos gritavam sempre que tentava movê-los, e seus ossos quebrados rangiam, obrigando-o a ficar parado. Ele deveria conseguir soltar as cordas e sair daquele lugar com facilidade. Em vez disso, estava preso àquela cadeira como um animal em uma armadilha.

O local em que estava era um porão comum. O piso estava grosso com décadas de camadas de pó de carvão e poeira, mas havia locais limpos na beirada ao redor dele, onde caixas e móveis velhos tinham ficado até pouco tempo. Os homens de Bandermain devem ter esvaziado o local com pressa, e obviamente não era um lugar para prender alguém com segurança.

Durante anos, acreditou-se que o pior destino para qualquer soldado do exército de Albion era parar nas mãos dos

Guardas Sombrios. Ele ouvira histórias sobre os maus-tratos dos prisioneiros sob a vigilância dos Guardas Sombrios durante as operações militares do passado, dentro do território continental, e conhecera dezenas de homens que foram levados por seus agentes. Somente dois deles encontraram o caminho de volta, levando histórias horríveis que ajudaram a tornar lendária a Guarda Sombria entre aqueles que eram enviados para enfrentá-la.

Silas não estava preocupado consigo – a Guarda Sombria não era uma ameaça para ele –, mas sim com o que haviam planejado fazer com Kate. Se os líderes do Continente finalmente pusessem as mãos em um poderoso membro dos Dotados, aquilo poderia virar a onda da guerra contra Albion de forma impressionante. Eles sabiam o nome de Kate. Queriam dominar o véu e agora sabiam exatamente quem caçar para conseguir isso. Que prêmio maior Bandermain poderia apresentar aos seus mestres do que uma garota capaz de demonstrar o poder do véu e um traidor de Albion que não morria? A Guarda Sombria não pararia até que conseguisse obter o que queria. A confusão caminhava para o centro de Albion, e Kate estaria bem no meio dela.

Silas tentou alcançar o véu, mas não sentiu nada outra vez. Kate era uma arma apenas esperando para ser encontrada, e ele não podia fazer nada para ajudar Albion enquanto estivesse amarrado no porão inútil de alguém.

Ouviam-se as vozes dos Guardiões Sombrios no cômodo acima. Uma porta bateu ao se fechar, e Silas pôde ouvir, através das tábuas do assoalho, uma tosse seca e uma conversa desenrolando acima. Bandermain e seus homens estavam perto. Ele ficou parado e ouviu.

– Envie mais homens – ordenou Bandermain. – Mande-os voltar da patrulha da fronteira. Use o navio e fale para não voltarem até que estejam com a garota sob custódia. Estamos muito próximos do ataque para arriscar algumas vidas. Concentre nossos esforços na capital, mas não descuide das cidades do norte. Envie homens para todos os lugares onde temos força de trabalho ao alcance e garanta que todos os agentes estejam cientes de suas responsabilidades com muita antecedência.

– Eles já foram informados – disse a outra voz.

– Já encontraram o caminho das ruas subterrâneas de Fume?

– Todas as entradas da Cidade Inferior estão sendo monitoradas, senhor. Os mensageiros foram enviados para os túneis, mas nossos agentes estão aguardando até que os cartazes sejam distribuídos, como ordenado. Se nossos informantes estiverem corretos, é provável que tenhamos o controle dos principais pontos de encontro amanhã ao anoitecer.

– "Provável" não é bom o bastante – enfatizou Bandermain. – Aquelas pessoas vivem no subterrâneo como formigas. Não vão criar nenhuma resistência significativa. Quero saber o momento em que tivermos os pontos de encontro.

– Sim, senhor. Há pássaros voando enquanto falamos. Esperamos notícias recentes muito em breve.

– Bom trabalho – elogiou Bandermain. – Mantenha-me informado.

A situação estava pior do que Silas tinha percebido. A Guarda Sombria não estava interessada somente em pegar Kate. Sua captura era simplesmente o primeiro estágio de um plano muito maior. Uma invasão. Ele precisava agir. Se não pudesse fazer mais nada, pelo menos ia tentar atrasá-los.

– Vocês. Aí fora – disse em voz alta.

A porta do porão se abriu, e dois Guardiões Sombrios que estavam de guarda entraram.

– Tragam Bandermain aqui – pediu. – Avise que estou disposto a falar.

Bandermain demorou para responder à convocação e, quando por fim voltou, foi sozinho.

– Estou aqui – disse ele. – Então fale.

– Como é? – perguntou Silas. – Ser a pessoa que me capturou? Pense na glória que será sua quando me entregar aos seus líderes.

Uma centelha de orgulho atravessou o rosto de Bandermain. Ali estava, pensou Silas. Ali estava o adversário que ele conhecia tão bem.

– Você e eu sabemos que nossos líderes estão mais preocupados em enfrentarmos uns aos outros do que acabar com esta guerra – afirmou Bandermain. – Não tenho mais interesse em ganhar o prêmio dos tolos. Há batalhas mais importantes para lutar, e você é muito mais valioso para mim do que jamais seria para eles. Desfilariam por nossas cidades com você dentro de uma jaula de ferro e convidariam crianças para cuspirem em você por entre as barras. Você seria a aberração de Albion, capturado e fraco. Tenho mais respeito por você do que isso.

– Dá para ver – disse Silas. – Não são muitos os que têm respeito suficiente para me esmagar debaixo de uma ponte. Talvez eu retribua esse "respeito" a você um dia.

Bandermain sorriu.

– Em circunstâncias normais, duvido que até mesmo uma ponte teria sido suficiente para detê-lo – falou ele. – Soube que você geralmente fica enfraquecido aqui. O véu não favorece meu país com tanto poder como faz com o seu. Enquanto estiver aqui, estará desconectado dele, e qualquer habilidade que tenha adquirido obviamente depende do véu para ter força. Você deixou seu lar em um momento perigoso, Silas. A conexão de Albion com o véu não é mais o que já foi. O véu está cedendo. O elo que seu país aproveitou por tanto tempo está deteriorando enquanto conversamos. Você pode não conseguir ouvir as vozes de seus espiritozinhos aqui, no meu país, mas imagine o que vai acontecer quando toda a Albion estiver mergulhada na meia-vida. Seu povo não conseguirá mais distinguir os vivos dos mortos. Os espíritos caminharão ao redor para que toda alma viva veja. Haverá o caos. Seu povo enlouquecerá e virará um contra o outro. Albion vai morrer, e a Guarda Sombria estará lá presenciando enquanto a arrogância do seu país causa a autodestruição.

– Você não sabe nada da meia-vida – disse Silas.

– Você ficaria surpreso – retrucou Bandermain. – É interessante o que você aprende quando tem os amigos certos. Se souber de algo que pode ser útil para mim, sugiro que compartilhe agora, enquanto ainda estou com paciência.

Silas ponderou suas opções. Bandermain nunca acreditou no véu. Tinha chamado aqueles que acreditavam de "tolos" e "bruxas", mas agora estava falando do véu caindo em algum tipo de evento inevitável em vez de um medo irracional ou uma fantasia. Ele tinha de saber mais. Tinha de ganhar a confiança de Bandermain e, para isso, precisava dar o que ele queria. Precisava fazer um sacrifício.

– Sei onde Kate Winters está – disse ele.

– Onde?

– Em um lugar onde seus homens jamais a encontrarão. Pelo menos não sozinhos. Se você a quer, me diga exatamente o que está acontecendo aqui. Sem mentiras. – Silas se recostou na cadeira, sentindo uma pontada de dor alfinetando a coluna. – Agora vamos conversar?

– Não está em posição de fazer exigências.

– Acho que estou em uma excelente posição – disse Silas. – Tenho a informação de que precisa. Diga-me por que a quer, e ela será sua.

O rosto de Silas estava indecifrável, e seu comportamento mudou, bem como a atmosfera do local. Ele não precisava do véu para afetar o ambiente onde estava, e a ameaça de suas palavras espalhou-se ali feito fumaça, tornando tudo pequeno e sem ar, tão frio quanto um local nas profundezas do subterrâneo. Bandermain reagiu à mudança imediatamente. Seus olhos estreitaram-se por um momento. O medo, Silas sabia, era uma arma poderosa.

– Não precisei do véu para incapacitar seus homens – comentou ele. – Não precisei dele para liderá-los na travessia de Grale em uma busca durante a noite e não precisarei deles para acabar com sua vida quando chegar a hora.

– Você nem consegue ficar de pé sozinho – zombou Bandermain. – E, mesmo se conseguisse, me matar não ajudaria a garota.

– Disso eu não duvido – falou Silas. – Você não é tão importante, Sentinela. Seus homens juraram obedecer às ordens dos líderes do Continente, mas duvido de que até mesmo eles desperdiçariam tantos de vocês vasculhando a costa caso um inimigo chegasse nadando até a praia. Você já admitiu que seus objetivos não são mais os mesmos que os deles, e você não é famoso por sua habilidade de tomar decisões próprias. Você é a espada, e não a mão que a empunha. Você é o homem que recebe ordens, o que significa que outra pessoa o mandou aqui. Quem foi?

– Onde está a garota?

– Acho que não sou o único traidor aqui dentro – disse Silas. – Seus homens verão isso, e não vai demorar.

– Meus homens sabem exatamente por que estamos aqui – retrucou Bandermain. – São homens leais. Leais a mim e ao nosso país. Sabemos o que devemos fazer, mesmo que nossos líderes não saibam.

– Sequestrar uma jovem – observou Silas. – Desde quando a Guarda Sombria começou a caçar inocentes?

– Ela não é inocente. Os Dotados não são mais uma fonte valiosa a ser descoberta e explorada. Eles são discretos e vivem às escondidas, e ela é a única vida que se atreveu a mostrar o rosto em público por tempo suficiente para revelar a identidade dela. É procurada por seu Conselho Superior, e, no entanto, não tem interesse em ajudá-los. Não é afiliada a ninguém, e isso a torna útil.

– Útil para quem exatamente?

Bandermain cerrou as mãos, e, quando as abriu novamente, Silas conseguiu dar uma olhada rápida nas palmas abertas. A mão esquerda tinha um corte profundo atravessando-a, um que só poderia ter sido feito pelo corte lento de uma lâmina afiada. A pele cicatrizava aos poucos, e alguém a havia costurado de modo impecável com um fio preto.

– Que aconteceu com sua mão?

– A guerra é sanguinolenta. Ou escondeu-se dela por tanto tempo que se esqueceu?

– Esta não é uma ferida de guerra. – Silas abriu a própria mão, revelando uma antiga cicatriz branca que combinava exatamente com a da mão de Bandermain. – Quem fez este corte? Para quem está trabalhando, Sentinela?

– Alguém que odeia Albion tanto quanto eu – respondeu Bandermain. – Alguém que tem muito interesse em você e sua vida, por mais patética que tenha se tornado. Você pode gostar de viver na sarjeta feito um verme enquanto seu país desmorona, mas eu ainda tenho autoridade para influenciar a direção desta guerra. Albion morrerá mais cedo do que você pensa, e meus homens e eu seremos aqueles a dar o golpe final. Sirvo ao meu país do meu jeito. *Isso* é honra. Talvez você reconheça isso antes do fim.

Bandermain caminhou para a porta e titubeou na saída. Um de seus joelhos ficou bambo, e um soldado adiantou-se para ajudá-lo, mas ele se recostou na soleira da porta e fez sinal para o soldado se afastar.

– O que há de errado com você? – perguntou Silas quando um osso de seu pescoço voltou para o lugar certo. – Velhas feridas lhe causando problema?

Bandermain ignorou-o e deu uma ordem aos seus homens:

– Preparem a carruagem – disse ele. – Vamos partir agora.

– Sim, senhor.

– Soube que seus ferimentos devem se curar em uma questão de horas – contou ele, voltando-se para Silas. – Você vai me dizer o que preciso saber muito antes disso.

– Você ainda não me disse por que quer a garota – retrucou Silas. – É uma pergunta muito simples.

– Vai descobrir assim que a tivermos – comentou Bandermain. – Enquanto isso, tem alguém muito interessado em se encontrar com você. Para onde estamos indo, farão você falar. Vai nos ajudar a vencer esta batalha, Silas. Seu tempo acabou. Albion será destruída, e você a verá queimar. Tenha certeza disso.

Bandermain saiu dali, e, assim que a fechadura trancou, Silas lutou para se soltar e estudou o ambiente outra vez, determinado a encontrar uma saída. Três das paredes eram verdadeiras placas de tijolos sólidos, mas a quarta tinha um remendo na metade entre o piso e o teto que estava parcialmente coberta por ripas de madeira. Agora que o sol estava subindo, ele podia ver pontos minúsculos de luz penetrando do outro lado, atravessando a escuridão. Praguejou em voz alta quando o tornozelo quebrado realinhou com um estalo de dar náuseas. Ele o testou com cuidado. O osso ainda estava se unindo, mas estava forte o suficiente para ele se levantar. Um de seus braços ainda estava inutilizado; e a perna direita, ainda com muitos hematomas, longe de estar pronta para suportar uma fuga. Um braço e uma perna teriam de ser suficientes para levá-lo até às ripas.

Silas girou o punho para se soltar e liberou a mão esquerda, enfiando o braço ferido entre os botões do casaco para imobilizá-lo. Puxou com força as cordas ao redor dos tornozelos para se soltar e levantou-se, obrigando os músculos esmagados de suas coxas a trabalharem. Houve uma época em que amaldiçoou o véu e o odiou por curar seu corpo, prolongando sua vida; agora que tudo havia sumido, ele se viu desejando que aquilo voltasse. A última coisa que queria era que seus joelhos dobrassem e que Bandermain o encontrasse se arrastando pelo chão.

Silas virou a cadeira e usou o encosto para ajudá-lo a ir mancando até as ripas. Cada passo era um sacrifício, mas ele podia sentir o cheiro de ar fresco do outro lado. Arrancou uma das ripas e olhou por um espaço estreito de inclinação para cima em direção às listras da luz do sol que passavam pelo que parecia ser uma pequena janela de madeira. Arrancou mais ripas dos pregos até toda a abertura ficar totalmente exposta e olhou para cima para uma antiga mina de carvão.

O prédio estava em silêncio. Não havia nenhum sinal da Guarda Sombria por perto, mas não tinha como ele escalar a mina com o ombro ferido. Pelo menos aquilo era algo que ele poderia ajeitar sozinho. Tirou devagar o braço esquerdo do apoio, cerrou os dentes e bateu com força o ombro contra a parede. O osso encaixou-se com um som surdo, de dar enjoo, os músculos do ombro explodiram, e ele gritou de dor, raspando o punho saudável nas pedras enquanto esperava a dor passar.

A mina de carvão estava coberta de folhas mortas e do lixo que havia passado pelas brechas na janela acima durante vários anos. Assim que conseguiu, Silas espremeu-se para entrar na mina, deslizando o corpo de lado e dando impulso com a perna boa até sair do porão. As paredes e o chão estavam imundos, mas ele tinha apoio suficiente para conseguir chegar até o topo, só para descobrir que a janela de madeira estava trancada e a taramela toda enferrujada. Apoiou-se na parede, girou o corpo e ergueu o joelho bom, mirando direto no ferrolho. Um chute e a porta se despedaçou para o lado de fora, explodindo dentro da luz fria do meio da manhã. Nenhum guarda veio correndo, então Silas saiu se arrastando, pernas primeiro, chegando ao meio de um beco silencioso. Seu corvo o esperava, olhando do peitoril da janela de um prédio ali perto.

– Tentando ser útil, pelo que vejo – comentou Silas.

O corvo desceu, mas Silas o espantou.

– Fique vigiando – disse ele. – Lá no alto. Não deixe que ninguém o veja.

O pássaro obedeceu e ficou sobrevoando bem acima do topo do prédio. Não havia nenhum sinal da Guarda Sombria, então Silas usou a parede para se apoiar ao caminhar devagar pelo beco. Cada passo era uma tortura, mas ele continuou. Precisava de um lugar para descansar e se curar. Quatro ruas adiante ele o encontrou.

A casa da Guarda Sombria foi construída em uma parte tranquila de Grale, e Silas achou muito fácil ficar escondido sempre que alguém ameaçava vir em sua direção. O corvo continuava em sua posição em contraste com as nuvens cinzentas, circulando lá no alto sobre um gramado congelado e cercado. Portões de ferro estavam entreabertos entre a cerca alta e preta, e além do portão Silas viu as formas cinzentas de lápides saindo do chão. Entrou no meio do silêncio de um grande cemitério, saiu do caminho coberto de vegetação e atravessou direto pelas sepulturas, em direção a um conjunto de antigas criptas ao redor de um ponto central onde quatro caminhos se encontravam.

Nenhuma das criptas estava trancada, já que ninguém no Continente se atreveria a profanar o lugar de descanso dos mortos, mas a porta que escolheu estava dura, e as dobradiças chiaram quando ele a abriu, revelando uma pequena escada que dava em um local sem ar, pesado com o cheiro dos anos esquecidos. Silas chamou o corvo com um assobio baixo, fechou a porta atrás deles e desceu a escada, entrando na escuridão.

A luz do sol penetrava pelas rachaduras do teto esquecido, e antigos caixões de pedra com tampas pesadas estavam alinhados nas paredes da pequena caverna abaixo. As aranhas estavam penduradas em suas teias velhas e grossas por todos os lados, e as paredes da caverna eram tão compridas que ele não conseguia ver o final delas na luz fraca. A cripta era silenciosa e tranquila. Silas sentou-se no chão frio de pedra e o corvo pulou de seu ombro, ficando ao seu lado. Mesmo sem o véu, ele podia sentir a quietude assustadora do lugar, que o fazia se lembrar de casa.

– Só algumas horas – disse ele, estalando a junta do cotovelo machucado e puxando a manga para cima para observar um hematoma violento que despontava por todo o braço. Apoiou-se em uma das plataformas do caixão e sentou-se de frente para a porta, tentando ouvir qualquer sinal da Guarda Sombria lá fora.

Aos poucos, o dia escureceu, transformando-se em uma noite de dar calafrios. Seus ferimentos e sua fuga tinham sugado o pouco de energia que lhe restara, e, quando a lua começou a surgir, Silas já havia adormecido, em segurança na companhia dos mortos.

7
Cinzas e pedras

Kate e Edgar foram em direção à parede externa da caverna e a seguiram até verem uma porta estreita no meio da pedra. O único relógio da caverna badalava a cada quinze minutos na sala de reuniões acima, e, quando parou, os gritos zangados de Baltin ecoaram nas paredes. As pessoas logo começariam a acordar, e Kate e Edgar não queriam estar presentes quando isso acontecesse.

A porta dos fundos da caverna raramente era guardada. Levava a uma parte antiga da Cidade Inferior que os Dotados não usavam com frequência, mas era sempre mantida fechada e trancada.

— Minha ferramenta para abrir fechaduras — disse Edgar, estendendo a mão. — Rápido!

— O quê? Esse pedaço de arame barato? — Kate pegou no bolso o arame que havia tirado da fechadura do claustro e entregou a ele. — Consegue abrir com isso?

— Afaste-se e observe um mestre trabalhando.

Edgar enfiou o arame no buraco da fechadura enquanto Kate abria os ferrolhos. O mecanismo interno estava velho e duro, mas a fechadura logo clicou, e ele abriu a porta com um sorriso de orgulho.

– É muito mais fácil quando não tem ninguém do outro lado segurando a porta – disse ele.

As lanternas surgiram nas casas atrás deles. Os gritos aumentaram, e ouvia-se a voz de Baltin mais alta que todas:

– Soem os alarmes! – ordenava ele. – Encontrem-na! – Olhando para trás, Kate o localizou andando com passos largos no meio da rua, ainda de roupão, com dois de seus homens atrás dele.

– Kate – disse Edgar já dentro do túnel. Havia uma fileira de lanternas apagadas penduradas na parede, e ele pegou uma, fazendo força para abrir a caixa de vidro. – Você vem?

Kate o seguiu para dentro da escuridão do túnel, mas um bando de pessoas já estava indo na direção deles. Ela fechou a porta da caverna, deixando Edgar se esforçando para acender os fósforos no escuro. Ele segurou a lanterna debaixo do braço, até que o último palito soltou uma faísca e brilhou sua chama, e ele conseguiu acender a vela pequena e grossa, inundando o local de luz.

– Adeus, Artemis – sussurrou Kate em direção à porta, antes de virar as costas e caminhar para dentro da escuridão.

Kate não gostava dos túneis que formavam o labirinto que era a Cidade Inferior. A última vez que passou por eles estava indo se encontrar com os Dotados, sabendo que eles a culpariam pela morte da líder deles. Procurá-los era sua única opção naquele momento. Era a única maneira de manter seguras as pessoas ao seu redor. Agora ela estava entrando nos túneis sem ter ideia de aonde estava indo ou o que faria depois.

A lanterna projetava as sombras se deslocando nas paredes, e Kate tentou ignorar os sussurros leves que a acompanhavam pelo caminho. Se houvesse espectros lá embaixo, eles seriam atraídos por sua presença. Sem a proteção da caverna dos Dotados, seu espírito brilharia como um farol para os mortos vagando nas passagens, e ela não tinha como bloqueá-los.

A maioria dos túneis era estreita e macabra, com apenas uma luz escassa para quebrar o silêncio sufocante. Alguns foram construídos mais recentemente, havia cem anos ou menos, mas a maioria era antiga, e alguns deles tornaram-se instáveis, com os tetos apoiados por andaimes de madeira que ela e Edgar tinham de abaixar para passar por baixo.

– Até agora tudo bem – disse ele, escolhendo uma direção com confiança sempre que chegavam a uma junção no caminho, até que chegaram a um ponto em que cinco túneis radiavam como uma estrela, e então ele hesitou.

– Eu acho... que é por aqui.

– Achei que soubesse o caminho – falou Kate.

– Eu sabia – comentou Edgar. – Nos túneis superiores, pelo menos, mas as coisas mudaram um pouco desde a última vez que estive aqui. Ficou mais difícil saber para que lado ir.

– Que tal aquele? – Kate apontou para um túnel mais estreito que os outros. Não havia prédios antigos cravados em suas paredes para sugerir que um dia ele fora usado como rua. A boca do túnel era emoldurada por um caixilho de madeira; e o chão, coberto de brita e terra, como se tivesse sido construído recentemente.

– Por que por aquele lado? – Algo arranhou atrás deles, e Edgar se virou, segurando a lanterna no alto. – O que foi isso?

– Mantenha a lanterna baixa – disse Kate, abaixando o braço dele.

– Eles estão vindo – sussurrou Edgar.

Kate entrou no túnel e foi tateando o caminho ao longo das paredes. Edgar não estava muito atrás dela, e sua lanterna refletia a sombra de Kate no chão à frente, tornando difícil enxergar muito mais adiante. Após quatro semanas no subterrâneo, os olhos de Kate tiveram bastante tempo para se acostumar à escuridão, mas ela não precisava ver as paredes para saber que havia algo incomum nelas. As pedras nem sempre foram vazias. Havia buracos perfurados em intervalos regulares. Buracos que um dia sustentaram alguma coisa. Ganchos de lanternas talvez?

– Não gosto disso – murmurou Edgar. – Este caminho não leva até a superfície. Vamos voltar.

Kate podia sentir o véu por perto, como uma névoa de energia crepitando no ar. Podia sentir a presença dos espectros dentro do túnel, muitos deles, todos lhe estendendo a mão, tentando chamar sua atenção. Seus murmúrios eram suaves entre as paredes, testando-a pelo caminho. Ela se concentrou no local onde estava pisando. Aonde quer que o túnel levasse, qualquer coisa tinha de ser melhor do que voltar para o claustro.

– Estamos descendo, e não subindo – observou Edgar.

– Eu sei.

– Então não deveríamos voltar? Encontrar outra saída?

Os olhos de Kate ficaram embaçados só por um segundo, e, em vez de escuridão, o túnel de repente pareceu estar inundado por uma luz com um leve tom de cinza. As pedras brilharam suavemente, como se estivessem acesas por dentro. Ela parou.

– Tem alguma coisa aqui – disse ela.

– Você viu alguma coisa?
– Não tenho certeza.
– Mas é algo bom ou ruim?
– Ainda não sei.
– São os Dotados? Estão na nossa frente?
– Não sei dizer, não é mesmo, com você falando o tempo todo?

Edgar virou-se para trás e olhou o caminho por onde passaram. Não havia sinal de ninguém, e, quando Kate continuou indo em frente, ele se apressou para alcançá-la. O movimento dos dois revolvia o ar estagnado, erguendo uma nuvem de poeira do chão.

– Definitivamente, esta não é a saída – disse ele.

Os olhos de Kate embaçaram de novo, e desta vez a sensação não passou. O elo entre o véu e o mundo dos vivos era mais forte ali do que em outros lugares em que esteve, como se alguma coisa ali embaixo o atraísse. O túnel tornava-se cada vez mais largo à medida que avançavam, e ela viu portas estreitas nas laterais, a maioria rachada e pendurada de qualquer jeito nas dobradiças quebradas.

Edgar iluminou o local atrás de uma delas.

– Alguém limpou essas salas – observou. – Não tem nada lá dentro. Podemos nos esconder em uma delas.

– Não – objetou Kate. – Precisamos seguir em frente.

Continuaram andando, seguindo o caminho até o final, onde acabava em uma porta vermelho-escura. A maçaneta fora esmagada, e a porta se abriu com facilidade ao ser empurrada. Os dois entraram, e Edgar iluminou com a lanterna uma sala oval com alcovas nas paredes na altura do ombro, cada uma contendo uma pequena caixa de madeira não maior que o livro que Kate ainda escondia em seu casaco.

– Urnas funerárias – disse ela. – Cheias de cinzas dos mortos.

– Ah, isso não é nada horripilante – observou Edgar.

A sala estava repleta de mesas longas, cada uma coberta com panos de saco, escondendo fosse lá o que estivesse ali. Parecia que alguém armazenava coisas naquela sala. Os panos cobriam uma coleção de pequenas formas que eram quase do mesmo tamanho, mas nem Kate nem Edgar queria erguê-los para ver o que estava embaixo.

– Talvez possamos nos esconder aqui – sugeriu Kate.

– Não vou passar mais do que cinco segundos neste lugar. – Edgar abriu a tampa de uma das caixas e torceu o nariz para as cinzas que encontrou lá dentro. – As urnas estão cheias mesmo – comentou. – Mas não tem nada escrito em nenhuma delas. Devia ao menos dizer de quem são as cinzas. – Fechou a urna com cuidado. – Não acha aqui meio estranho?

Kate o ignorou e adentrou a sala. Fosse lá o que estivesse embaixo dos panos, ela não gostou da sensação que teve quando passou por eles. Era algo que a atraía, como se cada um deles estivesse conectado a ela por um fio. Todos os panos estavam novos e limpos. Não estavam ali havia muito tempo. Então ela viu algo mais à frente. Uma coleção de ferramentas fora abandonada junto a uma porta estreita na parede. A porta estava quebrada, e o espaço além dela estava repleto de antigas teias de aranha. Ao se aproximar, viu que algo havia sido parcialmente escavado por trás de um revestimento de tijolos antigos até metade da parede; algo feito de pedra com uma beirada curva enfeitada com um anel de pequenos ladrilhos circulares.

– Edgar – chamou ela. – Acho que encontrei o que a pessoa que abriu esta sala estava procurando.

Edgar foi em sua direção, apertando os olhos para enxergar com a luz da lanterna.

– Isto é...?

– Uma roda dos espíritos – completou Kate.

Só o lado direito da roda tinha sido limpa dos tijolos que a cobriam. Kate conseguia ver metade dos ladrilhos de pedra que rodeavam a pedra central, mas o entalhe principal no meio dela tinha sido arranhado.

– Eu nunca tinha visto uma dessas – disse Edgar, tocando um dos ladrilhos expostos. – O que é aquilo? Um lobo?

– Acho que sim – respondeu Kate.

Edgar tocou o ladrilho e a parede estremeceu, fazendo-o retirar a mão.

– Ainda funciona – constatou ele. – Por que não a descobriram toda?

– E por que alguém a revestiu com uma parede, para começar? – questionou Kate.

Tinha alguma coisa errada com aquela sala. Edgar estremeceu, e Kate sentiu o mesmo.

– Talvez devêssemos perguntar alguma coisa – sugeriu ele. – Podíamos pedi-la para nos dizer qual é a saída mais rápida. Essas coisas não foram construídas para isso? Para dar direções?

– Nem todas as rodas dos espíritos são confiáveis – explicou Kate. – Esta foi coberta com tijolos por algum motivo.

– Mas não custa tentar – instigou Edgar. – Tenho bastante comida e água na sacola para nos mantermos por alguns dias, mas depois disso vamos precisar de mais. Se essa coisa puder nos ajudar a chegar à superfície, acho que seria bom tentar.

Edgar pressionou a palma da mão no centro do círculo. Os ladrilhos escondidos chacoalharam de leve por trás da parede, mas nada mais aconteceu. Não houve nenhum movimento, nenhum símbolo iluminado, ou ao menos nada que um deles pudesse perceber.

– Está quebrada – falou ele. Então uma incandescência fraca como uma chama suave espalhou-se por seu braço estendido, e um dos ladrilhos brilhou, crepitando uma luz interna antes de desaparecer novamente.

– Você viu? – perguntou ele. – Que símbolo que foi?

– Foi o olho fechado – respondeu Kate. – Significa não. O olho aberto significa sim.

– Então quer dizer que ela me ouviu! Está dizendo que não está quebrada, certo?

– Ainda não acho que seja uma boa ideia.

– Suponho que temos de escolher entre sim e não – disse Edgar. – A não ser que você saiba como ler o restante destas coisas. – Ele manteve a mão na roda e concentrou-se na pergunta, falando as palavras em voz alta devagar e nitidamente: – Estamos indo pelo caminho certo para chegar à superfície? – Ele esperou alguns segundos e olhou para Kate na expectativa. – Alguma coisa?

– Nada.

A parede estremeceu. Edgar retirou a mão, e o círculo de ladrilhos começou a girar devagar no sentido horário. Vários deles afundaram de volta e rodaram ao passar no espaço livre da parede, mas continuaram movendo-se de forma constante, recusando-se a parar.

– Ela não deveria funcionar sem a mão de alguém nela – comentou Kate. – Por que está se movendo?

– Não sei. O que faremos agora?

O cimento velho começou a cair dos espaços entre os tijolos enquanto chacoalhavam com a força da vibração atrás deles. Kate e Edgar afastaram-se a uma distância segura, batendo contra uma das mesas e fazendo com que uma das formas que estavam cobertas rolasse debaixo do pano e caísse no chão duro. Foi um estalo suave, como se o objeto não tivesse oferecido muita resistência, se espatifando instantaneamente. Kate olhou para o chão. Ao lado de seus pés havia uma caveira virada para cima, os buracos dos olhos vazios encarando-a.

Edgar levantou a lanterna quando a roda dos espíritos continuou girando, e a luz refletiu as sombras de todas as formas cobertas pelos panos na sala.

– São todas caveiras – sussurrou ele. – Alguém as está colecionando aqui embaixo.

Então a roda parou. Kate e Edgar olharam para a parede, e uma luz fraca brilhou atrás do revestimento de tijolos. Edgar aproximou-se e encostou a bochecha nos ladrilhos, tentando ver de onde vinha a luz.

– Como interpreto isso? – perguntou ele.

– Os símbolos importantes brilham – explicou Kate. – O que você consegue ver?

– Só tem um – respondeu Edgar. – Parece com... um floco de neve, eu acho.

Aquilo chamou a atenção de Kate.

– Pergunte algo mais.

– Está bem. – Edgar pressionou a palma da mão na roda outra vez e perguntou em voz alta: – Para onde podemos ir que seja um local onde ninguém nos encontre? Onde ficaremos seguros?

Os ladrilhos de pedra tremeram um pouco e a roda entrou em ação. Os ladrilhos giraram firmemente no sentido horário, e o entalhe de floco de neve parou na posição das três horas, onde Kate conseguia ver com muita clareza. Todos os outros movimentos pararam de uma vez, e o brilho ardente deu vida ao símbolo com mais incandescência que antes.

– Continua o floco de neve – disse Edgar. – Isso é perda de tempo.

– É o meu nome – disse Kate. – Significa Winters [inverno].

– Quer dizer que ela quer falar com você?

O ladrilho com o olho aberto brilhou suavemente.

– Pergunte alguma coisa – pediu Edgar.

– Não. Não vou tocar nela. – Kate já havia usado uma roda dos espíritos antes, mas esta era diferente. Só de estar perto dela já dava para saber que era mais velha. Mais misteriosa. Uma sensação de tristeza propagava dela e preenchia a sala. Ela podia senti-la agarrada à sua alma. Os sussurros nas paredes voltaram, e Kate podia ouvir o espírito na roda falando com ela, uma voz distante e estranha, mas as palavras não faziam sentido.

– Então, tudo bem – falou Edgar, que não conseguia ouvir nada. – Vamos deixar essa sala horripilante dos mortos para trás. Vamos encontrar a saída sozinhos.

Os murmúrios na sala aos poucos foram ficando mais altos. Kate foi atraída a olhar de volta para a roda e para o floco de neve iluminado que incandesceu mais ainda quando ela se concentrou nele. Depois os ladrilhos começaram a girar.

– Era para isso acontecer? – perguntou Edgar. – Por que está se movendo desse jeito se não tem ninguém perto dela?

Os ladrilhos rapidamente ganharam velocidade, então um... dois... três deles pararam juntos onde o floco de neve tinha acabado de estar. Um pássaro, um punhal e uma máscara pontuda. Cada símbolo queimava de forma impetuosa no escuro, mas, para Kate, olhar para aquela roda dos espíritos era como olhar fixamente para o vácuo. Os símbolos pareciam flutuar sobre uma névoa negra. Sua mente se esvaziou de todos os pensamentos, e a escuridão se espalhou ao redor de sua visão, deixando apenas a imagem da roda. Seu corpo entrou em uma tranquilidade mortal quando uma voz, que não se podia ouvir direito, sussurrou em sua mente. A roda queria que ela ouvisse. Queria que ela a tocasse. Que se conectasse com ela.

Pássaro. Punhal. Máscara.

Ela avançou, sem ter muita consciência do que estava fazendo, e pressionou a mão no centro da roda.

Assim que sua mão tocou a pedra, as imagens dos três símbolos se formaram com toda a energia em seus pensamentos, sobrepondo uma explosão de lembranças que fluíam diante de seus olhos mais rápido do que conseguia reconhecê-las. Tentou se concentrar. Tentou entender o que a roda estava tentando dizer. Quanto menos resistia, mais claras as imagens se tornavam.

*

O símbolo do pássaro tremeluzia com as lembranças que Kate tinha de Silas e seu corvo, e ela soube de uma vez que era ele que o símbolo representava.

– O pássaro é Silas – disse ela em voz alta.

– Silas? O que ele tem a ver com tudo isso? – perguntou Edgar enquanto Kate segurava firme a mão dele, usando-a para se manter no mundo dos vivos.

Pingava sangue do punhal, e Kate o viu na mão de um homem perigoso vestido de vermelho e com uma longa cicatriz atravessando a mandíbula. Não reconheceu o rosto, mas podia sentir que ele já havia tirado muitas vidas, e havia um corpo peque-

no, ensanguentado e inerte, agachado. Tentou ver mais, mas os detalhes embaçavam se Kate se concentrasse demais, e ela não precisava saber de quem era o corpo para receber a mensagem da roda.

– O punhal significa perigo – disse ela.
– Silas está em perigo? Por que a roda está nos dizendo isso?
– Não acho que seja Silas. Acho que somos nós.
– Então não é novidade – comentou Edgar. – E o último símbolo?

Só restava a máscara, mas as imagens que surgiram quando Kate se concentrou nela não faziam sentido. Ela conseguia ver uma cidade cheia de prédios brancos, um navio ancorado em uma doca coberta e uma fileira de penhascos negros com as ondas batendo contra as rochas. Depois dos penhascos havia uma grande floresta verde e dois pináculos de um prédio mais antigo e escuro aparecendo ao longe. Pareciam duas torres altas que foram construídas lado a lado e estavam rodeadas por um trecho largo de chão com pedras entremeadas por trechos de verde.

A roda a levou para mais perto dos pináculos; direto para uma janela de tábuas que um dia fora pintada de preto. Uma das tábuas havia caído, e ela podia ver uma sala que parecia aconchegante e convidativa. Uma pequena lareira estava acesa no centro, o piso estava coberto de tapetes grossos de lã, e havia dezenas de belos espelhos e quadros antigos encostados nas paredes. Kate olhou mais de perto para as paredes e viu palavras entalhadas na pedra bruta. Nomes e datas foram gravados nos espaços onde os quadros um dia foram pendurados.

Seus sentidos se aguçaram. Podia sentir alguém por perto, observando-a. Virou-se de costas para a janela e se viu frente a frente com uma mulher mais velha – talvez com sessenta anos – de cabelos negros cortados bem curtinhos e olhos cinzentos que tinham visto mais anos e guardado mais lembranças do que Kate podia imaginar.

Uma mão apertou o ombro de Kate, e ela deu um pulo, retirando a mão da roda e interrompendo a visão, encontrando Edgar parado onde a mulher estivera.
 – Você está bem? – perguntou ele.
 Kate assentiu, e Edgar apagou a lanterna.
 – O corredor – disse Edgar em voz baixa. – Tem alguém lá. Eles nos encontraram.

8
O segredo na caveira

Kate não conseguia enxergar nada na escuridão. Todos os símbolos na roda dos espíritos tinham parado de brilhar, e ela voltara a ficar inativa. Puxou Edgar para debaixo de uma das mesas quando ouviu vozes se movendo em direção à porta.

– Tem uma roda dos espíritos ali – disse uma delas quando a sombra de dois homens preencheu a entrada. – Se Kate chegar perto dela, pode ser perigoso.

– Não me importo! Ela está aqui em algum lugar, e não posso voltar sem ela. Se houver ao menos uma chance de ela estar lá dentro, precisamos procurar.

– São Baltin e Artemis – sussurrou Edgar perto do ouvido de Kate.

– Esta sala é um lugar restrito – comentou Baltin. – Eu posso entrar, mas você tem de ficar de fora. Precisa se afastar.

Kate ouviu os murmúrios da discussão entre os dois homens, e uma lanterna balançou dentro da sala. A luz repentina estava piscando, e Baltin manteve os olhos meio fechados atrás dela, entrando com cautela.

– Kate? Edgar?

A roda dos espíritos tamborilou com força quando Baltin se aproximou dela. Kate podia senti-la reagindo à presença dele, mas Edgar não sentiu nada.

– Fique aí, Artemis – ordenou Baltin. – Aqui não é seguro. O chão é instável. Precisa saber onde pisar.

Kate e Edgar prenderam o fôlego no escuro. Baltin estava mentindo. A sala era tão segura quanto qualquer outra na Cidade Inferior. Eles se esconderam embaixo de uma das mesas cobertas antes que a luz da lanterna de Baltin chegasse perto demais, e ele continuou pelos corredores, ignorando os dois pares de olhos observando suas botas passando.

Baltin parou a alguns passos da roda dos espíritos e iluminou o chão com a lanterna. Ele havia encontrado a caveira que caiu. Kate olhou por entre duas das mesas e o viu enfiar os dedos nos globos oculares da caveira, levantando-a sem fazer cerimônia até a altura do rosto para observá-la mais de perto. Fragmentos de osso se espalharam pelo chão, danificando a caveira ao cair, e ele os chutou para os lados como se valessem menos que poeira.

– Mandei que eles limpassem este lugar – resmungou em voz baixa. – Não que nos sirva para alguma coisa agora. – Colocou a caveira de volta na mesa e a deixou caída de lado, balançando. – Perda de tempo. – Seguiu em frente e passou a mão ao redor da parte exposta da roda dos espíritos escavada pela metade.

– Alguma coisa? – Ouviu-se a voz de Artemis vinda do corredor.

– Nada – respondeu Baltin, erguendo a lanterna para iluminar os símbolos. – Ninguém esteve aqui.

O medo subiu pela garganta de Kate. Baltin já havia estado naquela sala. Ele notou que alguma coisa estava fora do lugar. Os símbolos se encontravam em uma posição diferente, e, pela expressão em seu rosto, já percebia rapidamente por quê.

– Ela a fez funcionar – sussurrou ele.

De repente ele se virou, o olhar carrancudo sob as sobrancelhas pesadas, procurando algum sinal de vida na sala, segurando a lanterna no alto à frente. Kate e Edgar ficaram parados enquanto ele erguia os cantos dos tecidos um a um. Qualquer ruído provavelmente os entregaria.

– Como você a fez funcionar? – murmurou ele. – O que fez? – Continuou se movendo e a luz chegando cada vez mais perto de forma ameaçadora. Eles precisavam sair dali.

Kate tinha somente a luz transitória da lanterna de Baltin para enxergar ao redor, mas era o suficiente para notar em poucos segundos um espaço de tempo entre o instante em que ele ergueu um dos panos e depois pegou o próximo – não era tempo suficiente para deslizarem para debaixo de outra mesa, mas havia outro jeito. Kate puxou Edgar para perto de si e sussurrou em seu ouvido:

– Siga-me.

Baltin iluminou embaixo da mesa seguinte, e, antes que pudesse soltar o pano e caminhar em direção à próxima, onde eles estavam, Kate engatinhou o mais rápido que conseguiu, saindo de baixo do pano da mesa com Edgar rolando atrás dela. A lanterna de Baltin iluminou o local onde eles estavam, e os dois ficaram totalmente parados, até que a luz se afastou e passaram para a próxima.

Estavam sem proteção, expostos no espaço largo entre a mesa e a parede de pedra. Kate não queria ficar ali, e, assim que Baltin se afastou o suficiente, ela puxou o braço de Edgar e começou a engatinhar de volta para a roda dos espíritos. Baltin estava de costas para eles, e Artemis ainda bloqueava a porta por onde haviam entrado. A única escolha que tinham era a porta quebrada.

– Baltin? O que está fazendo aí? – perguntou Artemis.

– Silêncio! – exclamou Baltin.

– Há outros túneis para procurarmos. É melhor continuarmos.

Artemis estava ficando inquieto e continuou a questionar Baltin, ansioso para continuar a busca. Kate aproveitou a distração para se levantar. Podia se mover com mais rapidez e silêncio daquela forma. A roda dos espíritos estava logo adiante. Os símbolos estavam tão escuros e sem vida que era fácil pensar que o brilho deles fora fruto de sua imaginação. Não percebeu o quanto estava perto da mesa ao lado, até que sua mão tocou o tecido e uma onda de energia arrepiou sua pele.

Podia sentir o formato da caveira na ponta dos dedos, mas era tarde demais para tirar a mão. Imagens súbitas invadiram seus pensamentos, confusas e distorcidas, como se o espírito ao qual pertencia a caveira estivesse tentando compartilhar com Kate de uma vez só todas as suas lembranças. Baltin estava logo do outro lado da caverna, mas o frio resplandeceu ao longo dos dedos de Kate, passando para os punhos. O espírito na caveira a estava arrastando para o véu, e ela não tinha outra escolha a não ser deixar acontecer. As imagens continuaram surgindo, mais rápidas que os pensamentos, quando o frio chegou aos seus cílios e a puxou totalmente para dentro do véu.

– *As rodas são tudo que nos restou. Esta é a decisão certa. Já esperamos tempo demais.*

Kate estava parada na mesma caverna oval, só que agora estava toda iluminada pela luz de velas. Dezenas de velas acesas pingavam nas alcovas ao redor da sala, e as mesas haviam sumido, substituídas por conjuntos de cadeiras de madeira arrumadas em quatro círculos separados, com as pernas amarradas. Cada círculo deixava um único espaço que levava ao centro da sala, onde uma espiral enfeitada havia sido entalhada no chão.

A maioria das cadeiras estava vazia, com exceção das três que estavam mais próximas da parede onde a roda dos espíritos deveria estar. Mas, em vez de um círculo de pedra antiga entalhada, havia uma cavidade profunda na parede. Três homens estavam encurvados nas cadeiras, extraindo e afiando pedras com lâminas brilhantes e prateadas e falando baixinho, não querendo ser ouvidos. Todos usavam túnicas simples de cor cinza, cada um com um cinto que tinha um gancho pendurado; livros minúsculos da grossura de um dedo, todos perfeitamente encadernados em prata e preto.

Kate olhou para a mão que havia tocado a caveira e, no lugar dela, viu uma lâmina prateada entre os dedos. Mas não eram os seus dedos. Estava olhando para a mão de uma mulher alguns anos mais velha que ela, mão que fora muito usada para cavar a terra, com um bracelete de ervas amarrado ao redor do pulso: que Kate identificou como um talismã usado por aqueles que geralmente lidam com os mortos. A visão da mão estranha chocou Kate. Isso já havia acontecido com ela, mas não tornava o fato menos assustador. Ela estava dentro da memória de outra pessoa, testemunhando um evento da maneira que foi visto pelos olhos daquela pessoa; os olhos de uma mulher que um dia fora dona da caveira.

Kate sentiu os batimentos cardíacos da mulher aumentarem quando caminhou em direção aos três homens, e um deles ergueu o olhar.

– *Ele está preparado? – perguntou o homem.*

– *Houve certa... resistência – respondeu a mulher, suas palavras vibrando na garganta de Kate como se ela mesma as estivesse pronunciando. – Ele foi amarrado.*

– *Ótimo. Ninguém deseja reviver os acontecimentos de ontem à noite. Foi sensato agir.*

– *Tem certeza de que ele está pronto? – perguntou a mulher.*

– *Precisamos das rodas – disse o homem mais alto. – Já esperamos tempo demais. A cidade, no final, será destruída, mas, depois do que fizemos... é nosso dever consertar o erro.*

A mulher baixou a cabeça bruscamente, depois se virou para acompanhar os três homens para fora da caverna. Quando começaram a sair para o corredor, um grito de angústia ecoou pelos túneis mais próximos.

– *Vamos torcer para que nosso amigo esteja amarrado com firmeza suficiente – falou um dos homens, e Kate tinha certeza de ter sentido um sorriso na voz dele.*

Assim que entrou, Kate viu o corredor como ele era no princípio. Algumas lanternas de cobre penduradas em ganchos ao longo da parede, mas entre elas havia uma coleção de artefatos muito mais pavorosos: uma mão humana, cortada pelo punho, que parecia ter sido preservada em cera de carnaúba; uma caveira sem dentes cujos globos oculares haviam sido preenchidos com barro; e uma coleção de ossos perfeitos – humanos, Kate deduziu – todos eles longos, desencarnados e polidos, com iniciais entalhadas de forma perfeita bem no centro do comprimento.

Kate tentou não prestar atenção às outras coisas mortas, mas elas faziam parte de uma lembrança, e ela não tinha outra escolha a não ser ver os fios com esqueletos de pássaros com as asas abertas e os longos espetos de madeira enfiados em fileiras de dentes manchados com a cor escura de sangue velho.

Os gritos do homem estavam mais altos agora, e havia uma luz mais adiante, dando em uma sala que Kate e Edgar não tinham visto a caminho da roda dos espíritos – uma que provavelmente havia sido lacrada muito tempo antes de ela nascer. Tentou arrancar tudo da memória, mas não sabia como sair daquilo. Sem alguém para ajudá-la, estava presa.

A mulher continuou com passos firmes em direção à sala, por mais que Kate desejasse que seus pés parassem. Podia ouvir as vozes dos homens conversando atrás dela, mas não sabia do que estavam falando. A mulher estava tão paralisada quanto Kate com a luz daquela entrada, e sua memória não se recordava do que eles estavam dizendo. Kate sentiu seus passos reduzindo a velocidade ao se aproximarem da soleira da porta da sala e atreveu-se a ter esperanças de ser poupada de ver o que estava lá dentro. Então o momento de hesitação passou, e a mulher entrou na luz.

O que Kate viu ali ficaria com ela para o resto da vida. Tinha visto algo parecido havia muito tempo, em uma ilustração impressa – não conseguia lembrar onde –, e sua mente instantaneamente registrou duas coisas: aquele era um momento que teve um significado – que foi marcado para ser uma virada na história de Albion; e ela sabia quem eram aquelas pessoas. Os guardiões de ossos. Zeladores dos mortos. Homens e mulheres que um dia receberam a incumbência de enterrar e cuidar dos mortos de Albion em túmulos gigantes debaixo de Fume, pessoas que geralmente eram vistas como tendo feito um bom trabalho – não do tipo que pendurava ossos nas paredes, carregava lâminas e amarrava pessoas para que gritassem alto daquele jeito.

A ilustração da qual Kate se lembrou era a visão de um artista da última façanha coletiva dos guardiões de ossos antes de eles desaparecerem da história. O último funeral. A internação do homem que achavam ser seu líder. Ninguém sabia o nome dele. Na ilustração, pelo menos sessenta guardiões de ossos estavam ao redor de um caixão dentro de uma sala vazia, suas cabeças baixas representando o final de uma era que morreria com aquele homem. Era uma bela ilustração, feita com tinta preta, mas Kate agora sabia que aquilo era uma mentira.

Os guardiões de ossos estavam ali reunidos, com certeza, mas a sala retratada pelo artista não era a verdadeira. O chão estava repleto de energia. Treze rodas dos espíritos recentemente entalhadas estavam deitadas, formando um mosaico de pedras no chão, e uma luz suave saía de seus símbolos como se fosse uma névoa azul flutuando logo acima. Era como se treze círculos individuais de escuta tivessem sido abertos de uma vez só, criando treze rupturas distintas entre o mundo dos vivos e o véu.

Mais caveiras com olhos de barro observavam das paredes, e no centro de tudo não havia um cadáver em um caixão, mas um homem que parecia ainda muito vivo. Ele estava desnudo da cintura para cima, deitado sobre uma das rodas dos espíritos com os punhos e pés firmemente amarrados em uma prancha ou tábua para mantê-lo imóvel. Dois dos guardiões de ossos estavam ajoelhados um de cada lado, pintando símbolos em seu peito com tinta preta. Seus olhos eram negros como piche, mas, quando se mexeram, Kate viu que tinham o mesmo brilho prateado que os dela. Ele era um Vagante, e dos poderosos, igual a ela.

Mas nada daquilo poderia ajudá-lo ali. Kate podia sentir o desejo combinado dos guardiões de ossos dominando as treze rodas. Nem mesmo um Vagante podia lutar contra uma força como aquela, mas isso não impedia o homem de tentar. Kate podia senti-lo tentando entrar em contato com as rodas uma a uma, seu espírito procurando uma maneira de fechá-las, mas não encontrava nenhuma. Então ele gritou outra vez, a voz cheia de ódio:

– Dalliah!

Os guardiões de ossos terminaram seu trabalho com a tinta, e todos na sala se viraram para ver uma mulher entrando. Ela era mais jovem que a maioria dos presentes. Usava o mesmo manto cinza que os outros, mas os cabelos longos estavam trançados e amarrados com farrapos, e o rosto era pálido e fino. Ela não avançou, mas olhou para a roda dos espíritos mais próxima que estava no chão como se aquilo fosse uma cobra pronta para atacar caso ela desse mais um passo.

O homem no centro considerou suas palavras com cuidado, sabendo que só tinha uma chance de parar o que estava acontecendo.

– Dalliah – disse ele, controlando-se para manter a voz calma –, o Wintercraft *causou este erro. O* Wintercraft *vai consertá-lo. Este não é o caminho a seguir. Não é assim que fazemos.*

Dalliah sacou sua espada prateada e entregou-a ao guardião de ossos ao seu lado.

– É agora – falou ela.

O guardião de ossos atravessou as rodas dos espíritos, segurando a espada do lado do corpo.

– O véu não é para ser usado desta forma – observou o homem amarrado, olhando o guardião se aproximar. – Nem há garantia de que isso vai funcionar. Não sabemos o suficiente. Precisamos de mais tempo.

O guardião de ossos com a faca ajoelhou-se, colocando a mão sobre a boca do homem amarrado, e Kate sentiu a energia na sala estremecer quando a espada de prata foi erguida, e, logo depois, sua ponta penetrou no homem. A morte foi rápida e silenciosa. Kate percebeu de relance uma poça de sangue se formando perto dos pés do guardião de ossos e viu o sangue escorrer para dentro dos entalhes da roda dos espíritos central. A lembrança foi inundada pelas emoções da mulher: culpa, pesar, medo e dúvida, tudo lutando para chamar a atenção de Kate enquanto ela olhava aterrorizada. Então a lembrança virou-se, focando Dalliah, que estava assistindo à morte do homem com uma reverência tranquila. Não havia culpa ou pesar em seu rosto. Seus olhos cinzentos estavam destituídos de qualquer emoção quando começou a recitar um pequeno verso, que Kate havia lido antes:

– Um círculo de sangue e pedra entalhado, para manter o mundo da alma e o dos ossos atados. Um lugar de encontro para quem procura decidido o espírito abaixo adormecido.

Kate sentiu duas ondas conflitantes de energia espalhando-se pelo chão; uma vazando do sangue do homem morto, outra sendo espalhada pela própria Dalliah. As duas forças uniram-se acima do morto, e, quando a névoa suave de seu espírito elevou-se para ser carregada para dentro da corrente da morte, a energia de Dalliah agiu como uma parede, obrigando o espírito dele a descer. Para dentro da roda dos espíritos. Para dentro da pedra. O sangue escorreu mais profundamente para o interior da roda, e, assim que o espírito foi preso, a energia em seu interior morreu de imediato. A roda ficou sem brilho e inerte, com somente uma minúscula vibração de energia em seu núcleo dando a entender que havia mesmo qualquer coisa diferente com ela.

A sala caiu em silêncio. Todos olhavam para os entalhes cobertos de sangue, até que o assassino do homem levantou-se com a espada pingando sangue e falou com todos:

– Funcionou?

– Funcionou – respondeu Dalliah, passando os olhos por todos os presentes, um sorriso perigoso brotando em seu rosto. – Agora vamos ao restante.

– O restante? – A voz saiu da garganta de Kate assim que a mulher deu um passo à frente. – Eles nos disseram que um seria o suficiente – disse. – Tiramos uma vida. Terminamos por aqui.

Dalliah encarou a mulher, e um medo gélido invadiu a alma de Kate. Medo do que era aquela mulher e medo do que ela poderia fazer.

– Só terminamos quando eu disser – comentou Dalliah. – Façam.

Com aquelas palavras, mais doze espadas entraram em ação. Kate viu vários guardiões de ossos de repente se voltarem uns contra os outros, roubando vidas e prendendo almas dentro das rodas dos espíritos com mais sangue derramado. As paredes ecoavam os gritos das vítimas, e as rodas reluziam uma a uma à medida que os corpos iam caindo sobre elas. Tudo aconteceu rápido demais para que alguém reagisse, mas o horror do que a mulher estava vendo a fez engasgar com a lembrança quando ela recuou cambaleante, se virou e ficou frente a frente com um dos homens que ela levara para aquela sala.

Kate viu o punhal e o pedido de desculpas silencioso nos olhos dele. A prata fria penetrou fundo em seu peito. Kate sentiu a lâmina arranhar o osso, a explosão de calor e fogo quando o punhal atingiu seu coração e a atemorizante tração de eternidade quando a última roda reivindicou sua alma.

Kate abriu os olhos para ver a escuridão. Pensou que estava gritando, mas o gelo do véu ainda dominava sua garganta e não saiu nenhum som. Levou rapidamente as mãos até o peito, mas não havia punhal nem sangue. Seu coração estava acelerado, e ela não sabia onde estava. Despertou de costas no chão frio com alguma coisa macia embaixo da cabeça.

Sentou-se e sentiu ranhuras profundas cortando o chão embaixo de seus dedos. Por um terrível momento, sua mente confusa a fez pensar que ainda estava dentro da sala dos guardiões de ossos, sentada sobre uma roda dos espíritos. Mas caiu na realidade. Não estava mais dentro da lembrança, mas também não estava na sala da caveira. As paredes deste lugar pareciam mais próximas, e alguém estava agachado perto dela, respirando de forma nervosa no escuro.

– Edgar? – sussurrou ela assim que sua voz voltou.

Alguma coisa se arrastou ao seu lado, e ela ouviu um fósforo sendo aceso. A luz iluminou o rosto de Edgar, e ele levou um dedo aos lábios para que Kate ficasse calada. Ficaram sentados em silêncio enquanto o fósforo queimava, e Edgar acendeu outro, protegendo a chama com a mão ao redor dela.

– Acho que se foram – murmurou finalmente.

– Onde estamos? – perguntou Kate.

– Você caiu – explicou Edgar. – Alguma coisa aconteceu.

Kate sentou-se com os braços cruzados protegendo o peito, onde o punhal havia penetrado, e sua cabeça latejava com uma dor que piorava gradualmente. Alguma coisa fez cócegas em sua sobrancelha esquerda, e, quando ela passou a mão, seus dedos ficaram escuros e molhados.

– Não toque – pediu Edgar. – Você bateu forte na mesa antes que eu a pegasse. Aqui, coloque isto para proteger. – Colocou algo macio em sua mão, e sua cabeça ferroou quando tentou parar a gota de sangue.

– Baltin nos viu? – perguntou ela.

– Teria nos visto – respondeu Edgar –, mas a roda dos espíritos começou a se mover outra vez quando você caiu. Baltin ficou lá parado olhando para ela, como se estivesse obcecado por aquela coisa. Consegui nos tirar de lá pela porta estreita antes que Artemis entrasse para ver o que estava acontecendo. Você é mais pesada do que parece, sabia? – Edgar sorriu antes de a chama do fósforo queimar seus dedos e cair no chão, se apagando. – É melhor guardar o resto – disse ele sem acender outro.

– Lamento pelo que aconteceu – disse Kate. – Eu nem sabia que a caveira estava lá até tocá-la. Acho que havia um espectro na sala. Ela me mostrou lembranças. Coisas horríveis...

– Contanto que você esteja bem, é só o que interessa – falou Edgar. – Como está sua cabeça?

– Dolorida.

– Não acredito que tenha mostrado algo de útil, mostrou? – perguntou Edgar. – Pensei que a roda fosse bem inútil, mas, se ela não tivesse distraído Baltin, ele estaria nos levando de volta para a caverna agora. A esta altura, estou disposto a aceitar qualquer ajuda que conseguirmos.

Kate pensou em contar a Edgar o que havia visto, mas não parecia certo falar de assassinatos que aconteceram tão perto de onde estavam sentados, não importava quantas centenas de anos antes eles pudessem ter sido cometidos.

– Nada importante – desconversou ela e, apesar de ainda haver a possibilidade de os espectros estarem rondando, sentiu-se desconfortável dizendo aquelas palavras em voz alta.

– Talvez devêssemos ficar aqui por enquanto – sugeriu Edgar. – Para nos orientarmos antes de seguirmos em frente outra vez.

– E como vamos fazer isso? – indagou Kate. – Estamos perdidos, não estamos?

Edgar deixou a pergunta pairar na escuridão entre eles, e isso dizia mais do que qualquer resposta possível.

Depois do que tinha visto, Kate estava feliz de poder ficar parada por um tempo, mas, quanto mais ficavam ali sentados, mais o silêncio e a melancolia de estarem no subterrâneo se espalhavam ao redor deles como um nevoeiro, ameaçando roubar-lhes os sentidos, um a um.

Baltin havia encontrado uma das rodas dos espíritos desaparecidas e andava colecionando caveiras naquela sala havia muito tempo. Caveiras de guardiões de ossos, inclusive aquelas cujos espíritos tinham sido lacrados muito tempo antes no fundo das rodas dos espíritos de Fume. Só de pensar no que os guardiões tinham feito Kate ficava arrepiada, mas imaginar os Dotados cavando ossos antigos também a deixava inquieta. Baltin pareceu quase histericamente aterrorizado pela conexão de Kate com o véu e estava disposto a matá-la para impedir que ela o usasse outra vez. Agora, parecia que ele mesmo estava envolvido em algo muito mais sinistro.

O véu tangia ao redor da consciência de Kate enquanto o aviso da roda pesava de forma extrema em sua mente. E, mesmo ali, sentada na escuridão pedregosa do minúsculo esconderijo, ela não se sentia segura.

9
O mensageiro

Silas acordou pouco depois da meia-noite com o som ensurdecedor de um raio caindo ali perto. Seu peito queimava. Seu coração, geralmente estável e lento de forma incomum, acelerou e ficou com batimentos irregulares e rápidos, e sua pele ardia de calor. A dor se espalhava como veias do lado esquerdo do peito, penetrando seu coração como o núcleo de uma chama. Sua intensidade o pegou de surpresa, e ele apertou a mão contra o corpo, esperando que a sensação passasse. Já havia sentido muitas vezes o golpe de um metal penetrando seu corpo. Quando abriu a camisa para tocar na pele, ele meio que esperava que ela estivesse suja de sangue, mas a palma de sua mão voltou limpa.

A chuva descia feito um riacho pelo telhado em ruínas, e ele se levantou, sacudindo os cabelos molhados e sentindo a força voltando novamente ao corpo. Testou os braços cerrando os punhos e sentindo os músculos em recuperação se esticando sob a pele. Ele precisava se mover. A sorte foi a única coisa que impediu a Guarda Sombria de encontrá-lo ali, e uma tempestade não iria impedi-los de continuarem a busca.

Subiu as escadas até a entrada da cripta e abriu-a, recebendo uma rajada de vento gelado. Lá fora, o sol ainda não havia começado a nascer, a chuva já estava congelando onde havia formado poças no chão, os caminhos estavam escorregadios com o gelo fresco e o granizo espalhado depois de bater contra as paredes da cripta. O chão foi triturado ruidosamente por suas botas quando saiu da cripta e pisou o chão do cemitério; nuvens pesadas atravessavam o céu como hematomas com riscos amarelos sulfurosos e fissuras azuladas. Silas cheirou o ar. Já havia passado a época do ano de tempestades. A região estava fria demais, e as nuvens ainda continuavam firmes entre os braços das montanhas, lançando a chuva nas casas frias abaixo.

Ele ergueu a gola do casaco, e seu corvo saiu voando da cripta, pousando em um galho de árvore sem folhas e sacudindo as penas para se aquecer. Um raio estremeceu o chão, atingindo algum lugar da floresta ao sul. Silas caminhou pelo cemitério em direção aos portões de ferro, ignorando a chuva que o espetava com força. A Guarda Sombria tinha levado sua espada ao capturá-lo. Esvaziaram seus bolsos e o deixaram sem nada. As últimas moedas se foram, as lâminas ocultas, tudo que poderia ter sido útil, mas o pouco tempo que passara sob a custódia deles deu a Silas algo mais útil do que todas as outras coisas. Deu a ele uma ideia.

Com o dia amanhecendo e a chuva caindo forte, Silas era o dono das ruas. Não havia sinal da Guarda Sombria em lugar algum no lado sul do rio, e muitos dos fios de lanternas nas ruas tinham sido arrebentados ou levados pelo vento. Alguns madrugadores estavam nas janelas, observando o tempo fora de estação, mas aqueles que o viram recuaram ao vê-lo passar.

O humor de Silas combinava com a ferocidade do céu. Seguiu caminho em direção a uma pequena fileira de lojas, encontrou uma especializada em escambo e entrou, diminuindo um pouco as passadas largas. Ouviu-se um ruído no andar de cima, e um homem baixo desceu as escadas ainda vestido com seu camisolão de dormir, segurando um punhal, disposto a defender a loja. Ficou parado assim que viu Silas na porta de entrada. Acalmou-se e baixou o punhal devagar.

– Preciso de alguns itens aqui – disse Silas. – Pegue-os para mim, e depois eu o deixo em paz.

– Tu-tudo bem – consentiu o dono da loja, recuando alguns passos. – Tudo que quiser, pode levar. É seu.

– Preciso de papel, caneta, tinta e cordão e um frasco, nem maior nem mais largo que o dedo de uma mulher, com uma tampa de rolha.

A loja era pequena e bem estocada. O homem pegou a maior parte do que Silas precisava atrás do balcão, colocou os objetos diante dele e saiu à procura do frasco. Silas se debruçou sobre o balcão para escrever um bilhete e partiu com os dentes um pedaço comprido do cordão enquanto o homem remexia uma pequena gaveta nos fundos da loja.

– Este serve? – Voltou rapidamente, segurando um pequeno frasco de vidro entre os dedos indicador e polegar. Havia uma pequena rachadura na lateral, mas serviria.

– É bom o suficiente – falou Silas. – E também vou levar isto. – Apontou para o punhal na mão do dono da loja, que lhe foi entregue de imediato.

– É claro. Tudo que precisar.

Silas enfiou o punhal no cinto, pegou o bilhete, o cordão e o frasco e voltou para a rua.

O vento tentou arrancar o papel de sua mão enquanto o enfiava no frasco e o amarrava bem com o cordão, dando quatro voltas nele.

– Corvo – chamou. O pássaro desceu do abrigo de uma janela alta do outro lado da rua e pousou em seu pulso. Silas passou o laço pela cabeça do pássaro, depois fez outro nó passando-o pela metade do frasco e amarrando-o para mantê-lo preso ao peito dele. O corvo bateu o bico, reclamando, e sacudiu as asas assim que o dono terminou, sacudindo o frasco no meio das penas do peito. Silas nunca havia usado seu corvo como mensageiro, mas, se os pombos horrorosos da Guarda Sombria conseguiam atravessar o mar, com certeza seu pássaro também conseguiria.

– Kate precisa receber isto – disse ele. – Você se lembra dela? – O corvo grasniu uma vez. – Procure-a nas ruas debaixo de Fume e fique com ela até que eu o reencontre. Irei buscá-lo. Vá!

O corvo voou, cortando a chuva forte e indo em direção ao mar. Outro raio iluminou o céu, e Silas viu uma pessoa parada do outro lado da rua. Uma mulher, observando-o na chuva.

– Você chegou – falou ela.

Silas começou a atravessar a rua em sua direção, mas, quando olhou outra vez, ela havia sumido. Ele ficou parado na calçada onde ela estivera e pôde sentir o arrepio do véu no ar. Olhou as casas, mas não havia sinal dela em lugar algum.

– Falei para Bandermain que ele não conseguiria mantê-lo preso contra a vontade. – A voz da mulher veio de uma entrada atrás dele. Silas virou-se, e ela estendeu a mão, segurando um papel para que ele pegasse. – Se quer respostas, encontre-me lá – disse ela. – Vou aguardá-lo. Há coisas que você precisa saber antes de começarmos.

Seu casaco cinza tinha capuz, mas os olhos escondidos por ele eram pálidos e sem vida. Quando Silas os olhou, não viu nada. Nenhuma centelha de vida, nenhum vislumbre de uma alma por trás do brilho vítreo daqueles olhos. Era como olhar para seu próprio reflexo, morto e frio.

– Você é Dalliah Grey – observou ele.

A mulher colocou o papel na mão dele. Sua pele estava suja de terra velha, e as unhas das mãos estavam em carne viva.

– O véu está cedendo – disse ela. – Talvez já seja tarde demais para nós.

Ela tentou ir embora, mas Silas a segurou pelo pulso e não a deixou partir. Sua pele era gélida, e ele sentiu o tamborilar do véu ao redor dela como uma neblina de energia desenfreada, perigosa e ao mesmo tempo fascinante.

– Responderei a todas as suas perguntas, Silas – disse ela. – A Guarda Sombria não precisa ser sua inimiga hoje, e nem eu.

– O que você tem a ver com a Guarda Sombria?

– Menos do que eles pensam. O equilíbrio de poder está mudando. Se confiar em mim, vai recuperar tudo que perdeu. Leia o bilhete. Encontre-me lá. – A mão de Dalliah girou enquanto Silas a segurava. O dedão estalou, e os outros dedos escorregaram até ficarem livres. – Fiz o mesmo caminho que você há séculos – disse ela, voltando o osso para o lugar certo sem o mínimo esforço. – Você ainda é jovem, Silas. Ainda não viu o mundo que conheço. Devia me agradecer, e não duvidar de mim. A única razão de você ainda estar vivo é por minha causa.

– Precisaria mais que a Guarda Sombria para acabar comigo – falou Silas.

– Hoje, sim – contestou Dalliah. – Mas, há doze anos, as coisas eram bem diferentes. Você era um homem diferente.

– O que sabe disso?

Dalliah recuou.

– As respostas virão – respondeu. – Por enquanto, você deve ir. – Apontou para a rua escura atrás de Silas. – A Guarda Sombria está aqui.

Silas virou-se e viu a silhueta de um cavalo atravessando o final da rua. Escondeu-se na escuridão, ficando longe da vista da patrulha da Guarda Sombria, e, quando olhou para trás, Dalliah havia sumido. Já se preparava para segui-la quando o eco de troteadas irrompeu atrás das casas e um cavalo cinza e ágil surgiu na rua, levando a mulher encapuzada no lombo. Ela bateu as rédeas uma vez e cavalgou em direção à Guarda Sombria.

Silas desdobrou o bilhete que ela deixara e descobriu um mapa de Grale com uma rota marcada, entrando no lado sul da floresta e terminando em um círculo marcado com tinta preta. Ele não havia chegado até ali para deixar escapar tão facilmente a pessoa que procurava, e as preocupações dela em relação ao véu eram interessantes demais para ignorar. Demoraria muito para fazer o trajeto dela a pé. Precisava de um cavalo.

Cavalos e navios eram os únicos meios de transporte viáveis entre Gale e as outras cidades ao longo da costa continental, então a margem ocidental de Grale continha mais estábulos que o necessário. Silas seguiu pelas ruas, atravessou a ponte do rio e seguiu até o maior dos estábulos, onde um grupo de cavalos agitados relinchava e batia as patas, assustado com a tempestade. Abriu as portas do estábulo e caminhou entre as baias, inspecionando os animais ali dentro.

Somente um deles estava calmo, comendo o feno com total indiferença ao que acontecia lá fora; uma égua marrom com manchas brancas entre as orelhas e na parte inferior do flanco esquerdo. Silas abriu a baia e passou a mão pelo focinho do animal. Tinha os olhos saudáveis, orelhas retas e alertas.

– Uma fera destemida – disse. – Você serve.

Não perdeu tempo colocando a sela, mas arrancou o cobertor noturno que cobria o animal e saiu para o céu aberto. A égua andava de forma equilibrada, e em seus cascos havia boas ferraduras. Ela sacudia as orelhas por causa da chuva, e Silas montou em seu lombo nu, laçando firmemente sua crina com as duas mãos. Depois de montado, Silas chutou firme, e a égua reagiu imediatamente. Ele a virou em direção ao portão, a fez galopar e pulou o obstáculo com um poderoso salto, caindo direto na rua pavimentada.

Eles atravessaram a ponte em direção à fileira de árvores que delimitava o lado sul da cidade. Um sinal luminoso com lente piscou à direita de Silas logo adiante, e outra pessoa respondeu do lado esquerdo. Tinha sido avistado.

Cavalgou com mais velocidade, orientando a égua a sair da rua pavimentada e entrar em uma pista larga de terra. Prestou atenção na estrada à frente e mergulhou na boca da floresta, movendo-se ruidosamente entre as árvores. Lembrou-se das marcas no mapa e jogou o peso do corpo para o lado, guiando a égua para uma pequena estrada lateral, abandonando o curso que a mulher havia marcado para ele, e, em vez disso, encontrou o próprio caminho. Silas não tinha nenhum motivo para acreditar em uma estranha em solo estrangeiro e não podia descartar a possibilidade de estar sendo atraído para uma armadilha.

Os galhos baixos passavam perto de suas orelhas enquanto ele se debruçava sobre o pescoço da égua, ignorando as nuvens de trovoadas acima.

A égua abriu caminho entre os pequenos arbustos, diminuindo a velocidade quando Silas o tirou da estrada. Subiram pela lateral de um morro lamacento e voltaram para outra estrada coberta de vegetação, onde o animal sapateou inquieto em círculos, sem saber para onde ir. Silas deixou os próprios instintos o guiarem. Puxou a crina da égua, obrigando-a a girar com as patas traseiras. O animal relinchou, batendo as patas dianteiras na terra, e continuou, cabisbaixo, os músculos latejando e os olhos arregalados com a emoção da aventura. Silas olhou para trás – não havia sinal da Guarda Sombria atrás dele – e decidiu seguir a estrada até onde ela fosse dar.

A égua galopou até seu corpo ficar molhado de suor, então um raio de luz no meio das árvores chamou a atenção de Silas. Estava prestes a se desviar dele quando se deu conta de que era destacado demais para ser o sinal luminoso de uma lente da Guarda Sombria. Alguma coisa estava brilhando no fim da estrada adiante, depois de uma curva marcada por duas árvores velhas e mortas. Silas guiou a égua entre elas. O chão estava com marcas profundas de rodas de carruagem, que deixaram para trás longos cortes congelados no meio da terra. Os cortes pareciam rios minúsculos, inundados com a água gelada da chuva, e a égua seguiu seu caminho entre eles até alcançar uma clareira onde um muro alto de pedras sustentava duas lanternas de vidro azul de cada lado de um portão aberto.

Silas fez o animal parar na frente do portão. Sapateou e se inquietou, não querendo ir além, e, fosse lá o que estivesse sentindo, ele também podia sentir. Era como ficar parado à beira de um abismo, sem saber quando o chão desapareceria, mesmo tendo a certeza de que aquela queda mortal estava logo adiante. Havia perigo naquele lugar. Ele conhecera a morte. O vento rodopiava entre as árvores, jogando gotas de chuva afiadas no rosto de Silas. Ele desmontou e deixou a égua solta no portão antes de entrar sozinho.

Um caminho impecável de seixos cortava um pátio marcado com pequenos trechos ovais de terra congelados que mal eram visíveis na escuridão. Silas seguiu o caminho e, no final, surgiu um prédio grande e negro. A luz do luar brilhava nas poucas janelas de vidro que ali restavam; o restante estava coberto com longas gavinhas de plantas antigas alastradas nas paredes de forma incontrolada.

A construção era imensa. Seu ponto central era marcado por duas torres circulares uma ao lado da outra com o topo em espirais de ardósia que pareciam tocar o céu. Tudo ali era antigo, desgastado, mas mesmo assim estranhamente familiar. As gárgulas sobre as calhas do telhado eram cópias exatas das que se encontravam nos prédios de Fume, lembrou Silas. As torres eram da mesma altura e formato que algumas das torres memoriais naquela cidade, e as janelas compridas eram feitas do mesmo vidro verde que havia sido colocado nos prédios mais antigos. Era como se uma parte antiga de Fume tivesse sido erguida e colocada ali no meio da floresta continental.

A casa estava escura, com exceção de uma janela iluminada pela lareira no térreo. Silas ouviu o som de cavalos se juntando atrás dele. Virou-se e viu oito Guardiões Sombrios montados e alinhados no portão. Não dava para ver Bandermain entre os guardiões, e eles não sacaram suas armas; pareciam relutantes em pisar a terra. Silas sentiu o peso do punhal disponível em seu cinto, mas eles continuaram parados, observando, enquanto ele caminhava com passos firmes sobre os seixos e parava na frente da porta principal do prédio.

A mulher da cidade já estava lá, aguardando-o. Ela ergueu a mão, e a Guarda Sombria voltou para a floresta, recuando ao seu comando. Dois deles desceram dos cavalos e fecharam os portões no meio das árvores escuras enquanto a chuva caía forte.

– Como pode ver, não gosto de visitas – disse a mulher. – A Guarda Sombria sabe que não pode pisar em minhas terras sem ser convidada. Pedi que o seguissem para garantir que chegasse em segurança. A floresta é traiçoeira.

Silas continuou de pé, os cabelos soltos pesados da água da chuva.

– Não preciso de sua proteção.

– Discordo – retrucou a mulher. – Precisa de proteção de si mesmo e de sua própria ignorância. Pode parecer mais jovem que sua idade, mas você mal começou a viver neste mundo. Seria tolice sua ignorar-me. Não pode se dar o luxo de deixar suas desconfianças anuviarem seu julgamento. Ainda mais agora.

– Então você é Dalliah Grey? – perguntou Silas.

A mulher colocou a mão direita sobre o peito e curvou-se de leve para a frente em saudação. Era um gesto antigo, que não era comum no Continente havia mais de duzentos anos.

– Já tive vários nomes – respondeu ela. – Esse é um dos mais velhos. É raro eu o ouvir sendo dito em voz alta.

– É isso que acontece quando se vive feito um fantasma – comentou Silas. – As pessoas esquecem.

– Ótimo – disse Dalliah. – Mas, se tivessem esquecido, você não estaria aqui. Meu nome ainda tem muito peso em

Albion. É bom saber disso. – Qualquer um que ficasse perto de Dalliah sentia que havia algo diferente nela; algo poderoso e meio contido por trás do rosto de uma mulher que parecia estar apenas começando a envelhecer.

Se ela realmente viveu séculos, aqueles anos não estavam aparentes em seu rosto. Parecia forte e em forma, e os cabelos eram curtos e totalmente pretos. Mas os olhos eram melancólicos, o peito não se erguia e descia com uma respiração regular, e o ar ao seu redor era carregado de ameaças. Era a mesma sensação que as pessoas experimentavam sempre que ficavam perto de Silas. Ele mesmo nunca havia sentido isso antes. Era a aura de um predador.

– Por favor – disse Dalliah. – Acompanhe-me para dentro. Com esse tempo, aqui não é lugar para uma conversa, e tenho certeza de que tem perguntas.

– Somente uma por enquanto – disse Silas, adiantando-se. – Por que me convidou para vir aqui?

Dalliah estudou o rosto dele e encarou-o nos olhos como se pudesse ler as lembranças escritas através do seu olhar.

– Talvez devesse se perguntar por que aceitou meu convite – respondeu ela. – Creio que está aqui pelo mesmo motivo que eu o pedi para vir. Pode sentir que alguma coisa mudou. Você tenta negar isso, mas não pode ignorar para sempre o que sentiu.

– E o que é? – perguntou Silas.

– A garota cujo sangue corre dentro do seu. A garota que comanda o véu com mais poder que qualquer um de seus ancestrais. Você sabe que ela corre perigo. Você a sentiu dentro de você, até mesmo aqui nestas terras abandonadas.

Era verdade que o sangue de Kate Winters se tornara vinculado ao dele na Noite das Almas, mas Silas não tinha sentido nada em relação a ela dentro do véu desde que partira de Fume semanas antes. Então se lembrou da dor no peito quando acordara dentro da cripta. Não considerou que a dor poderia, de alguma forma, ter ligação com ela. Agora não tinha tanta certeza.

– Não senti nada – mentiu ele. Não importava quem Dalliah fosse, ele não estava pronto para confiar nela a ponto de falar de Kate.

– Você sabe a verdade, mesmo que não consiga aceitá-la – falou Dalliah. – Juntos, podemos consertar o que você quebrou. Kate Winters não é uma jovem comum, mas ela insiste em entrar no véu com a mente desprotegida. Está se colocando em risco porque é ignorante e é temida por aqueles que deveriam ajudá-la. Isso não é bom, Silas. A vida da garota está em perigo, e a culpa é toda sua.

10
O guardião do portal

O que quer que tenha acontecido na sala das caveiras deixou Kate exausta. Ela adormeceu encolhida no chão do refúgio minúsculo em que estavam, e Edgar sentou-se ao seu lado, acariciando de leve seus cabelos.

Esperou que os olhos se acostumassem à escuridão. Não havia sinal de luz em lugar algum ao longo do túnel que passava ao lado do esconderijo, e qualquer barulho que fosse feito ao longe parecia absurdamente alto, fazendo tudo parecer muito mais perto do que estava. Ele ouviu o que poderiam ser passadas, corridas e sussurros do vento que soavam como vozes sibilando ao seu lado, e tremeu. Não gostava do escuro. Era somente mais um lugar para as coisas darem errado. Qualquer coisa poderia se aproximar e subir em alguém no escuro.

Edgar ouviu o som de um arranhão ali perto e acendeu um dos poucos palitos de fósforo restantes.

— Só um rato — sussurrou quando um roedor preto passou, rápido e descarado, pelo chão. Edgar gostava de ratos e ficou feliz em deixá-lo cuidar de sua vida até que viu um segundo mordiscando o canto de sua mochila.

— Ei! — Agarrou a mochila, tirando-a do alcance do bicho, e bateu com a mão no chão. — Ande logo. Saia daqui! — Os ratos ficaram ali parados, olhando-o, então ele abriu a mochila, partiu um pedacinho de pão que havia guardado ali e jogou para eles. Os ratos logo se aproximaram para pegá-lo e fugiram rapidamente antes que o fósforo de Edgar terminasse de queimar e ele acendesse outro.

Largou a mochila e abriu-a com cuidado para o caso de haver qualquer coisa à espreita ali dentro. Tirando o pão, tudo parecia intocado; tinha uma faca, algumas maçãs, um pedaço de corda fina, um pedaço de queijo embrulhado em um pano, uma garrafa de vidro cheia de água, algumas velas de reserva e algumas tortas feitas havia no mínimo três dias. Não era muito, mas foi tudo que ele conseguiu arranjar e teria que durar até que conseguissem encontrar mais comida. Com os Dotados lá fora procurando-os, isso não seria fácil.

Ao menos ele reconhecia um bom esconderijo quando encontrava um. Estavam na sala da frente de uma casa parecida com uma caverna que fora cavada séculos antes, para o uso dos guardiões de ossos quando estavam trabalhando nesta parte do subterrâneo. Não sobrara muito dela — o restante da casa já estava enterrado —, mas era suficiente para mantê-los seguros. A porta de entrada fora esmagada ao ser soterrada anos antes, e a única maneira de entrar ou sair era passando pela janela de vidro.

Edgar tinha deixado a janela aberta para poder ver qualquer luz que fosse carregada por aqueles que os procuravam. Kate estava dormindo embaixo dela, a pele pálida e pegajosa. Edgar só a tinha visto assim uma vez, na primeira semana depois de pedirem ajuda aos Dotados. Ela entrara de maneira profunda e rápida demais no véu e teve dificuldade para se separar dele outra vez. Ele nunca deveria ter sugerido usar aquela roda dos espíritos idiota. Coisas desse tipo sempre causaram mais problemas do que valiam a pena. Seja lá o que Kate quisesse fazer a seguir, ele a ajudaria.

Kate estava de testa franzida enquanto dormia, e, quando ele pôs a mão em sua testa, sentiu que estava muito mais fria do que já estivera antes. Tirou o casaco e cobriu-a, tremendo apesar de estar usando mais de um suéter, todos perfurados e puídos. Nós vamos sair daqui, disse a si mesmo. Podemos fazer isso. Continue seguindo em frente. Se um túnel sobe, ele tem saída. É tudo que precisamos...

Um banho de luz se espalhou de repente na parede lá fora. Edgar passou por cima de Kate e debruçou-se na janela.

Duas lanternas balançaram na escuridão, levadas por duas mulheres de vestidos marrons com capuz cobrindo a cabeça. Elas estavam conversando e carregavam mochilas enormes nas costas, mas não pareciam estar com pressa alguma para chegar a seu destino. Suas vozes ressoavam de leve ao longo do túnel.

– Para que lado agora?

As luzes pararam de se mexer, e as duas ergueram as lanternas, iluminando a parede.

– Esquerda.

As duas mulheres foram em direção a uma curva estreita, e a luz das lanternas desapareceu.

– Mercadoras – sussurrou Edgar. – O que estão fazendo aqui?

Depois de conferir se Kate ainda estava dormindo, acendeu uma vela nova na lanterna, passou por cima dela e atravessou a pequena janela. Foi andando lentamente e, quando chegou ao local onde as mulheres ficaram paradas, olhou para a mesma parede. Não havia nada lá.

– O que estavam olhando? – murmurou. Foi então que descobriu. Pouco antes da curva em que as mulheres haviam entrado, uma coleção de marcas profundas tinha sido entalhada na parede alguns centímetros abaixo do teto.

– Caminho 63 – leu em voz alta. – TW, E. MS, S. O que significa isso? – Um som no túnel atrás dele o assustou. Girou com a lanterna, e um rosto surgiu no escuro em sua direção. – Kate?

– Essa luz brilha o suficiente para dizer a todos onde você está – disse Kate. – O que está fazendo?

– Duas mercadoras passaram por aqui e leram alguma coisa na parede – explicou Edgar. – Vim dar uma olhada. Como está se sentindo?

– Tão bem quanto posso me sentir aqui embaixo – respondeu Kate. – O sono ajudou.

– Você trouxe a mochila?

– Está aqui. – Kate virou-se para que ele pudesse vê-la em suas costas.

– Tudo bem. Entregue-a para mim e dê uma olhada nisso. O que acha que é?

– Parece uma placa – observou Kate, tirando a mochila dos ombros e entregando-a a Edgar junto com o casaco. – As duas primeiras letras devem significar um lugar, e a última indica em qual direção ele está.

– Como sabe disso?

– O que mais poderia ser? Você mesmo disse que é fácil se perder aqui embaixo. Placas como esta devem ajudar os mercadores a achar o caminho. Talvez devêssemos segui-las.

– Parece um bom plano – disse Edgar. – Consegue caminhar?

– Já falei que estou bem – retrucou Kate. – Mostre para onde elas foram, mas fale baixo.

A parede fazia uma curva para a esquerda, e Edgar foi na frente. Não havia sinal das mercadoras, e pequenos caminhos se ramificavam do túnel em várias direções, tornando impossível saber que direção haviam tomado.

– Talvez não tenha sido um ótimo plano – falou Kate.

Edgar segurou a lanterna no alto, verificando se havia mais direções nas paredes. As mesmas letras continuaram aparecendo: MS, S.

– Ao menos estamos indo a algum lugar – comentou Edgar. – Deve ter alguma coisa por aqui.

O túnel por fim se dividiu em uma junção larga em forma de "Y" e embutida na parede que unia os dois caminhos havia uma porta preta e grande. Era feita de madeira antiga, mas tinha sido recolocada havia pouco tempo, com novas dobradiças de metal.

– Onde acha que vai dar? – indagou Edgar.

– Para cima, espero – respondeu Kate. – Não vejo nada escrito na parede.

– Acha que alguém mora aí?

Kate atreveu-se a encostar o ouvido na porta.

– Não estou ouvindo nada. O chão está gasto por aqui. Muitas pessoas passaram por este caminho.

– Então, ou a pessoa que mora aqui é muito conhecida ou é um lugar público – observou Edgar. – Vamos arriscar?

Kate já ia responder quando uma voz alta ecoou no fundo do túnel à esquerda deles. Agarrou a maçaneta da porta e abriu-a.

– É nossa melhor opção – disse ela.

Os dois entraram e fecharam a porta.

– Não tem fechadura – verificou Kate, procurando uma maneira de barrar a porta, e, quando se virou para ver onde estavam, seu coração apertou.

Estavam pisando uma pedra no topo de um fosso circular cavado bem fundo na terra. Uma escada descia em espiral nas paredes, iluminada de leve por luzes amarelas muito abaixo delas. Não havia nenhum corrimão de segurança para prevenir que alguém caísse do lado, e os degraus eram antigos e irregulares. As sombras dançavam ao longo da escada, e o ar com cheiro de mofo cobria seus rostos com uma névoa enquanto a lanterna de Edgar iluminava as paredes com um brilho oscilante. Parte da escada ia para a direita, mas a única entrada que Kate conseguia ver ali tinha sido coberta de tijolos havia muito tempo.

– Parece que já estamos no topo – constatou ela. – O único caminho é para baixo.

– Boa notícia, como sempre – lamentou Edgar, desviando o olhar da descida estonteante.

A escada era larga o suficiente para os dois descerem lado a lado. Edgar ficou perto da parede e prestou atenção em onde estava pisando, enquanto Kate descia dois degraus de cada vez e já estava a dois níveis abaixo quando alguém abriu a porta pela qual tinham acabado de passar. Kate e Edgar pararam onde estavam e se encostaram na parede quando uma voz invadiu o fosso:

– Eles não têm motivos para descer aqui – disse a voz. – Estão indo para a superfície ou estão escondidos em algum lugar. Vamos continuar. – A porta fechou-se.

– Quem era? – questionou Kate.

– Não reconheci a voz – respondeu Edgar. – Provavelmente um dos homens de Baltin.

– Está muito silencioso aqui. Por sorte não nos ouviram.

– O silêncio é bom – disse Edgar, batendo, nervoso, com a palma da mão em outra porta coberta por tijolos. – Gosto do silêncio. Mas parece que não vamos sair daqui. Vamos tentar o próximo nível.

Continuaram descendo a escada cada vez mais, mas todas as saídas que encontravam estavam bloqueadas, trancadas ou, no caso de uma porta antiga em especial, lacradas por várias correntes e com um aviso pintado na parede ao lado:

**PRISÃO FELDEEP
SEM ENTRADA. SEM FUGA.**

– Que ótimo – comentou Edgar. – Melhor deixarmos esta bem longe.

A escada continuava em espiral, e Kate ficou feliz quando finalmente enxergou o fundo. Havia mais luzes ali, um sinal de vida recebido com bom grado, e ela guiou Edgar em direção a uma pequena placa de madeira marcada com uma seta e as letras MS. Seguiram a seta em direção a um túnel baixo, que parecia promissor o bastante, até que um portão demolido bloqueou a passagem.

O portão havia sido soldado com restos de metais de pelo menos três outros portões e estava inclinado em um ângulo estranho, atravessado no caminho, com as letras MS retorcidas e arqueadas no centro. Além do portão, três correntes longas com alça na ponta caíam pela parede.

– Para que servem? – perguntou Kate.

Edgar deu de ombros no escuro, e alguma coisa rangeu mais adiante. Uma pequena veneziana de madeira estava colocada entre duas pedras e subiu de repente, seguida de uma coluna espessa de fumaça de cachimbo. Um rosto enrugado apareceu atrás dela, e uma voz grossa e áspera disse:

– Comprar, vender ou permutar?

Kate e Edgar se entreolharam sem saber o que responder.

– Não tenho o dia todo – disse a voz, dissolvendo-se em um surto de tosse engasgada.– Querem entrar ou não?

– Entrar onde exatamente? – indagou Edgar.

– Crianças estúpidas.

A veneziana desceu de uma vez só, soprando a fumaça penetrante no rosto de Kate e Edgar.

– Espere! – Kate tentou abrir o portão, mas estava mais firme do que parecia. Edgar pegou uma das correntes e puxou aleatoriamente, fazendo um sininho tocar dentro da parede. A veneziana se abriu de novo, e o rosto retornou.

– Permuta então, não é? – perguntou ele, olhando com suspeita para os dois. – Vejamos o que vocês têm aí.

– Uh...

– Sem mercadoria não entra – impôs o homem. – O Mercado das Sombras não é lugar para ficar passeando sem um bom motivo. Ainda mais para os jovens.

Edgar se virou de costas para o homem e sussurrou para Kate:

– MS! O Mercado das Sombras! Eu devia ter notado isso antes.

– O que é o Mercado das Sombras?

– A Cidade Inferior tem quatro lugares principais onde as pessoas vêm fazer permutas – explicou Edgar. – O Mercado das Sombras é o maior. Se conseguirmos entrar, ninguém conseguirá nos encontrar lá dentro.

– Mas não temos nada para permutar – disse Kate.

– Talvez não – observou Edgar. – Ou nada que ele possa ver, de qualquer forma. – Voltou-se para o porteiro. – Os

Segredistas carregam sua mercadoria na memória – disse ele com orgulho. – Estamos aqui para permutar segredos e, a menos que esteja disposto a pagar por eles, não vamos compartilhar nada de nossa mercadoria com o senhor hoje.

O porteiro resmungou e recuou em seu pequeno quarto.

– Segredistas – murmurou. – Devia ter imaginado.

Ouviu-se o chiado de metal deslizando em outro metal no portão, e uma barra estreita deslizou do ferrolho, entrando na parede abaixo das venezianas.

– Obrigado, senhor – agradeceu Edgar, gesticulando com a cabeça.

– Mantenham-se à esquerda. E nada de perambular por aí.

Com o caminho livre, Kate e Edgar atravessaram o portão e contornaram alguns degraus em espiral, onde o som distante de pessoas ecoava nas paredes.

– Acha mesmo que é uma boa ideia? – indagou Kate.

– Mais ou menos – admitiu Edgar. – Mas talvez possamos encontrar alguém aqui que saiba o caminho de volta à superfície.

– E como vamos encontrar uma pessoa dessas?

– Não disse que era uma boa ideia – respondeu Edgar. – Mas agora é a única opção que temos.

Os degraus os levaram a um túnel mais largo que voltava diretamente para debaixo do quarto do porteiro. Uma voz ressoou lá embaixo, vindo de cima deles, e o rosto do porteiro apareceu por uma portinhola no teto.

– Mantenham-se à esquerda – mandou ele. – E cuidado com os lobos. Algumas das feras de Creedy saíram ontem à noite. Não me culpem se perderem uma das mãos aí. – A gargalhada do homem ecoou ao redor deles.

– Lobos? – indagou Kate enquanto caminhavam. – Acha que ele estava falando sério?

Edgar tomou a frente, seguindo a trilha de velas colocadas no meio do chão.

– Vamos torcer para não descobrirmos – disse ele.

11
O Mercado das Sombras

As velas levaram Kate e Edgar para dentro de um caminho cercado que fazia uma curva apertada embaixo de uma arcada de terra dando em uma ponte coberta com precipícios dos lados, mergulhando em uma escuridão sem fim. Edgar manteve o olhar fixo adiante. Passou as mãos nas laterais, tremendo de nervoso quando a ponte de madeira sacudiu debaixo dos pés deles.

– Esta ponte está aqui há anos – disse Kate, sentindo o nervosismo dele. – Ela não vai cair agora.

– É isso que a pessoa diria sobre ela quando realmente caísse.

Era a primeira vez desde que tinham saído da caverna dos Dotados que Kate sentiu que os dois estavam completamente sozinhos. Ela não conseguia ouvir nenhum espectro. O ar estava úmido e vazio. Se a ponte caísse de verdade, ninguém saberia. Ninguém os encontraria.

Edgar atravessava a ponte hesitante, enquanto Kate a tratava como um caminho qualquer, caminhando em passadas largas em direção a uma entrada circular cavada em uma parede de terra e pedras. Edgar correu nos poucos passos finais e tocou, aliviado, na parede sólida.

– Chegamos – disse Kate, apontando ao longo do túnel para uma porta arqueada ao alcance da luz da lanterna. – Um Mercado das Sombras e nenhum lobo à vista.

A porta, composta por duas folhas, era enorme, antiga e perfurada por cupins. Kate não viu nenhuma maçaneta, somente duas cordas penduradas onde teriam havido alças na ponta. Cada um pegou uma corda e puxou as portas em sua direção.

A primeira coisa que os atingiu foi o barulho. As portas se abriam para um aglomerado de pessoas gritando, conversando e discutindo umas com as outras. Lanternas feitas de vidro colorido estavam penduradas nas paredes de uma caverna longa e estreita, que mais parecia uma cicatriz denteada no meio da terra. Longos cochos com fogo estavam pendurados sob as chaminés enegrecidas no teto alto, e o ar estava denso com o cheiro do metal quente.

O Mercado das Sombras com certeza merecia esse nome. Assim que Kate e Edgar entraram, juntaram-se a um grande tumulto de pessoas carregando lanternas tremeluzentes, embaralhando-se e conversando entre aglomerados de bancas de mercado que pareciam ilhas de madeira espalhadas pelo chão da caverna. Velas de cera pingavam na frente das bancas, criando ilhas de luz que capturavam o rosto de todos que passavam ali na batalha dançante entre a luz e a escuridão.

Os mercadores debruçavam-se sobre os balcões, tentando atrair a atenção de clientes em potencial. As bancas mais cheias eram as que vendiam comida e roupas, mas mesmo da entrada Kate podia vê-los vendendo mercadorias mais incomuns. Uma mulher estava vendendo talismãs feitos de ossos antigos, enquanto outra vendia ratos adestrados. Nenhuma delas atraía muitos compradores.

Assim que Kate e Edgar avançaram, adicionando seus rostos encapuzados à multidão, um mecanismo escondido ganhou vida no meio das paredes, e as portas gigantes fecharam-se atrás deles. Kate não percebera quantas pessoas viviam na Cidade Inferior. Havia centenas ali, todas se movimentando entre as bancas com sacolas cheias penduradas nos ombros.

Kate abriu caminho para chegar a uma banca que vendia diferentes tipos de mecanismos de relógio, cujo balcão pequeno estava coberto de invenções clicando e zunindo, desde brinquedos infantis a relógios que podiam dizer a hora certa ou até mesmo a previsão do tempo, se bem que Kate não sabia dizer qual era a utilidade de prever o tempo no subterrâneo.

A próxima banca ocupava um círculo inteiro com mesas ao redor do lado de fora e uma pequena fornalha acesa no centro. Sua placa mostrava que o dono era um forjador de moedas, e uma mulher de bochechas vermelhas estava parada no meio das mesas, conversando com um freguês enquanto jogava peças de metais dentro de tonéis quentes, derretendo e derramando o líquido em prensas para forjar moedas marcadas com uma letra "S" distorcida. As crianças se reuniam ao redor para ver o vapor formando vagalhões ascendentes enquanto a mulher mergulhava as prensas em uma fossa com água verde e turva, e os fregueses ansiosos regateavam com ela se valia a pena derreter um jarro de metal para fazer quatro moedas ou três.

– E agora? – perguntou Kate quando ela e Edgar foram obrigados a parar.

– Tentamos nos misturar – respondeu ele.

Nenhum dos dois tinha nada que pudesse ser transformado em dinheiro, mas, quanto mais andavam, mais óbvio ficava para eles que comprar coisas com moedas não era o método preferido de negociação no mercado. As pessoas cada vez mais se inclinavam para a frente apontando os itens que queriam e colocavam itens aleatórios que lhes pertenciam nas mãos dos mercadores como pagamento.

Contando duas bancas depois da do forjador de moedas, havia uma de costura, onde roupas velhas eram cortadas, medidas, remendadas e costuradas de novo. Perto dela havia um carpinteiro cuja banca estava quase completamente escondida sob uma estrutura de cadeiras empilhadas e bancos de alturas diferentes. O próximo grupo incluía um vendedor de sopas cujas receitas consistiam principalmente de cogumelos e raízes; uma confeiteira vendendo rosquinhas quentes quase tão rápido quanto seu forno minúsculo as assava; e um sapateiro que se gabava da qualidade de seu couro velho, vendendo botas consertadas e enfeitadas com remendos horríveis mais parecidos com pele de rato.

Do teto alto até o piso amplo, tudo relacionado ao Mercado das Sombras era grande, e, como a maioria das coisas dentro e embaixo da antiga cidade-cemitério, um dia ele foi usado para outra coisa. Centenas de portas pequenas estavam embutidas em suas paredes em fileiras que subiam pelo menos a uma altura de vinte portas. Devem ter sido túmulos, mas não tinham pedras com nomes acima, como Kate vira em outras cavernas funerárias. Escadas ligavam as abas estreitas que se estendiam sob as portas, mas muitas delas estavam quebradas, deixadas sem travessas de madeira, ou caídas para o lado de forma precária. Ninguém mais tinha motivos para usá-las.

— Se formos rápidos, aposto que consigo algumas rosquinhas para nós — disse Edgar, inspirando fundo quando o cheiro de pão quente se sobressaiu ao do metal crepitante do forjador de moedas.

— Do que você acha que são? — perguntou Kate.

— Maçãs se tivermos sorte.

— Não falei das rosquinhas. As portas nas paredes.

— Túmulos antigos, provavelmente — sugeriu Edgar.

— E aquelas? — Kate apontou para o teto, onde os cochos com fogo tremeluzente eram sustentados por roldanas, espalhando a luz instável pela caverna.

— São mais baratos que velas, creio eu — sugeriu Edgar. — Alguém deve tê-los pendurado um dia e achou que seriam úteis.

Kate estava tão compenetrada olhando para cima que não prestou atenção aonde estava indo ou no que estava vindo em sua direção. Edgar puxou-a para dentro de um vão entre dois vendedores de cogumelos, e juntos eles procuraram entre os fregueses e identificaram duas pessoas de olhos escuros caminhando no meio da multidão.

Kate reconheceu Baltin de imediato, totalmente vestido, soltando raios pelos olhos. O homem ao lado era o que havia se declarado contra ela na sala de reuniões, e os dois estavam sendo seguidos de perto por pelo menos mais seis Dotados, todos olhando com cautela para as pessoas ao redor.

Kate havia pensado que os Dotados eram bem conhecidos, até queridos, por toda a Cidade Inferior, apesar de nunca terem sido vistos se misturando com pessoas comuns. Agora ela viu a verdade. A maioria dos que reconheciam os Dotados virava as costas imediatamente. Outros sussurravam entre si ou olhavam para eles, e alguns até mesmo cuspiam em seus pés, amaldiçoando-os enquanto respiravam. Os mercadores permaneciam atrás dos balcões, o semblante austero, deixando claro que os Dotados não deveriam esperar nenhuma ajuda deles naquele dia, e os pais mantinham os filhos juntos a eles como se os Dotados fossem roubá-los.

– Como nos encontraram tão rápido? – sussurrou Edgar enquanto os dois homens examinavam a multidão.

– Deve ter sido a roda dos espíritos – respondeu Kate. – Baltin pode ter perguntado onde nos encontraria.

– Tudo que ela precisava fazer era enviá-los para o caminho errado – murmurou Edgar. – É pedir demais?

Kate sentiu o véu se deslocar um pouco quando os Dotados se aproximaram. O frio fez a ponta de seus dedos formigar, e ela os enfiou para dentro das mangas da roupa, desviando-se dos dois homens.

– É melhor sairmos daqui – murmurou ela.

– Por quê?

Kate podia sentir algo surgindo ali perto; uma vibração minúscula se infiltrando em seus sentidos. Então ouviu um grito.

A multidão inteira virou-se para olhar na direção da origem do barulho. Um segundo grito seguiu o primeiro, e uma mulher parada ao lado de uma banca de luvas apontou para o teto com os olhos aterrorizados. Kate seguiu o olhar dela e viu com seus próprios olhos.

– Ela pode vê-los – disse ela.

– Ver o quê?

Um grupo de espectros estava se movendo pelo teto, caindo como se fossem aranhas sobre as pessoas abaixo. Havia quatro deles, fazendo o que tinham feito por muitos anos: revivendo os últimos momentos que seus espíritos atormentados conseguiam lembrar: o momento da morte. Aqueles que podiam vê-los entraram em pânico, e os que não conseguiam tentavam acalmá-los. Algumas pessoas tentaram tratar aquilo com pouca importância, dando um tapinha no ombro da mulher assustada e olhando para ela com pena, e os donos das bancas agiram rapidamente para garantir aos fregueses que eles não precisavam se preocupar com nada.

– É a doença – sussurrou alguém ali perto. – Está se espalhando de novo.

Kate tentou não olhar para os espectros. Poderiam ser apenas sombras; no entanto, vê-los mergulhando em suas mortes repetidas vezes ainda era perturbador.

– Há espectros no teto – explicou para Edgar. – Como as pessoas conseguem vê-los?

Alguém já estava acompanhando a mulher que havia gritado, e o dono de uma das bancas apontou para os Dotados, acusando-os.

– Vocês fizeram isso – disse ele. – Trouxeram a doença para cá.

Baltin olhou para o dono da banca com desagrado.

– Nós não fizemos nada – defendeu ele.

– Meus fregueses estão vendo coisas rastejando, demônios e sei lá o que mais, enquanto você e sua gente hibernam em segurança em algum lugar, e vêm me dizer que não tem nada a ver com vocês?

– Isso mesmo.

– Por que não estão ajudando pessoas iguais a ela? É isso que deveriam fazer, não é mesmo?

Alguém riu ao lado dele.

– Eles não farão nada – disse a pessoa. – São uns covardes. Sanguessugas. Não vou aceitar a moeda deles.

– Não oferecemos nenhuma moeda – retrucou Baltin. – Não temos interesse em nenhum de vocês. Estamos procurando uma pessoa. Alguém que espero terem visto.

– E por que admitiríamos isso a você?

– Porque a garota que estamos procurando é perigosa, e, se não a encontrarmos, vocês terão muito mais com que se preocupar do que "coisas rastejando e demônios".

– É uma ameaça? Ele acabou de me ameaçar!

Baltin ergueu a mão pedindo paz.

– Tenho certeza de que todos ficaram sabendo do que aconteceu na praça da cidade na Noite das Almas, não é?

A multidão começou a sussurrar de medo.

– Aqueles ricos tiveram o que mereciam – disse alguém. – Um bom susto nunca fez mal a ninguém. Temos coisas piores do que isso aqui embaixo todos os dias.

– O que viram foi muito mais do que um susto – comentou Baltin. – Foi o início de alguma coisa. Algo que precisa ser detido. Podemos impedir que aconteça uma grande tragédia nesta cidade, mas, para isso, precisamos encontrar essa garota.

O homem que o acompanhava ergueu um cartaz com o desenho do rosto de Kate e seu nome em letras pretas e algo escrito em letras menores logo abaixo. Era um cartaz oficial, com o selo do Conselho Superior, que devia ter sido retirado das ruas de Fume. Kate recuou mais um pouco para dentro da escuridão. Devia ter imaginado isso, mas ver com os próprios olhos tornou a realidade mais terrível ainda. Ela era procurada pelo conselho. Ofereceram um preço por sua cabeça. Quem saberia quantas pessoas estavam procurando-a nas ruas da superfície e quantos Cobradores já estavam rondando pelos túneis da Cidade Inferior, caçando-a no escuro?

– Os guardas estão oferecendo a liberdade da cidade às pessoas que disserem onde ela está – informou o dono da banca. – O que está oferecendo?

– Uma promessa – respondeu Baltin. – Se essa garota escapar, os olhares da morte que você considera inconveniente hoje se tornarão uma forma de vida em pouco tempo. Todos vocês vivem e trabalham no local de repouso dos mortos. Esta cidade não foi construída para nós, foi construída para eles. O véu está enfraquecendo. Se continuar assim, a vida aqui não só será difícil, mas também impossível. Não só aqui, mas por toda Albion também.

– E essa garota que procura faz parte disso tudo?

– Ela não sabe os danos que está causando – explicou Baltin –, mas o véu, sem dúvida, está enfraquecendo mais rapidamente com a presença dela. Nenhum de vocês confia no Conselho Superior, e todos sabem que qualquer "liberdade" que oferecerem será tomada de volta assim que pegarem a garota. Sempre ajudamos uns aos outros aqui na Cidade Inferior. Podemos não gostar de nossos vizinhos, mas dividimos estas cavernas e as transformamos em nosso lar. Ajudem-nos a encontrar a garota. Não permitam que ela destrua o que construímos aqui.

Com um pequeno discurso, a presença de Baltin no Mercado das Sombras deixou de ser uma ameaça para ser uma oportunidade. Kate sentiu como se todos os olhares estivessem prestes a se voltar para ela, cada mão a apontaria e a entregaria a um homem que queria matá-la. Mas ninguém se virou, ninguém olhou. O cartaz foi passado de mão em mão pela multidão reunida, retransmitindo o que Baltin tinha dito aos que estavam distantes demais para ouvi-lo. Os transeuntes do mercado logo esmoreceram com suas palavras, e, enquanto sussurravam juntos, Baltin deu o golpe final que acabou com qualquer esperança que Kate tinha de ser deixada em paz.

– Vocês devem saber também – disse ele – que essa garota foi condenada por assassinato.

O silêncio espalhou-se pelas bancas mais próximas.

– Ela é responsável pela morte da Conselheira Superior, Da'ru Marr, no dia da Noite das Almas. Ela foi cúmplice em um ataque a dois barqueiros no Caminho dos Ladrões no mesmo dia, no qual um deles morreu, e eu perdi um dos meus melhores amigos em suas mãos. Três assassinatos... talvez outros que ainda não sabemos... e quem sabe quantos mais ainda estão por vir.

A multidão vociferou em resposta às palavras de Baltin, e ele ergueu a mão pedindo silêncio.

– Kate Winters é uma jovem muito sorrateira – descreveu ele. – Ela mentirá para vocês, pode até tentar barganhar com vocês, mas não devem confiar nela. Ajudem-me a encontrá-la, e será melhor para todos.

Baltin não esperou a reação da multidão. Saiu caminhando entre as pessoas, o olhar afiado de um lado para outro, ansioso para agarrar qualquer sinal de Kate que conseguisse encontrar.

– O que você acha? – perguntou Edgar.

– Acho que estamos com problemas – respondeu Kate.

– O mercado deve fechar logo, e aposto que fica trancado à noite. É melhor esperarmos.

– Acha que devemos ficar trancados aqui?

– Seria mais seguro, não acha? – retrucou Edgar. – Ninguém poderia entrar e nos encontrar.

– A não ser que decidam ficar aqui também – comentou Kate. – Assim que o porteiro ficar sabendo que tem uma assassina em algum lugar aqui dentro, não acha que deixará os Dotados procurarem depois que todos forem embora?

– O que acha que deveríamos fazer, então?

– Ficamos escondidos o quanto pudermos e depois seguimos em frente.

– Mesmo que encontremos alguém que possa nos mostrar a direção certa, não temos nada para trocar pela informação – disse Edgar. – E agora todos estarão nos procurando.

– Não podemos simplesmente ficar aqui, podemos? – perguntou Kate. – Sei o que estou fazendo. Siga-me.

O Mercado das Sombras tamborilou com o barulho e as conversas enquanto Kate seguiu em direção às paredes onde as bancas estavam mais silenciosas, e os dois podiam se mover com mais liberdade. As lanternas tinham um brilho fraco sobre sua cabeça, e as pessoas estavam sentadas aos pares em pequenas mesas que foram colocadas perto da parede, debruçadas sobre tabuleiros de jogos, muito entretidas nos movimentos de peças minúsculas para notarem Kate e Edgar passando.

Kate se manteve cabisbaixa e caminhou com atitude, tentando não chamar a atenção para si, o que funcionou até que uma pilha de caixas usadas a obrigou a dar um passo para o lado, ficando frente a frente com a mulher que havia apontado para os espectros.

– Você pode vê-los – disse ela, baixando a cabeça para o lado a fim de olhar diretamente nos olhos de Kate. – Você é uma dos Dotados! Você também os viu, não é mesmo? Não pode ser a doença. Não pode ser. Diga a eles. Talvez escutem você.

Kate olhou para o teto. Os espectros tinham sumido, mas a mulher continuava olhando para cima, esperando que eles emergissem outra vez.

– Ninguém vai nos ouvir, moça – falou Edgar. – Pare de ficar gritando sobre as coisas que vê e ficará bem.

– Bem? Chama isso de bem? – A mulher estendeu um dos pulsos, que estava algemado a uma corrente fina presa na banca ao seu lado. – Eles estão me levando daqui! Dizem que estou doente. Não querem que a doença se espalhe. Se ver coisas torna uma pessoa doente, por que não vão levar a jovem daqui também? – Olhou para Kate e sacudiu o dedo para ela, de repente reconhecendo seu rosto. – Você! Você é ela! A que o sr. Arrogante estava falando!

Kate começou a caminhar mais rápido desta vez.

– Sinto muito – afirmou Edgar. – Deve estar achando que é outra pessoa.

– Ela está aqui! – gritou a mulher. – A garota que você quer. É ela!

– Continue andando – avisou Edgar assim que dezenas de rostos olharam na direção deles. – Não olhe para trás.

– Kate? – A voz de Baltin atravessou o mercado. – Tranquem as portas! Encontrem-na!

– Não se preocupe – disse Edgar, segurando a mão de Kate enquanto caminhavam. – Ninguém vai escutá-lo.

– Mas escutaram.

As pessoas começaram a comentar com animação assim que a notícia da caçada se espalhou pelo mercado. Tinha gente por todo canto. Kate voltou para a parede da caverna, mas não conseguia ver uma saída. Algumas pessoas subiram no teto das bancas para ficar vigiando, esperando ver uma garota fugindo, mas Kate ainda estava andando, obrigando seus pés a ficar calmos apesar de estar desesperada para correr. Contanto que mantivesse os olhos baixos, poucas pessoas a olhariam duas vezes.

Podia ver pelo canto dos olhos as formas fantasmagóricas se movendo, e imagens fracas vagavam ao longo das paredes à frente. Primeiro achou que fossem mercadores, mas os rostos estavam indistintos e os corpos brilhavam de leve com uma energia fraca. Eram espíritos antigos, espectros de pessoas que tinham morrido havia muito tempo. Seu elo com o mundo dos vivos era muito fraco para que qualquer um conseguisse aparecer para ela durante muito tempo, e ficavam surgindo e sumindo de vista, desatentos ao tumulto dos vivos ao redor. Todos estavam olhando para o mesmo lugar, concentrados na mesma coisa.

Algo parecido com um pedaço quebrado de pilar antigo se destacava a alguns metros da parede adiante. Era da altura da cintura de uma pessoa, e a parte superior estava presa a uma superfície plana. Kate só o olhou por um segundo, mas o livro que carregava ficou mais pesado quando ela se aproximou do objeto. O véu tinha mais influência ali. Kate podia senti-lo da mesma maneira que sentiu na sala das caveiras, como uma janela se abrindo na mente. Não notou a comichão gelada na ponta dos dedos nem o barulho do mercado desaparecendo ao redor. Logo seus passos ficaram mais lentos, diminuindo o espaço entre ela e os Dotados que a vinham seguindo.

– Há de ser imperceptível e não haverá paradas – disse Edgar, puxando-a pelo caminho. Kate mal podia ouvi-lo junto com o pulsar do sangue nos ouvidos. Sentia como se sua cabeça estivesse sendo apertada por duas mãos invisíveis. O véu estava em todo canto e, por um momento, ela viu as lembranças de tudo que havia acontecido naquela caverna passando em sua mente.

As várias portas da caverna oscilavam entre as imagens em que tinham acabado de ser colocadas e aquelas em que estavam deterioradas pelos séculos de descuido. Muitos dos espectros ao redor desapareceram. Nunca tinham caminhado por aqui quando estavam vivos, mas os que estavam perto do teto continuavam caindo para suas mortes um a um. Kate os via claramente agora: homens e mulheres comuns que haviam escorregado numa passagem estreita que no passado transpunha o nível superior da caverna.

O véu a regrediu mais ainda no passado, até que viu os guardiões de ossos arrastando corpos mal embrulhados pelo chão, todos sem caixão ou nome, sem amigos ou família para sentirem falta deles no mundo. Então apareceram os temíveis braseiros, arrumados para queimar sob duas aberturas separadas no teto. Seu propósito logo foi esclarecido, quando cadáveres foram colocados sobre eles, incendiados e deixados ali queimando até ficarem só os ossos.

As pessoas enterradas nesta caverna não eram tratadas com o mesmo cuidado e ritual daquelas que estavam em Fume. Seus ossos carbonizados eram amontoados e jogados pelas portas abertas nas paredes, montes e mais montes, empilhados durante séculos. Eram corpos de itinerantes, desconhecidos, assassinos e ladrões, todos colocados no Trem Noturno e enviados para o repouso por cidades que não queriam ter nada a ver com eles ou ter a responsabilidade de cuidar de seus restos mortais.

Era um lugar atormentado. O medo pingava das paredes, tornando-as frias e sem atrativos. Não importava quantos mercadores e fregueses se juntassem naquele mercado, os vivos jamais excederiam em número os mortos que ainda caminhavam por lá. Os túneis ao redor eram silenciosos: as únicas almas entre suas paredes eram as que estavam seladas ali, presas dentro da caverna, obrigadas a caminhar por entre as pedras pela eternidade. A presença de tantos seres vivos agia como um amortecedor da angústia dos mortos que ali persistiam, mas qualquer um que ficasse no mercado sozinho – Dotado ou não – logo sentiria a pressão horripilante das milhares de almas ainda à espreita na escuridão.

Kate estava apenas a alguns passos da pedra quebrada quando um grupo de pessoas apareceu ao seu redor. Todas eram sombrias e indistintas, cada uma vestida com a conhecida túnica cinza, e conversavam entre si. Kate não conseguia ouvir o que diziam, mas uma delas estava obviamente no comando, e, quando olhou para cima, sua imagem tornou-se tão sólida e real quanto a de um ser vivo parado diante dela. Seus olhos encontraram os de Kate e logo se tornaram familiares: a superfície brilhava com um toque de prateado, iguais aos dela. O homem virou-se devagar, sua boca se movendo e emitindo palavras silenciosas quando algo surgiu no topo da pedra. Kate parou e ficou ao lado dela. Uma espiral estava entalhada na face empoeirada e lisa da pedra, e o véu mostrou algo repousando sobre ela. Um livro aberto, sólido e real na época dos espectros, mas somente uma sombra do que fora um dia, quando sua imagem vazou para o mundo de Kate. Era um livro cheio de palavras e avisos. Um que Kate conhecia muito bem.

*

– É melhor acelerarmos um pouco – sugeriu Edgar, ofegante, ao lado dela. O som de sua voz tirou Kate subitamente do transe. A espiral na pedra ainda estava lá, mas o livro e as pessoas ao redor haviam sumido. Edgar olhou para trás na direção da cabeça de Baltin, que ainda continuava entre a multidão do mercado, aproximando-se cada vez mais.

– Havia Vagantes aqui – disse Kate, seus sentidos ainda dentro do véu. – Estavam trabalhando com os guardiões de ossos. Acho que estavam tentando usar o *Wintercraft* nesta caverna.

– Na verdade, isso não é útil agora – disse Edgar. – Tudo que precisamos é sair daqui. Acho que Baltin tem no mínimo mais quatro pessoas com ele. Está olhando o quê?

– Não sei ao certo.

Kate fechou os olhos tentando separar sua mente do véu, mas, quando os abriu novamente, o homem de olhos prateados estava parado ao seu lado.

Ela se recusou a reagir. Já tinha visto coisas bem piores que um espectro que vagava tão perto, mas parte dela sabia que o homem era mais do que apenas uma lembrança e muito mais do que um espectro. Ela o reconheceu como o homem assassinado cuja alma fora atada a uma das rodas dos espíritos, e, apesar dos séculos que separavam suas vidas, ele a estava observando.

O Wintercraft *tremeu no bolso de Kate quando o homem pegou da pedra seu próprio livro atado ao véu e o segurou entre as mãos. Tinha sido um dos protetores do* Wintercraft *quando estava vivo. Guardara o mesmo livro que Kate estava carregando, assim como ela fazia agora. Kate o levara de volta a um lugar onde ele fora usado no passado, e o véu estava reagindo à presença dele.*

Qualquer dúvida que Kate pudesse ter tido de que o Wintercraft *era muito mais do que um livro comum desapareceu naquele momento. Perguntou-se quantas vidas de seus protetores foram exterminadas brutalmente e de súbito temeu que sua própria vida pudesse terminar da mesma maneira.*

– Seja lá o que for, pode esperar – disse Edgar. – Temos de continuar.

Kate virou as costas para o homem de olhos prateados, e o véu afastou-se dela. O barulho repentino da multidão no Mercado das Sombras voltou, e ela e Edgar correram juntos, seguindo a parede da caverna, procurando outra saída.

Edgar já estava sem fôlego. Quanto mais voltavam, mais silencioso o mercado ficava. Era só uma questão de tempo antes que alguém notasse o que estava acontecendo e localizasse os dois. Se continuassem seguindo a parede, acabariam voltando ao ponto de partida, e Kate não queria ser capturada por pessoas que achavam que ela era uma assassina. Olhou para as portas dos antigos túmulos acima dela e tomou uma decisão:

– Apague as lanternas – ordenou, abrindo a porta de vidro da lanterna que estava mais perto dela e apagando a chama. – Temos de subir.

– O quê? Quer ir lá para cima?

– Uma hora vão nos encontrar se ficarmos aqui embaixo – disse Kate. – Podemos subir depressa e nos esconder atrás de uma daquelas portas. Se tivermos sorte, ninguém nos verá.

– E se não tivermos sorte?

– Não ficaremos piores do que estamos agora – respondeu Kate. – Baltin sabe que não podemos ir a lugar nenhum. Precisamos nos esconder.

A escada mais próxima estava meio apodrecida, faltando degraus a cada três passos no mínimo. Enquanto Kate subia, olhou ao longo da parede e viu Baltin chegar à pedra entalhada. Os Dotados haviam se separado e estavam revistando o mercado aos pares. Ela continuou e pisou a primeira saliência segura que encontrou. Lá em cima estava mais escuro do que esperava, e ela seguiu o caminho gasto, agarrando-se nas rachaduras e protuberâncias na parede com os dedos gélidos.

– Aqui – disse ela enquanto Edgar subia atrás dela. Kate arrastou o ferrolho de uma das portas na parede. Quando o tocou, o metal enferrujado brilhou em sua mão como se estivesse novo, enquanto ela via a lembrança de como a caverna foi um dia. Uma tocha ardente ganhou vida ao seu lado, mas, em vez de serem da cor do fogo, as chamas eram prateadas, iluminando tudo com um brilho frio e desbotado.

Edgar foi apalpando para seguir em frente como se a luz não existisse, e dois homens sombrios emergiram do véu atrás dele, carregando um baú grande de ossos carbonizados. Edgar não sentiu nada quando os dois passaram por ele, abriram a porta que Kate tinha escolhido e jogaram os ossos lá dentro.

– Aqui – repetiu Kate, tentando ignorar o que estava vendo. – Ficaremos seguros.

Atrás da porta havia um espaço vazio com um teto em declive que penetrava na terra, e Kate ficou feliz de ver que não havia ossos lá dentro. Alguém deve tê-los recolhido muito tempo antes, deixando apenas poeira. Edgar deixou a porta levemente aberta assim que entraram, prestando atenção às pessoas que os procuravam na caverna abaixo.

Kate não estava interessada em Baltin ou nos Dotados. O véu continuava se deslocando entre seu mundo e a época em que o pequeno cômodo estava cheio de ossos. Era como se alguma coisa estivesse crescendo no ar, desesperada para se libertar.

Ela fechou os olhos bem apertados, mas aquilo não parou. Podia ouvir os gritos dos espectros caindo, o estalo de ossos sobre ossos, as vozes dos homens reunidos ao redor do *Wintercraft* e ainda o som do mercado do outro lado da porta.

De repente, o grito de um homem ecoou pela caverna.

– Você ouviu isso? – perguntou Edgar, espiando para ver o que estava acontecendo. – É Baltin. Não acho que ele saiba onde estamos, mas não está me parecendo bem. Os outros Dotados também estão estranhos. Acho que está acontecendo alguma coisa com eles. Kate? – Edgar olhou para trás, mas Kate não respondeu.

Edgar engatinhou pelo chão empoeirado até chegar ao lado de Kate e a encontrou caída perto da parede. Ele pegou o fósforo e o acendeu, deixando a luz iluminar o rosto dela. Sua pele estava gélida, mas seus olhos, abertos. O gelo cobria seus cílios, e ele não sabia dizer se ela estava respirando ou não.

Edgar estava acostumado a estar perto dos Dotados quando investigavam o véu, mas Kate era uma Vagante. Seu espírito podia andar livremente no espaço entre a vida e a morte, sempre deixando o corpo para trás. Em geral, Kate avisava quando ia fazer isso, então ele soube que desta vez era diferente. Ele não sabia o que seria melhor fazer, então se ajoelhou ao lado dela, aconchegando a mão de Kate entre as suas.

– Kate, volte – disse ele baixinho enquanto a chama do fósforo se apagava. – Por favor, volte.

12
Destino previsto

Silas seguiu Dalliah para dentro da casa. Ela se recusou a falar qualquer outra coisa até que entrassem, acompanhou-o até uma sala grande, passando por duas escadarias largas que davam nos andares superiores, e chegou a uma sala pequena iluminada por uma lareira.

O calor ali dentro estava sufocante depois do ar congelante lá fora. As paredes da sala estavam cobertas de quadros emoldurados, e alguns estavam até mesmo embutidos atrás de vidros dentro do piso, cada um retratando lugares que Silas conhecia muito bem. Eram pinturas de prédios, ruas e pontos de referência, todos situados dentro das muralhas que cercavam Fume. Em uma delas estava a vista total da praça da cidade com as linhas do maior círculo de escuta de Fume marcadas com uma leve luz vermelha; outra mostrava o lago submerso repleto de corpos flutuando; a terceira mostrava os aposentos do conselho totalmente consumidos pelo fogo, os prédios vastos reduzidos ao esqueleto com destroços, entulhos carbonizados e cinzas.

– Testemunhei cada um desses eventos – disse Dalliah. – O véu me mostrou várias coisas que ainda estão para acontecer. Tenho mais centenas desses quadros espalhadas pela casa. Muitos dos eventos mostrados neles já deixaram de ser profecia e viraram história, mas nenhuma das cenas nesta sala já aconteceu. Com exceção de uma.

Apontou para um pequeno quadro na altura dos olhos de Silas. De relance, parecia menos detalhado que o resto; um redemoinho cinza e preto ao redor de um único ponto. Então ele olhou com mais atenção e viu que aquele redemoinho estava cheio de figuras e formas. Espectros: desenhados dentro da névoa da meia-vida com uma figura parada no centro olhando para eles. Era uma garota com olhos prateados e cabelos negros soltos no vento.

– Pintei este quadro há muitos anos – comentou Dalliah. – Este ano, na Noite das Almas, ele finalmente se tornou realidade.

– Poderia interpretar estes quadros de várias maneiras – argumentou Silas. – Se esperar tempo suficiente, tudo o que vir neles vai se tornar realidade.

– Talvez – admitiu Dalliah. – Mas os eventos históricos não são tão isolados como parecem ser. Cada um só existe como um elo em uma corrente muito mais longa. Quando Kate Winters ficou dentro daquele círculo de escuta, ela ativou uma corrente de eventos cataclísmicos que permitirá que todas as coisas que você vê aqui aconteçam. Muitas vezes já vi a história se desenvolver de formas parecidas. Achei que gostaria de dar uma olhada no futuro do nosso mundo.

Silas olhou mais além na parede e viu um quadro do monstruoso Trem Noturno de Albion – o trem que transportou gerações de pessoas para a guerra e a escravidão. A grande locomotiva estava ao lado, com as rodas quebradas e fora dos trilhos. Seus painéis desajustados tinham sido arrancados por catadores de lixo, e sua grade dianteira estava coberta de ervas daninhas trepadeiras. Outro quadro mostrava fileiras de cadáveres espalhados pelas ruas de uma cidade de Albion, e um terceiro retratava a cena de uma execução pública. Guardas com cicatrizes cuidavam de gaiolas cheias de pessoas debilitadas que estavam sendo soltas uma a uma e levadas para as mãos do carrasco, cuja espada prateada estava erguida, pronta para penetrar nas costas de um prisioneiro ajoelhado aos seus pés.

– Esses quadros não representam o futuro – disse ele.

– O véu me mostrou esses eventos – retrucou Dalliah. – O véu não mente.

– Mesmo se for verdade, como uma garota poderia ser responsável por qualquer um desses fatos?

– Ela já fez a primeira pedra cair. O restante de nosso mundo em breve vai desmoronar.

– Então, talvez seja melhor mesmo que Kate morra – sugeriu Silas. – Ela não ia querer fazer parte disso.

– Tem certeza? Você não a conhece, Silas. Não pode supor que sabe o que ela quer. Ela é uma Winters, no fim das contas. As prioridades da família dela muitas vezes provaram... ser inesperadas quando foram pressionados.

Uma porta nos fundos da sala se abriu. Silas virou-se, e Bandermain entrou, arrastando a ponta da espada preto-azulada pelo chão.

– O que a garota quer não é mais importante – disse Bandermain.

– O que ele está fazendo aqui? – interrogou Silas.

– *Eu* estou protegendo meu investimento. Estou aqui para garantir que tudo corra tranquilamente, inclusive você. Lembro-me de você ser um homem mais paciente, Silas. Se tivesse esperado, meus homens o teriam trazido aqui. Lady Grey nos mandou observá-lo há semanas. É uma pena que não conseguiram trazê-lo para cá como meu prisioneiro, mas, apesar de tudo, você está aqui. Chamo isso de vitória.

– Seus homens não conseguiram vigiar um prisioneiro – disse Silas. – Estão cometendo erros.

– Eles não o conhecem tão bem quanto eu – observou Bandermain. – Duvido que esperavam que um homem com seus ferimentos fosse escapar daquele quarto. Quando me avisaram que tinha sumido, devo admitir que fiquei impressionado.

Silas voltou-se para Dalliah, mantendo um olho em Bandermain enquanto falava:

– Algum quadro seu inclui um Guardião Sombrio incompetente e seus soldados? – perguntou. – Acho difícil acreditar que ele será útil no futuro.

– O oficial Bandermain está aqui a meu pedido – falou Dalliah, atravessando a sala e parando ao lado de Bandermain. – Ele insistiu que você fosse testado. Estava cético, o que é compreensível, quanto à extensão total de suas habilidades e não sabia se podíamos confiar em você.

– Eu diria que não – observou Silas. – Homens como nós não confiam nos inimigos. Nós os matamos.

– Não em minha casa – avisou Dalliah. – Bandermain precisava ter certeza se os boatos sobre você eram verdadeiros antes de passarmos para a próxima etapa de nosso plano.

– O plano *de vocês*?

– Sim. Bandermain e eu temos um acordo. Um do qual seria sensato você cogitar sua participação.

Bandermain limpou a garganta pigarreando e caminhou devagar em direção a Silas, mal escondendo por trás de um sorriso o ódio que sentia dele. Somente quando chegou mais perto é que Silas notou que algo nele havia mudado desde a última vez que se encontraram. A testa brilhava com uma camada fina de suor, os lábios estavam finos e pálidos, e os olhos, manchados de vermelho. Os ombros estavam levemente curvados, apesar de ele ainda manter o queixo arrogantemente erguido, e cada vez que respirava seu peito tremia de leve, revelando uma dor secreta. Ele a estava escondendo bem, mas Silas podia ver debaixo daquela máscara de força que Bandermain estava muito doente.

Bandermain ergueu a espada devagar, repousando a lâmina sobre a palma da mão com cicatrizes e a empunhadura na outra. Olhou para Dalliah, e Silas, com o canto dos olhos, a viu discretamente dizer sim com a cabeça.

– Creio que isto é seu – disse ele.

Silas recuperou sua arma, pegando-a de Bandermain e colocando-a na bainha enquanto o outro se afastava. Era óbvio que ele não queria devolver a espada. Dalliah o mandara fazer isso. A questão era por quê.

– Então a Guarda Sombria obedece às suas ordens agora – falou ele a Dalliah. – Vejo que tem uma nova patroa, Sentinela. Devolver a arma que matou seus próprios soldados... Não posso dizer que faria o mesmo em seu lugar.

– Meus homens morreram em batalha – comentou Bandermain, a voz cortada com um ódio efervescente. – Foram mortes honrosas. É tudo que um soldado pode pedir.

– Há problemas mais sérios em risco aqui do que guerra e orgulho – interrompeu Dalliah. – Às vezes, é preciso mais de uma pessoa para completar uma tarefa, oficial Dane. A Guarda Sombria provou ser muito útil para mim. Você também vai agradecer o esforço deles assim que nos entregarem Kate Winters.

– O véu me mostrou que a influência da juventude dela promete ter um longo alcance. Se soubesse o quanto ela seria importante, jamais a teria deixado partir. O sangue da garota corre em suas veias. Não devia tê-la deixado para trás.

– Ela sabe cuidar de si mesma – disse Silas. – Não significa nada para mim.

Bandermain tomou a palavra:

– Você me disse que ele tentaria proteger a garota – comentou, voltando-se para Dalliah. – Se ele não se importa se ela viverá ou não, não há motivos para chamá-la aqui!

Dalliah ergueu a mão para silenciá-lo.

– Se ele realmente não se sente responsável por ela, seu julgamento não será influenciado por sua consciência – concluiu ela. – Silas não dará as costas para o que deve ser feito.

– E o que seria isso? – perguntou Silas.

– Não sou sua inimiga – falou Dalliah. – Nós somos a mesma coisa. Iguais.

– Se isso é verdade, por que mandou a Guarda Sombria me caçar?

– Porque não posso mais me dar o luxo de deixar tudo ao acaso. Sabe quantas pessoas estão atrás de você? Conseguir a Guarda Sombria foi uma necessidade. Se tivessem encontrado você antes de mim, eles o teriam levado direto para os líderes do Continente. Sabia que ficaria enfraquecido aqui, e eles são caçadores bem eficazes. Não podia arriscar que o encontrassem primeiro, então fiz uma oferta a Bandermain. Contratei os serviços dele e de seus soldados durante o tempo que demorássemos para encontrar você. Como pode ver, seus esforços foram um sucesso.

– Sabíamos onde você estava – disse Bandermain. – Meus homens estavam vigiando você desde que saiu das muralhas de Fume, mas não podíamos nos aproximar de você dentro de seu próprio país. Tivemos de atraí-lo até aqui, onde ficaria fraco o suficiente para ser controlado. Felizmente, tenho um informante dentro de sua capital sobre o qual você e seu conselho não têm conhecimento há muito tempo. Um de meus agentes está posicionado dentro das muralhas de sua cidade. Suas ordens são para reunir informações sobre as fraquezas de sua capital, suas rotinas e as pessoas no poder. Ele tem sido muito útil para mim todos esses anos.

– Espiões dentro de Fume não são novidade – disse Silas. – Eu mesmo matei dezenas de Guardiões Sombrios.

– Você caça seus inimigos às escondidas – comentou Bandermain. – Esse vive à vista de todos. Tudo que precisei fazer foi apontá-lo em sua direção quando surgiu uma oportunidade, e eu sabia que ele o traria até mim. A quantia certa em ouro colocada nas mãos certas tem uma grande influência na sociedade de Albion. No começo ele era apenas um espião, mas as oportunidades certas no momento certo permitiram que se tornasse algo bem melhor. Enquanto você estava reunindo sua gente para mandar à guerra, ele se tornou amigo de confiança de um dos membros do Conselho Superior. Na hora certa, todas as decisões que ele tomava eram discutidas com meu agente primeiro. Por meio dele, a Guarda Sombria conseguiu saber de todos os segredos do conselho: segredos que nunca teriam compartilhado com alguém como você. Sei mais sobre os líderes de seu país do que você, Silas. Quando o velho morreu, já tinha nomeado um sucessor. O amigo indispensável que havia sido tão útil a ele em seus últimos anos.

— Você tem um agente no Conselho Superior — comentou Silas. — Quem?

— Não achou suspeito que um membro do Conselho Superior marcasse uma reunião com um de seus associados conhecidos em um lugar que, por acaso, você estava presente? — perguntou Bandermain. — Enviá-lo para lá foi uma jogada, mas, quando ele falou com seu amigo sobre Dalliah Grey, você mordeu a isca com perfeição. Quem você acha que tem coordenado a busca propositalmente incompetente por você? Acredita mesmo que os guardas não o teriam encontrado até agora, a menos que alguém os estivesse intencionalmente desviando de seu rastro? Meus homens estão infiltrados em Fume há anos, observando seu povo aniquilando uns aos outros lá dentro. Você e seus guardas causaram mais estragos ao seu país do que jamais conseguiríamos. Tudo que temos a fazer é sentar e ver vocês se destruindo.

— Quando eu voltar a Albion, seus homens serão os primeiros a morrer — ameaçou Silas.

— Creio que não. Você já teve sua participação no assassinato de uma conselheira. Os guardas não deixarão que se aproxime do Conselho Superior outra vez.

O local inundou-se com o ódio de Silas. Ele estava prestes a desafiar Bandermain quando Dalliah se posicionou calmamente entre os dois.

— Não temos tempo para suas pequenas discórdias — disse ela. — Estamos todos bem cientes da história de Silas e sabemos do fato ocorrido com sua antiga chefe.

— Da'ru está morta — falou Silas. — Assim como Bandermain e seus homens logo estarão.

— Ela e eu nos comunicamos muitas vezes quando ela estava viva — contou Dalliah. — Houve uma época em que eu acreditei que ela poderia, enfim, ser forte o suficiente para me ajudar a completar meu trabalho. Não pode negar que o que ela fez foi impressionante. Ela não tinha a habilidade de um Vagante; no entanto, dominou o *Wintercraft* o suficiente para atar uma alma à dela.

– Eu estava lá. Sei o que ela fez.

– A morte de Da'ru não foi surpresa para mim – disse Dalliah. – Posso não a ter previsto, mas sabia que era inevitável. Segui seu progresso desde a infância, e foi minha busca que primeiramente permitiu que ela localizasse o livro escondido dentro de um túmulo dos Winters. Naquela época, eu acreditava que todas as melhores famílias de Dotados estavam mortas havia muito tempo e que alguém como Da'ru seria minha única chance de reconquistar o que eu havia perdido, mas, no momento em que Kate Winters entrou pela primeira vez no véu, eu soube que estava enganada. Da'ru foi uma distração. Não estava preparada para o mundo que planejei mostrá-la. Kate é diferente. É dela que precisamos.

– Eu não preciso de nada – negou Silas.

– Não faz muito tempo que seu espírito foi separado do seu corpo. Você pode aceitar isso agora, mas daqui a cinquenta, oitenta anos, quando tudo que conheceu tiver mudado, não ficará tão condescendente – avisou Dalliah. – Somente nós dois sabemos o que é ser temido pelos vivos e rejeitado pelos mortos. Teremos o mesmo destino. Seremos deixados para vagar neste mundo até bem depois que nossos últimos inimigos e aliados estiverem mortos. Mas o destino *pode* ser mudado. Podemos recuperar nossos espíritos e libertá-los da escuridão. É a sua chance de consertar as coisas.

– Não estou interessado.

– Mas ficará. – Dalliah esticou o braço para tocar o rosto de Silas, e ele afastou sua mão.

– O que está fazendo?

– Abrindo seus olhos – respondeu Dalliah. – O véu vai nos responder com mais facilidade em meu território. Com a minha ajuda, você mesmo poderá ver o que aconteceu com Kate. Se ela morrer antes da hora, nossas esperanças morrerão com ela.

Silas sentiu a energia do véu se acumulando ao redor de Dalliah e viu o gelo subindo pelos dedos dela até chegar aos cílios à medida que o véu se acercava. Não tinha motivos para não confiar nela, mas, do jeito que era desconfiado, parte dele estava interessada no que ela tinha a dizer. Dalliah era a única pessoa que sabia como era ter aquela vida e o quanto ele queria desfazer o estrago causado ao seu espírito. Queria confiar nela, então permitiu que sua mão repousasse sobre seu rosto e deixou os pensamentos entrarem devagar na névoa fria do véu.

O véu gélido estendeu-se pela sala, permitindo que Silas visse as energias de vida movendo-se profundamente no interior das pessoas ao redor como se um filtro tivesse sido colocado sobre seus olhos. Geralmente, o espírito dentro do corpo de uma pessoa era visível como um brilho resplandecente e universal que se espalhava do centro do corpo, formando uma aura suave e nebulosa ao redor dele. O espírito de Dalliah era muito diferente. Ela mal carregava um pouco de luz, somente uma minúscula partícula branca focada bem no centro de seu peito, ao menos provando que ela realmente tinha uma alma separada do corpo. Mas a energia de Bandermain foi a maior surpresa.

Em vez da luz suave que normalmente circundava os vivos, o corpo de Bandermain estava envolvido por um brilho doentio. Seu espírito estava ali, mas pulsava fraco, tentando afastar-se de um corpo que não conseguia mais o sustentar no mundo dos vivos. Somente a visão de Silas no véu poderia revelar a verdade. O corpo de Bandermain estava enfraquecido a ponto de desmoronar, seu espírito estava ansioso e pronto para passar para o mundo dos mortos. Com as energias assim, ele já deveria estar morto, porém, na aparência, ele ainda parecia relativamente bem.

Bandermain com certeza era uma curiosidade, mas Silas tirou a atenção dele e concentrou-se em buscar Kate. Não precisava procurar muito longe.

O espírito de um Vagante vivo que não havia sido treinado para controlar sua habilidade agia como um ímã poderoso dentro do véu, atraindo tudo o mais em sua direção e brilhando intensamente como uma luz flamejante. A distância física entre eles não fazia diferença alguma. O véu não reconhecia a distância nem o tempo; tudo dentro dele estava conectado. Quando Silas se concentrou em Kate, o véu a revelou para ele.

Kate mal estava viva, seu corpo encolhido e debilitado dentro de um túmulo de pedra vazio. Vê-la ali tão perto da morte fez com que sentisse uma pontada de culpa penetrando em sua alma. Ele a avisara para deixar a cidade. Quando a deixou para trás, pensou que ela estaria protegida. Ela não deveria estar lá. Não daquele jeito. Deveria estar segura.

Ciente da presença de Dalliah por perto, Silas não podia revelar seu temor pela garota. Em vez disso, focou toda a concentração em encontrá-la. Aquele túmulo podia estar em qualquer lugar dentro do labirinto das antigas cavernas subterrâneas de Fume. Não havia como saber onde.

O espírito de Dalliah movia-se ao seu lado, juntando-se a ele no véu.

– *Os Dotados voltaram-se contra ela, como você a avisou que fariam* – *disse ela.* – *Eles tentaram matá-la. Ela e o garoto mal escaparam. Agora ela está completamente dominada. O único conhecimento que tem do véu é o que você deu a ela, e foi insuficiente, na melhor das hipóteses. Ela não consegue controlar sua conexão com ele, e, se não conseguir se controlar, logo o véu vai invocá-la, não tenha dúvida disso. Nem mesmo a morte encontrará seu espírito se ele vagar para muito longe, e, se ela sobreviver, os Dotados ainda a encontrarão e a matarão. Você deixou Kate à mercê dos lobos, Silas. Essa é a consequência do que você fez.*

Havia muitas coisas na vida de Silas das quais ele tinha motivos para se arrepender, mas, naquele momento, seu maior arrependimento era ter escondido seu cavalo roubado fora de Fume, sabendo que Kate seria caçada, sabendo que havia poucas pessoas preciosas nas quais ela podia confiar. Ele ficara sozinho por muito tempo. Deixou os próprios medos anuviarem seu bom senso. Kate o ajudara quando todas as outras almas vivas o temiam, e ele a abandonara.

– Os Vagantes têm vivido em Fume há séculos – disse ele. – Nenhum deles foi afetado dessa forma.

– Isso é porque nenhum deles viveu numa época igual a esta – comentou Dalliah. – Alguma coisa mudou. O véu está enfraquecendo. A barreira entre este mundo e o próximo está chegando ao fim.

– Isso é impossível. O véu não pode sumir.

– Tudo morre – disse Dalliah. – Este mundo morrerá um dia. Até mesmo nós, no devido tempo, deixaremos de viver, apesar de talvez não ser a forma de morte que esperamos. Só é preciso ter as condições certas. A sequência correta de eventos. Há quinhentos anos, os guardiões de ossos cometeram um erro. Fizeram uma experiência com o Wintercraft *e mudaram o curso da história. Eles foram os primeiros a romper o véu com seus experimentos com os mortos e os que estavam morrendo. Foram ignorantes. Nenhum deles sabia o que estava fazendo. A história não registra os aspectos mais obscuros do trabalho*

deles, mas eu estava lá. Eu vi o estrago que causaram com meus próprios olhos. Grandes sacrifícios foram feitos para consertar o que eles haviam estragado. Eles sofreram pelos erros cometidos, e foi bem-merecido.

Silas sentiu a amargura na voz de Dalliah quando ela falou dos guardiões de ossos, e o que restou do espírito dela reluziu de ódio ao se lembrar do que o tempo que passou com eles deixou para trás. Ele estava disposto a assumir que, qualquer que fosse o "sacrifício" que os guardiões de ossos tinham feito, Dalliah fora parte dele. Ela estava com os guardiões quando eles desapareceram da história, e aquilo a deixou marcada. Ele não sabia dizer se era ódio ou medo, mas estava ali.

– O que isso tem a ver com Kate? – perguntou Silas.

– Quando os guardiões de ossos romperam o véu, os Vagantes os ajudaram a fechá-lo de novo. O véu havia ameaçado dominar toda Albion, expondo os vivos à meia-vida, e misturar os dois reinos, formando um só. Albion não estava pronta para isso, mas nossa tentativa de fechar a ruptura era apenas com a intenção de encontrar uma solução temporária. Assim que a ruptura foi controlada e o mundo dos vivos separado do véu mais uma vez, o selo que havíamos criado começou a degradar. Naquela época, quinhentos anos eram quase uma eternidade. Os guardiões de ossos deduziram que aqueles deixados para trás teriam bastante tempo para consertar totalmente a fenda antes que ela se tornasse uma ameaça para o mundo dos vivos de novo, mas eles não existiam mais; o Conselho Superior cuidou para que isso acontecesse; e ninguém apareceu para substituí-los. Os Vagantes estão mortos, e os Dotados têm ignorado a ameaça do véu há gerações. Eles não continuaram o trabalho dos guardiões de ossos. Recentemente, um ou dois deles entraram em contato com os restos dos mortos, na tentativa de redescobrir e entender os métodos antigos, mas era tarde demais. Os

Vagantes sabiam que isso ia acontecer. Viram a ameaça desde o início, e agora só restaram dois de nós. Eu e a garota. A família Winters sempre foi o melhor de nós. Não me surpreende que seus descendentes foram os únicos a sobreviver.

– Se você é o que diz ser, por que precisa dela? – perguntou Silas. – O que ela tem que uma Vagante que já viveu quinhentos anos não tem?

– Ela tem algo que nós dois perdemos – respondeu Dalliah. – O poder de uma alma pode ser quase infinito quando é usado da maneira correta. Podemos ter perdido o nosso, mas o espírito de Kate Winters carrega todo o potencial da linhagem da família de seus pais concentrado em uma única jovem. O livro Wintercraft *ensina os Dotados a dominar o espírito deles; a usar a energia deles como combustível para fazer o que as pessoas comuns não conseguem fazer. Com a orientação correta, Kate poderia trazer os mortos inquietos para este mundo apenas com a força de vontade. Você e eu somos ecos das almas que um dia fomos, Silas. Somos zumbis: nem mortos nem vivos de verdade. Não pertencemos a lugar algum e não confiamos em ninguém. Só nós sabemos como é sofrer pelos erros do passado. Kate não sofreu como nós. O espírito dela ainda está intacto. Ela é a única que pode influenciar o véu em decadência agora.*

Silas podia ver o espírito de Kate lutando para se conectar novamente com seu corpo físico e sabia que não havia nada que pudesse fazer. Podia sentir seu medo, sua confusão e um vazio que estava aos poucos crescendo dentro dela. Kate se sentia traída. Quando Silas a viu pela primeira vez, a mente dela estava limpa. Sua vida era simples e feliz. Agora ela estava perdida. A única coisa que a conectava ao mundo dos vivos era a presença de uma segunda alma que ele não tinha notado antes. Alguém estava bem ao lado de Kate; alguém que não tinha nenhuma conexão com o véu, segurando sua mão enquanto seu espírito envolvia o dele com firmeza, usando-o para segurá-la ao mundo. Era uma alma jovem, carregando consigo o peso de um passado atormentado. Só podia ser o amigo teimoso de Kate, Edgar Rill. Ao menos ela não estava sozinha.

– Se precisa da ajuda de Kate para consertar o véu, por que não pediu a ela? – questionou Silas, esperando atrair a atenção de Dalliah para longe da garota. – Por que envolver a Guarda Sombria? Você só a afastará se seus homens tentarem caçá-la.

Dalliah retirou sua consciência do véu. Silas deixou a mente voltar para a sala cheia de quadros, e Bandermain os encarou com surpresa quando Dalliah começou a falar:

– Há uma doença se espalhando por Albion, permitindo que pessoas comuns presenciem aspectos da meia-vida – disse ela. – Elas começaram a ver fantasmas e espíritos. Muitos acreditam que elas estão enlouquecendo e que, entre todas, os Dotados logo serão os mais gravemente afetados. Já vi isso acontecer. À medida que o véu desmorona e se espalha, o ataque de tantas almas perdidas sobre os sentidos deles provará ser demasiado. Muitos Dotados morreram na primeira vez que o véu desmoronou, e muitos outros morrerão desta vez.

– Não respondeu à minha pergunta – cobrou Silas.

– Porque ela é baseada em uma suposição – explicou Dalliah. – Nós dois fomos amaldiçoados com essa vida dividida. O véu é nossa prisão, mas, quando ele desmoronar, tudo vai mudar. As proteções que os Vagantes estabeleceram vão desaparecer a qualquer momento, permitindo que o mundo dos vivos e o da meia-vida, se fundam em um só. Nossos espíritos estão presos à meia-vida, e, quando o véu cair, eles voltarão para nós. Ficaremos curados e recuperaremos nossas vidas. Não quero *consertar* o véu. Pretendo ajudá-lo a seguir seu caminho.

– Como? Isso não pode ser possível.

– Se soltarmos o espírito de Kate Winters no lugar certo e na hora certa, poderemos controlar a ruptura dentro do véu. Poderemos canalizar o véu através dela, focando tudo em um único ponto, e estaremos presentes no epicentro exato do evento que mudará o mundo. Todas as almas perdidas serão atraídas para Kate antes de o véu se espalhar inteiramente pelo mundo. Nossos espíritos estarão lá para que os recuperemos.

– Soltar o espírito de Kate? – Silas sabia muito bem o que significava aquilo. – Você pretende matá-la.

– O véu vai cair, independentemente do que você ou eu possamos fazer – explicou Dalliah. – É tarde demais para salvá-lo agora. Sendo assim, podemos usá-lo em nossa vantagem. Podemos recuperar o que nos foi roubado.

Silas viu a centelha de euforia nos olhos de Dalliah e reconheceu sua necessidade desesperada dos tempos sombrios que ele mesmo conheceu em sua própria vida. Ela estava falando de mudar todo o curso da história futura, permitindo que pessoas comuns entrassem em um mundo que a maioria nem acreditava existir. Isso causaria pânico e caos. Nada nunca mais seria igual se o véu descesse. Seria o fim da vida que todos conheciam. A nova era não seria de conhecimento, paz ou pesquisa. Seria de medo, e Dalliah estava disposta a matar uma garota inocente para fazer isso acontecer.

Bandermain não parecia nem um pouco surpreso com a proposta dela. Talvez não entendesse totalmente o que poderia acontecer se incontáveis espectros ficassem livres para vagar pelo mundo, visíveis a todo ser vivo, capazes de seguir, influenciar e falar com os vivos. Dalliah tinha razão. Tudo ia mudar.

A situação era pior do que Silas jamais poderia imaginar. Ele tinha viajado para o Continente procurando respostas e, em vez disso, caiu nos braços de um pesadelo. O véu estava caindo, o Conselho Superior tinha um espião continental no meio deles, e a mulher que ele esperava se tornar uma aliada tinha a intenção de mudar o mundo para pior, tudo pelo bem de suas almas separadas do corpo.

Bandermain observou Silas com atenção, esperando que ele dissesse alguma coisa. Fosse qual fosse o acordo que Dalliah fez com ele, tinha a ver com sua doença. Tinha de existir um motivo para ele ainda estar vivo, e Dalliah era mais do que capaz de prolongar uma vida humana se aquilo servisse ao seu propósito. Até Silas saber de mais alguma coisa, não havia como adivinhar até onde Bandermain iria para honrar o acordo deles.

Dalliah estava encarando Silas, sorrindo como se ele fosse seu amigo mais confiável. Era óbvio que esperava que ele visse o mundo da mesma forma que ela: como algo descartável, algo que poderia ser esmagado no meio do caminho que seguiam para finalmente conseguirem o que queriam.

– Estou falando de liberdade – disse ela, tranquila. – A morte vai nos aceitar quando chegar a hora. Podemos recuperar nossas almas e seremos completos outra vez. Com certeza vale o sacrifício da vida de uma jovem, Silas. Não concorda?

13
O Mundo Inferior

Kate podia ver Edgar. Podia ouvi-lo falando com ela no escuro, mas não podia responder. Ele parecia um reflexo de si mesmo arremessado em um lago; fantasmagórico, nem um pouco real. Podia sentir a mão dele tocando a sua e concentrou-se nisso, tentando se soltar do véu e voltar à vida, mas nenhum gesto seu fez diferença alguma.

Sentia-se como se estivesse meio acordada, sendo puxada para o limiar de vários sonhos diferentes. Não havia uma ordem, tampouco um motivo para estar conectada ali com o véu. Concentrou-se em seu próprio mundo e sentiu a presença dos Dotados no Mercado das Almas, um grupo deles, todos investigando o véu, tentando encontrá-la. Fechou sua mente para eles, mas estavam perto demais. Nada podia ficar escondido dentro do véu. Eles estavam vindo.

Edgar, parado em sua frente, olhou para trás. Ficou olhando para a porta. Também sabia que eles estavam vindo.

– Kate – sussurrou ele. *– Sei que não é uma boa hora, mas tenho uma ideia. –* Afastou-se, soltando a mão dela, e Kate sentiu o elo de seu espírito com o dele quebrar. Foi como se todo o ar tivesse sido retirado de seus pulmões, e o choque da separação fez seu espírito voltar à vida.

Kate sentiu o sangue voltando às pontas dos dedos. Seu corpo respirou outra vez, e seus dedos tocaram Edgar quando ele foi abrir a porta, segurando-o.

– O que está fazendo? – perguntou ela.

– Bem-vinda de volta – disse Edgar, um sorriso nervoso estampado no rosto. – Faça-me um favor. Nunca mais faça isso. Não sabia se precisava fazer alguma coisa ou se deixava por sua conta. Temos problemas lá fora.

Kate não esperou seu corpo se reestabelecer. Foi lentamente até a porta com Edgar e ele a abriu apenas o suficiente para que pudessem ver o mercado lá embaixo. Ela devia ter ficado dentro do véu por muito tempo, porque as chamas do fogo nos cochos pendurados não passavam de brasa e as lanternas tremeluziam pela caverna enquanto as pessoas andavam entre as bancas do mercado. Mais cedo, havia mais bancas do que agora, e todas elas estavam cheias de pessoas carregando e movendo coisas.

As bancas aglomeradas estavam sendo desmontadas e guardadas até parecerem pilhas de caixas enormes de madeira, em vez de balcões e prateleiras, e os espaços entre elas foram preenchidos por pessoas empurrando carrinhos de mão ou puxando carretas largas, abrindo caminho adiante com gritos e assobios. Todos pareciam ter perdido o interesse em Baltin e seus soldados. Kate não conseguiu ver nenhum deles a princípio, até Edgar apontar para um grupo separado do restante. Eram os únicos parados e estavam reunidos perto da luz de uma lanterna segurada pelo porteiro que Kate e Edgar encontraram na entrada.

– Estão juntando as coisas – comentou Edgar. – Parece que todos trancam suas mercadorias à noite, mas aquele velho pode significar problema. Eu o ouvi dando um aviso há alguns minutos. Qualquer um que sair do mercado esta noite precisa deixar o nome e ser excluído. Acho que Baltin falou para ele sobre nós. Estarão nos esperando nas saídas e, se não sairmos, vão saber que ainda estamos aqui. Os Dotados terão a noite toda para nos encontrar se o porteiro ficar aqui com eles.

– Baltin não vai desistir, vai?

– Provavelmente não. Mas tenho uma ideia. Bem ali. – Edgar apontou para uma banca grande que vendia tapetes e mantas de lã bem-feitos. A proprietária deles estava colocando seus itens mais valiosos dentro de um carrinho de mão e trancando com cadeado grandes painéis de madeira ao redor da banca, garantindo assim que o restante de suas mercadorias ficasse bem seguro. – Vamos nos esconder dentro de um daqueles carrinhos de mão – disse ele.

Kate olhou para a mulher, que estava com dificuldade para levar o carrinho cheio de tapetes, ainda mais com duas pessoas escondidas ali dentro.

– Está falando sério, não é mesmo?

– Nós nos escondemos em um dos carrinhos e deixamos os mercadores nos levarem para fora daqui. Baltin e os Dotados vão pensar que ainda estamos escondidos em algum lugar aqui dentro e vão passar a noite procurando uma caverna vazia, nos dando uma vantagem. É perfeito. Diga-me que falha poderia haver nesse plano.

– Vamos pensar... é loucura, nunca dará certo e nós dois seremos pegos – falou Kate. – Seremos vistos antes mesmo de descermos a escada.

– Não se tivermos cuidado – sugeriu Edgar. – Era isso que eu estava avaliando. Viu? Esta saliência onde estamos segue por toda a lateral da caverna. Todos estão indo naquela direção. Deve haver uma saída lá. Se ficarmos na saliência e no escuro, poderemos nos aproximar da saída, descer e nos esconder em um carrinho de mão. Ninguém nos verá. E, mesmo se alguém visse, acho que não diria nada. Pensaria estar vendo espectros de novo e não ia querer que ninguém pensasse que tem a doença depois que aqueles outros foram retirados daqui, não é?

– E os Dotados? – perguntou Kate. – Há espectros aqui. E se usarem o véu para nos encontrar?

– Não acredito que os espectros estão sendo úteis – respondeu Edgar. – Caso contrário já teriam nos encontrado, não é? E, se alguém nos vir quando estivermos lá embaixo, podemos passar discretamente para meu segundo plano. Ir para a saída e dar no pé.

– Tudo bem – disse Kate. – Vamos em frente.

Edgar foi apalpando para encontrar a saída, e Kate o seguiu pelo caminho estreito onde ela logo tomou a frente, seguindo com cuidado ao longo da saliência em direção à saída. Os mercadores estavam entretidos demais com seus negócios para se importar com qualquer um que porventura passasse acima deles. Havia acordos de última hora a serem fechados e negociações a serem feitas com os últimos fregueses que se recusavam a parar de permutar até que o último item fosse empacotado.

Só de estar ali, observando todas aquelas pessoas, Kate se lembrou da vida que costumava ter, quando passava os dias atrás de um balcão de livraria, olhando pela janela para um mercado muito parecido com este. Nunca tinha percebido o quanto se sentia segura em sua cidade natal. A vida era mais fácil naquela época. Tudo havia mudado tão rapidamente que ela mal tivera tempo para sentir falta do que perdera. A livraria foi incendiada. Sua casa foi destruída, e a única pessoa da família se virou contra ela. Jamais poderia voltar para aquela vida antiga e desejaria ter sabido o quanto ela era preciosa.

Testou a firmeza de cada escada que encontrou, esperando localizar uma descida segura, mas não confiou em nenhuma delas. A maioria estava presa por pregos enferrujados, e ela não tinha a intenção de confiar sua vida ou a de Edgar a algo que poderia desabar sob eles. Edgar ficou estranhamente quieto enquanto caminhavam, até que a mão de Kate por fim encontrou uma escada firme o suficiente para ser usada.

Kate alcançou os degraus e parou, ouvindo as pessoas sussurrando logo abaixo. Foi descendo devagar, fazendo sinal para Edgar ficar onde estava. Não eram os únicos naquela caverna tentando não serem vistos. Ela estava perto o suficiente para distinguir duas velhas caminhando em direção à escuridão, protegendo com as mãos as chamas das velas e discutindo ofegantes. Estavam com sacolas grandes penduradas nos braços e ficaram olhando ao redor da caverna durante vários minutos antes de, enfim, tomarem uma direção e escaparem, levando seja lá o que estivessem carregando. Kate esperou que passassem, depois fez sinal para que Edgar descesse e continuou nos últimos degraus até o chão.

O cheiro de folhas secas de chá exalou da banca mais próxima, e Kate cobriu a cabeça com o capuz do casaco.

– Não há carrinhos de mão por aqui – murmurou. – O mais próximo está ao lado daquele vendedor de legumes. Está exposto demais. Seremos vistos.

De repente, Edgar puxou Kate para um buraco na parede, escondendo-a quando duas pessoas passaram devagar. Kate reconheceu uma delas como sendo Greta, a magistrada Dotada, e a determinação em seu rosto era de arrepiar. Nenhum deles se atreveu a se mover até que Greta estivesse bem longe de vista.

– Essa foi por pouco – comentou Edgar. – Acho que podemos dizer com segurança que não estão usando o véu no momento. Teriam sentido você em um segundo, não é?

Kate afirmou com a cabeça em silêncio.

– Pelo menos não nos viram – disse Edgar. – Uma das saídas fica bem ali. Não seremos notados se formos rápidos. Não deve ter Dotados por todos os cantos.

Kate manteve uma das mãos na parede da caverna enquanto seguia Edgar em direção à maior das duas saídas, onde mercadores em uma longa fila esperavam para sair empurrando seus carrinhos de mão e ir para casa.

– Olhe – disse ela, passando por uma banca de roupas que já estava fechada. – Que tal aquelas duas? – Apontou para duas carretas grandes abarrotadas de cobertores enrolados. Cada uma tinha duas rodas grandes de cada lado na parte traseira, duas estacas de madeira para ficarem apoiadas e barras finas na frente, permitindo que fossem inclinadas para trás e puxadas. Eram tão grandes e pesadas que precisavam ser puxadas por dois homens, sendo assim um ótimo lugar para Kate e Edgar se esconderem.

Kate teve coragem de passar entre as bancas fechadas, onde a maioria das lanternas já tinha sido apagada. A fila andava devagar, e as carretas paravam e seguiam em frente, dando bastante tempo para os passageiros clandestinos embarcarem.

— Aquele vendedor de maçãs atrás delas pode nos ver — observou Edgar.

O piso ao redor das bancas fechadas estava sujo com vários pedaços de madeira. Kate pegou uma vara comprida e segurou-a como uma lança.

— Agora eu *sei* que você é maluca — disse Edgar.

— Se colocarmos isto na roda, ele vai achar que está quebrada. Como é sua pontaria?

— Péssima — descreveu Edgar.

Kate levou o braço para trás, preparando-se para lançar.

— Prepare-se para correr assim que ele olhar para o outro lado. Três... dois... um. — Jogou a vara com força no ar, mirando nos raios da roda da carreta de maçãs. Mas errou. A vara caiu, desajeitada, entre as rodas e deslizou para debaixo da carreta. O vendedor de maçãs continuou andando, até que a roda de trás passou por cima da vara e a carreta saltou, fazendo um saco de maçãs cair dela e espalhar as frutas pelo chão.

— Ah! — exclamou Edgar. — Isso ajuda.

Não era exatamente o que Kate havia planejado, mas era bom o suficiente. Os mercadores atrás do vendedor o ajudaram a pegar as frutas no chão enquanto Kate e Edgar correram para a carreta cheia de cobertores.

— Vá naquela ali — cochichou Kate. — Vamos nos separar. É menos peso.

Edgar fez o que ela pediu. Os dois subiram em carretas diferentes e se esconderam entre os rolos de cobertores. Quando a fila começou a andar outra vez, ninguém notou a carga extra aninhada no meio do resto. Kate puxou a ponta de um dos cobertores para cobri-la quando a carreta chegou perto da saída e ouviu as pessoas discutindo adiante.

– Você não vai procurar em nada do que é meu! – disse um dos mercadores. – Tenho linho no meio deste fardo. Não vai tocá-lo com suas mãos imundas... e *definitivamente* não vai fazer nada com *isso aí*.

– Saia da minha frente. – Era a voz de Baltin. Kate sentiu a carreta sacudir quando alguém subiu na lateral.

– Você vai deixar tudo com buracos grandes e sujos!

– Ninguém passa por este portão sem ser revistado.

Kate ouviu uma pancada surda quando alguma coisa tocou o tecido ao seu lado. Os mercadores de cobertores gritaram em protesto, e Kate dobrou os joelhos, ficando o mais encolhida possível. Baltin retalhava os tecidos com algo que parecia o som de uma espada. Ela ficou estática, com medo de respirar, caso ele a ouvisse. Os mercadores gritavam para ele parar, e ele tirou dois rolos da carreta, ameaçando jogar o restante do estoque no chão.

Kate ouviu sons de briga quando os dois mercadores puxaram Baltin da carreta, avisando que não tinha ninguém dentro dela e que ele queria descontar sua raiva em alguma coisa, que deveria procurar a mercadoria de outro para destruir. Os mercadores eram tipos durões e robustos, e Baltin era sábio o suficiente para decidir que estava satisfeito com aquela busca.

– Próximo!

Os mercadores jogaram os rolos de volta na carreta, e, enquanto continuavam em frente, Kate viu Baltin atrás dela, parando o vendedor de maçãs e exigindo verificar dentro dos sacos de frutas. Sua visão estava limitada por objetos logo atrás da carreta e não conseguia ver o carrinho de mão de Edgar em lugar algum; só podia torcer para que já tivesse sido verificado e passado na mesma hora que o dela por um dos soldados de Baltin. Não quis se arriscar a levantar a cabeça de seu esconderijo para olhar. Baltin parecia desesperado o suficiente para fazer qualquer coisa. Se ele a tivesse encontrado, Kate não tinha dúvidas de que ele teria usado sua espada imediatamente. Ela teve sorte, e agora tudo que podia fazer era permanecer quieta enquanto os mercadores puxavam a carreta para fora do Mercado das Sombras, entrando nos túneis da Cidade Inferior.

Assim que saíram da caverna no mercado, a maioria dos mercadores começou a tomar caminhos diferentes. Os diálogos permaneciam entre aqueles que compartilhavam os mesmos túneis, e as únicas coisas que comentavam mesmo era sobre a doença, o comportamento de Baltin e o interesse súbito que tantas pessoas tinham por uma garota desaparecida.

Kate fechou os olhos e tentou deixar o movimento leve da carreta relaxá-la após a loucura na caverna, mas tudo que viu ao fechá-los foram os avisos que recebeu da roda dos espíritos: o pássaro, o punhal e a máscara. Ficou imaginando onde Silas estaria e se o Conselho Superior ainda o estava caçando.

Observou o teto passando enquanto os mercadores a levavam para túneis profundos que não conhecia e ficou feliz ao ver que finalmente estavam indo para cima. Os caminhos que escolheram subiam levemente em espiral. Passaram por antigas portas arqueadas, cruzamentos de caminhos ramificados e sobre uma ponte estreita que sacudiu e estalou ao atravessarem-na. Kate podia sentir que estavam bem alto, no topo de um declive estonteante, e as carretas o atravessaram com cuidado, uma a uma. Enrolou-se em um dos cobertores e criou coragem para olhar pelo lado.

A primeira coisa que viu foi luz. Milhares de lareiras brilhando dentro dos espaços cavados nas paredes. A ponte passava perigosamente sobre uma enorme caverna dividida pelo que parecia ser um rio agitando lá embaixo. O piso da caverna era muito escuro para enxergar, mas as paredes estavam cheias de vida. Pessoas moravam ali. Escadas tinham sido construídas em zigue-zague entre os vários níveis, e havia pelo menos vinte ou trinta andares, muito acima da ponte e abaixo dela também. Kate conseguia ver os cômodos cavados na terra e pequenas fogueiras dentro deles para aquecer, e havia famílias ali; exércitos de crianças que corriam para cima e para baixo nas escadarias como ratos agitados. Quando a carreta chegou perto do fim da travessia, Kate ouviu uma música suave ecoando das paredes da caverna e o som da conversa de pessoas vindo das pedras.

Tinha pensado que os túneis e cavernas menores eram tudo que constituía o que as pessoas conheciam como Cidade Inferior, mas naquele momento percebeu que estava enganada. Era uma verdadeira cidade. O que via ali era uma colonização inteira. Um lugar grande o suficiente para abrigar milhares de pessoas e que mesmo assim não parecia lotado. Era um mundo debaixo da terra; uma existência totalmente separada do mundo externo.

Os caminhos eram organizados e limpos. O ar era puro, e Kate ouviu o batimento ritmado e forte, como se fosse um coração, de ventiladores ligados bem acima dela, puxando o ar fresco para baixo através de aberturas feitas no teto. Ela meio que esperava ver estrelas cintilando quando olhou para cima, mas tudo que viu foi rocha sólida.

Kate havia se esquecido de tentar se esconder. Não conseguia se controlar e não olhar para a imensidão do que estava escondido sob Fume. As pessoas não estavam apenas sobrevivendo, estavam felizes ali. Estavam vivendo.

Logo a carreta saiu da ponte e começou a descer devagar por um declive espiralado, parando algumas vezes e continuando. Uma leve olhada adiante mostrou a Kate o porquê. Estavam chegando a um posto de verificação. Três homens e três mulheres estavam falando com os mercadores que puxavam um carrinho de mão de metal logo à frente. Atrás dela, mais mercadores entravam na fila e por fim ela viu a carreta cheia de cobertores onde Edgar estava, a poucos metros de distância. Escondeu-se debaixo de alguns cobertores soltos quando a fila se moveu e sua carreta chegou à barreira.

– Residentes – disse com alegria um dos vendedores de cobertores. – Estamos voltando do mercado.

– Fez boas vendas? – perguntou uma das mulheres.

– Boas o suficiente. O restante da mercadoria foi rasgado por um idiota na saída.

– Ouvimos alguma coisa sobre isso – contou a mulher. Você não é o único que reclamou. Certifique-se de salvar o que puder.

– Farei isso.

A carreta moveu-se bruscamente e seguiu em frente sem que ninguém olhasse dentro dela. Kate descobriu um dos olhos e espiou de novo enquanto atravessavam uma segunda ponte pequena e seguiram direto para a frente das casas mais baixas. Precisava chamar a atenção de Edgar de alguma forma. Tinham de sair das carretas antes de parar ou correriam o risco de serem descobertos. Edgar não olhava para cima. Kate esperou o quanto pode, então – ao se aproximarem no ponto central entre um par de lanternas penduradas na estrada – foi se arrastando entre os cobertores, esperou o momento certo e pulou.

14
Por dentro das muralhas

Kate procurou a escuridão, ficando fora de vista quando a segunda carreta de cobertores passou. Edgar ainda não se movia, então ela pegou uma pedra e jogou no meio dos cobertores. Edgar olhou para cima, confuso, e Kate acenou para chamar sua atenção. Assim que a viu, ele desceu da carreta e fugiu para o esconderijo de Kate.

– O que está fazendo aqui? – sussurrou ele.

Kate apontou para o teto.

– Está vendo aquelas aberturas?

– Estou... – respondeu Edgar com calma. – Se está pensando em usá-las para escapar, não creio que nenhum de nós consiga subir bem o suficiente para chegar lá.

– Sei que não podemos alcançar as aberturas – retrucou Kate. – Mas e as chaminés?

– Aquelas coisas estreitas e escuras com fogo queimando na base? É uma ideia pior ainda.

– Ao menos sabemos que vão para a superfície.

– E a maioria está acesa, ao que parece.

– A maioria, mas não todas – observou Kate.

Ela olhou para as lanternas nas carretas ainda em movimento ao longo do outro lado da caverna. Alguma coisa estava acontecendo na ponte.

Algumas das carretas tinham parado. Kate podia ouvir os mercadores gritando. Estavam apontando para alguma coisa, tentando chamar a atenção das pessoas trabalhando no posto de verificação, mas ninguém estava ouvindo.

– O que está acontecendo? – perguntou Edgar.

Era difícil de saber daquela distância, mas viram uma pequena carreta da confeiteira inclinando precariamente para um dos lados do outro lado da ponte. A confeiteira que a estava empurrando tentou evitar que caísse, mas a força da gravidade foi maior. A roda direita se soltou, e a carreta passou por cima da beirada da ponte, mergulhando no rio lá embaixo. Primeiro pareceu um acidente. A confeiteira estava gritando, outros mercadores a estavam segurando na beirada, e então Kate viu uma corda pendurada no teto com alguém de preto subindo-a em direção às aberturas.

– Veja só aquilo! – exclamou, apontando para o homem que já desaparecia.

– Ele acabou de empurrar a carreta da ponte? – perguntou Edgar. – Por que alguém... Olhe! Ali tem mais um!

Um segundo homem estava grudado na parede no lado oposto da caverna. Ficou ali esperando por pouco tempo, depois se soltou, descendo pela corda longa até chegar ao chão. Quanto mais Kate e Edgar procuravam por eles, mais homens podiam ver assumindo suas posições pela caverna.

– A Guarda Sombria? – perguntou Edgar.

– Espero que não.

– São astutos o suficiente para serem da Guarda Sombria. E eu nunca vi um guarda fazer nada parecido. O que é aquilo? Bem ali na ponte?

Os mercadores voltaram a se mover, mas, em vez de seguirem em frente, as carretas estavam cuidadosamente se afastando para o lado, dando permissão para que alguma outra coisa passasse. Sete homens vestidos com casacos compridos e vermelhos atravessaram a ponte de madeira. Todos estavam armados com arcos e flechas, punhais e espadas e avançavam direto entre os mercadores sem serem desafiados. Os guardas no posto de verificação olharam para cima. Uma das mulheres tentou pegar sua arma, mas, antes que os outros pudessem reagir, as flechas cortaram o ar, partindo dos homens pendurados nas cordas, e todos os seis guardas caíram mortos no chão.

– Definitivamente é a Guarda Sombria – disse Edgar, já recuando. – O que estava dizendo sobre as chaminés?

– Não podem saber que estamos aqui – disse Kate.

– Devem estar intensificando a busca – observou Edgar.

Kate pensou imediatamente em Artemis e Tom.

– Acha que eles já voltaram para a caverna dos Dotados?

– Não – respondeu Edgar, decidido, já pensando na mesma coisa. – Tom e Artemis ficarão bem. Vão cuidar um do outro. Cuidado. Estão vindo para cá.

Os sete homens atravessaram rapidamente a segunda ponte, e as poucas pessoas que se atreveram a ficar no caminho deles foram abatidas pela patrulha da muralha, deixando o caminho livre para que alcançassem a rocha principal. Não havia para onde ir. Kate e Edgar se esconderam em um canto mais escuro atrás de uma pilha de caixas pesadas enquanto a Guarda Sombria passava. Então suas passadas pararam, e ouviram-se vozes vindas de algum lugar ali perto.

– Vocês tiveram sua chance – avisou uma delas. – Receberam avisos suficientes. A garota foi vista no Mercado das Sombras há apenas algumas horas. Seria insensato escondê-la de nós. Entreguem-na ou mais pessoas do seu povo vão morrer.

A voz de uma mulher respondeu:

– Você cometeu um engano ameaçando meu povo – disse ela. – Já dissemos tudo que sabemos sobre a garota, mesmo assim você voltou até aqui e derramou sangue somente para ouvir a mesma resposta. Ordene que seus homens saiam ou seremos obrigados a nos defender. Meu povo de longe excede em número o seu. Seus soldados não podem ficar pendurados em nossas paredes para sempre.

– Revistaremos esta caverna – afirmou o oficial da Guarda Sombria. – Seu povo não ficará em nosso caminho. Meus homens estão vigiando todas as portas, esgotos e buracos de ratos.

– Não encontrarão nada.

– Se não entregarem a garota, não serão mais úteis para nós. Vejo que as pessoas ficam mais cooperativas quando seus líderes estão mortos.

Kate ouviu o som de uma lâmina sendo desembainhada, e a voz da mulher se encheu de medo:

– Procurem o quanto quiserem – falou ela. – A garota não está aqui.

– Encontrem-na.

Kate deixou a segurança das caixas e foi rastejando até a primeira entrada que conseguiu ver. Não sabia aonde estava indo. Mas não se importava, contanto que a Guarda Sombria não a visse. Edgar levou alguns segundos para perceber que ela havia saído e correu para alcançá-la.

A sala na qual Kate entrou estava vazia, mas havia uma lareira acesa no centro, deixando a chaminé quente e perigosa demais para escalar, mesmo que ela apagasse as chamas. Caminhou pela casa e atravessou uma pequena janela, voltando à rua principal da caverna. As crianças que brincavam nas escadarias haviam sumido, substituídas por pessoas curiosas para saber o que estava acontecendo lá embaixo. Muitas delas estavam armadas com o que quer que pudessem segurar e pareciam prontas para lutar.

– Aonde você está indo? – perguntou Edgar. – Nós temos um plano?

– Temos – respondeu Kate. – Vamos subir.

Ela caminhou com passos firmes, tentando não atrair a atenção, até que encontrou uma casa na parede que parecia velha e abandonada. Parte do telhado havia desabado, mas ela encontrou o que estava procurando lá dentro. Uma lareira apagada e fria.

– Isso não vai acabar bem – disse Edgar.

– Seu plano de nos escondermos em um carrinho de mão deu certo, por que o meu não daria? – indagou Kate, já prendendo o cabelo para trás e se inclinando para olhar dentro da chaminé abandonada, que parecia mais estreita do que ela esperava.

– Parece livre o suficiente – comentou ela. – Você terá de deixar sua mochila.

Ouviam-se os gritos de ordem do lado de fora. As pessoas eram obrigadas a abrir suas portas e cooperar totalmente com a busca da Guarda Sombria.

– Para a chaminé, então – falou Edgar, já se livrando das correias e escondendo a mochila atrás de uma cadeira de braços antiga.

Kate agachou-se sob o console da lareira, enfiou os braços na chaminé e ficou de pé dentro dela, apalpando-a para ver se encontrava alguma coisa em que pudesse se segurar. O ar frio descia sobre seu rosto, e seus dedos encontraram a beirada de uma fina barra horizontal, a primeira do que parecia ser uma série delas colocada ali para os limpadores de chaminé usarem.

– Acho que ela alarga lá em cima – disse. – Tem uma escada na lateral.

Kate esticou os braços o máximo que conseguiu e ergueu um dos pés, pisando no primeiro degrau. Subir ficou fácil depois que começou. Depois de atravessar a parte estreita do duto da chaminé, a parede inclinou-se para a direita, abrindo em um espaço mais largo onde outras chaminés se uniam ao duto principal. Não era tão restritivo como a princípio achou que fosse. A pior parte era a fuligem. Ela revestia tudo e manchava suas roupas e pele enquanto subia, espalhando negritude no ar imundo. Edgar resmungava abaixo de Kate quando os pés dela faziam a sujeira cair, espalhando-se sobre sua cabeça.

Quanto mais alto subiam, mais chaminés se uniam àquela na qual estavam, e nuvens de fumaça saíam de alguns dos dutos laterais por onde passavam. As chamas em suas bases deviam estar ardentes, mas Kate tentou não respirar para o caso da fumaça entrar em sua garganta, provocando uma tosse e entregando-os. Concentrou-se em chegar ao topo. Mal podia esperar para respirar ar fresco outra vez e chegar a uma cidade coberta por um manto de estrelas. O rangido das lareiras sendo acesas viajava pelos dutos laterais, e diálogos pegos pela metade ecoavam das paredes. Duas vozes mais altas pareciam estar perto, e, quando Kate as ouviu, parou, tentando não fazer barulho.

Edgar olhou para cima para ver o que estava acontecendo. Nenhum dos dois conseguia enxergar nada no escuro, mas as vozes das mulheres eram bem nítidas:

– Estou dizendo, ouvi alguma coisa nas muralhas!

– Não fique espalhando isso por aí. Quer que a Guarda Sombria suba até aqui e venha bater à minha porta?

– E se for ela? Como se chama... Winters. E se nós a encontrarmos?

– Não há nada lá. Esqueça. Acho que não devíamos... *Tire a cabeça da lareira!*

Kate e Edgar congelaram. Onde quer que a mulher estivesse, não tinha como vê-los. Uma nuvem de fumaça surgiu ao redor deles. Kate cobriu o rosto com a manga do casaco para filtrar o ar, mas Edgar não foi tão rápido. Seu nariz queimava, seus olhos lacrimejavam. Kate o ouviu tentando respirar em silêncio, mas isso só piorou as coisas. Edgar respirou fundo – tentou prender o fôlego –, mas logo depois as paredes explodiram com o som de um espirro alto e poderoso.

– Tem alguém ali! Rápido! Peça ajuda!

– Espere – disse a segunda mulher. – Pense bem. Se for a garota, podemos ganhar muito mais a entregando aos guardas. A Guarda Sombria não está oferecendo muito, está? Nós duas sabemos onde a chaminé vai dar. Talvez nós mesmas possamos pegá-la.

– Está bem. Vou acender a lareira. Suba alguns níveis. Talvez consigamos fazê-la sair com a fumaça!

Kate não se importou com o barulho que fez depois disso. Subiu os degraus o mais rápido que pôde e seguiu o duto ao longo de mais dois declives íngremes. As lareiras já acesas emitiam o calor para dentro da chaminé enquanto ela passava e o ar enchia-se com as camadas grossas de fumaça sufocante. Ela teve de parar, não se atrevendo a subir mais. Os olhos ardiam e a garganta queimava. Não tinha como chegarem à superfície por ali. Edgar tossia em algum lugar abaixo dela, e mais fumaça formava vagalhões vindo de baixo.

– Temos de sair – disse Kate. – Desça novamente. Precisamos procurar um duto vazio.

Edgar prendeu a respiração e desceu no meio da fumaça. Kate ouviu uma pancada enquanto o seguia, descendo doze degraus, e quase caiu da escada, de susto, quando a mão suja de Edgar surgiu de um buraco bem ao lado de seu rosto.

– Aqui – falou ele.

Era muito mais difícil descer uma escada inclinada do que subi-la. O ar no duto de Edgar estava mais limpo e fresco. Nenhum fogo estava aceso, e a chaminé era larga na base, dando acesso a uma lareira bem maior do que aquela que tinham subido alguns andares abaixo. Edgar hesitou logo acima da abertura, e Kate procurou olhar o que tinha além dele, vendo o brilho da luz de vela espalhando-se na sala logo adiante. Supôs o que ele estava pensando. A sala não estava vazia. Não conseguia ouvir vozes, mas aquela vela havia sido acesa por algum motivo.

As paredes ecoaram quando alguém bateu na porta da frente. Passos de botas se arrastaram pelo chão, a fechadura clicou, e uma pessoa entrou apressada.

– Preciso usar a lareira! – Era a mesma mulher que ouviram algumas chaminés antes, só que agora ela estava sem fôlego por subir correndo tantos lances de escada.

– Usá-la? – perguntou uma voz masculina. – Para quê?

– A garota que todos estão procurando. Acho que ela está lá em cima. Se eu puder subir pela chaminé e dar uma olhada...

– Não posso deixá-la fazer isso.

O nariz de Kate ardeu quando uma coluna de fumaça subiu, vindo do duto principal.

– Escute, você pode entregá-la a nós, se quiser – ofereceu a mulher. – Vamos levá-la para os guardas, e não para aqueles estrangeiros lá embaixo. Podemos negociar uma troca e finalmente sairemos daqui. Veremos o sol!

– Minha patroa voltará assim que tiver negociado com os visitantes. Ela não vai gostar de voltar para casa e ver seu traseiro na chaminé, vai?

A mulher fez um ruído de impaciência, distraída demais para ser insultada.

– Então dê uma olhada você mesmo. Diga-me se consegue ouvir alguém se movendo lá em cima.

Edgar cutucou o tornozelo de Kate, avisando-a para subir, mas a fumaça estava densa demais. Se ficassem onde estavam, seriam vistos e, se subissem, ficariam sufocados. Edgar cutucou com mais insistência, mas Kate permaneceu estática quando algo se moveu na grade sob eles e uma cabeça surgiu.

– O que consegue ver? – perguntou a mulher.

A cabeça virou, e o rosto de um homem olhou incrédulo para eles.

– Então?

O homem continuou olhando.

– Nada – disse ele com cuidado. – Tem muita sujeira.

– Consegue ouvir alguma coisa?

– Hum... não. Não há nenhum sinal de alguém aqui em cima. – A cabeça do homem desapareceu, e Edgar olhou para Kate, obviamente tão pasmo quanto ela. – Creio que anda ouvindo coisas, minha amiga.

– Mas seria um achado e tanto, não seria? – comentou a mulher, soando decepcionada. – Uma passagem grátis para o mundo exterior, finalmente.

– É no que os guardas querem que você acredite. Espetariam sua cabeça numa estaca dos traidores assim que você a entregasse. É arriscado demais, eu diria. É melhor esquecer.

As vozes se afastaram. A porta se fechou, e Edgar sussurrou bem baixinho:

– Ele nos viu. O que fazemos agora? Descemos?

– Não podemos ir a nenhum outro lugar – disse Kate. – Por que ele não nos entregou?

Antes que Edgar pudesse responder, o rosto do homem reapareceu acima da grade. Os dois ouviram o som de um fósforo, e ele segurou a chama ao seu lado.

– É melhor vocês descerem – ordenou com a voz mais séria do que antes. – Vocês não têm para onde ir. A Guarda Sombria certificou-se disso. Estão acendendo todas as lareiras, e pode ser que a minha fique acesa e quente em alguns segundos, então sugiro que me obedeçam.

O fósforo queimou até chegar à ponta dos dedos do homem enquanto ele os observava. Quando não se moveram, ele deixou o fósforo cair. A chama crepitou e acendeu algumas cascas de árvore.

– Está bem! Vamos descer! – exclamou Edgar, pulando sobre a grade e fugindo da chama. Kate foi a seguinte, e, quando os dois ficaram lado a lado naquele cômodo, ambos se sentiram como criados imundos que andaram vagando por um lugar que não conheciam.

A lareira, que parecera enorme lá de cima, era perfeitamente proporcional ao local a que servia. Comparado a outros lugares que Kate e Edgar tinham visto na Cidade Inferior, aquele único cômodo era mais luxuoso do que qualquer coisa que poderiam esperar. Era um quarto, com uma cama de quatro colunas belamente entalhadas em madeira antiga e coberta com camadas de colchas bordadas que devem ter levado meses para fazer. Havia velas coloridas acesas em recipientes de vidro ao redor das paredes e guarda-roupas grandes trancados com chaves pretas, e ao lado de um deles havia um lindo vestido vermelho pendurado em um gancho. Não havia pista alguma de tanto esplendor pelo que tinham visto da caverna do lado de fora, e Edgar foi o primeiro a perguntar o que os dois estavam pensando.

– Quem mora aqui? – indagou.

– A líder desta comunidade – respondeu o homem. – Uma mulher que tenho chamado de patroa há muito tempo. – Ele encarava Kate como se ela fosse uma obra de arte, não uma garota coberta de fuligem, espalhando sujeira pelo chão. – Mas isso não importa agora.

– Por que não? – questionou Kate.

O homem caminhou até uma pequena janela na parede, tirou um pingente circular de seu pescoço e o segurou com o braço estendido ao máximo, movendo-o e fazendo a luz tremeluzir em sua superfície cristalina.

– O que está fazendo? – perguntou Edgar.

– Uma das várias tarefas que fui enviado aqui para executar. Por favor, fiquem à vontade. Não teremos de esperar por muito tempo.

Kate não gostou da expressão no rosto do homem. Era uma fisionomia de triunfo secreto que a deixou desconfortável.

– Sentimos muito pela sujeira no seu piso – disse ela, puxando a manga de Edgar e levando-o em direção à porta. – Agradecemos por não ter nos entregado, mas não somos quem pensa que somos. Só estamos de passagem, não é mesmo? – Cutucou o braço de Edgar.

– Sim. Hum... obrigado por tudo – agradeceu ele. – Até logo, então.

O homem os observou até chegarem à porta. Kate meio que esperava que ele bloqueasse o caminho deles, mas não precisava. A porta estava trancada.

– Acho sempre bom estar preparado – falou ele, puxando uma longa espada de uma bainha escondida sob suas roupas. – Há um ano tenho agido como criado da senhora que mora nesta caverna, mas meu verdadeiro propósito aqui é muito maior. Eu vi seu rosto, garota. Sei quem você é. Vocês não vão a lugar algum.

– Vamos, sim – retrucou Edgar, sacudindo a maçaneta da porta. – É melhor você vir aqui agora destrancar esta porta, antes que as coisas fiquem piores.

– Acha que tenho medo de um verme feito você? – desafiou o homem. – Se seu rosto não me fosse familiar também, já estaria morto.

– Ora, bom saber disso – comentou Edgar. – Agora, vai abrir esta porta?

– No tempo devido. Quando meus compatriotas chegarem.

– Você está com eles – deduziu Kate, de repente percebendo o quanto ela e Edgar corriam perigo. – A Guarda Sombria. Você é um deles, não é?

– Isso mesmo – confirmou o homem. – Estávamos procurando você.

– Kate, vá para a janela – pediu Edgar. – Eu cuido disso.

– Não, não tem por quê. Quem sabe quantos agentes eles têm lá fora?

– Mesmo assim, precisamos tentar.

– Não – proibiu o homem. – Não sairão. É tarde demais para isso.

Sombras moviam-se ao longo do caminho lá fora, e as silhuetas de um grupo de homens passaram pela janela. Um deles já tinha a chave. A porta se abriu devagar, empurrada pela ponta de uma longa espada, e o líder da Guarda Sombria entrou. Kate recuou em direção à cama, e Edgar ficou parado entre ela e os homens que avançavam. Não havia nada que os dois pudessem fazer. Os olhos do agente eram malévolos, seus dentes revelados em um sorriso selvagem.

– A caçada terminou – disse ele. – Suas vidas agora são minhas.

15
O preço

Dalliah esperou a resposta de Silas. Não havia uma escolha real a fazer, e ele sabia disso. Até mesmo no Continente, Dalliah obviamente era Dotada o suficiente para trabalhar no véu de uma maneira que ele jamais tinha visto. Ela podia muito bem ter usado essa habilidade contra ele para conseguir o que queria, então a única questão verdadeira era por que ela havia perguntado a ele, para começar.

Mesmo que o véu estivesse cedendo, não tinha como dizer que tipo de estrago poderia haver ao interferir com ele, e não havia nenhuma garantia de que o plano de Dalliah daria certo. Tudo que ela tinha era uma teoria, mesmo assim parecia disposta a negociar todo o equilíbrio da vida e da morte usando um plano cujo melhor resultado beneficiaria apenas duas almas vivas. Silas não podia negar que a recompensa era tentadora. Para recuperar seu espírito depois de tanto tempo, ele faria quase tudo. Agora era o momento de aceitar a oferta. Precisava ganhar mais tempo.

– Vou ajudá-la – disse por fim, também ciente do que significava dar sua palavra a Dalliah. – Mas *ele* não deve fazer parte de nada disso.

– A presença de Bandermain não está aberta a negociações – comunicou Dalliah. – Ele vai ficar porque eu ordeno.

– Por quê? Que utilidade ele pode ter para nós?

– O acordo que temos ainda não foi finalizado. Ele sabe até onde vai a lealdade dele.

Os olhos de Bandermain estavam pesados, e uma veia em sua testa pulsava de forma perceptível debaixo da pele. As sobrancelhas se juntavam enquanto ele girava os ombros para trás, tentando se mostrar forte e saudável.

– Sentinela? – chamou Silas quando o olhar feroz de Bandermain encontrou o seu. – Há quanto tempo está assim?

– Nem todos nós somos abençoados como você – disse Bandermain. Havia veneno em sua voz, e ele estava prestes a dizer mais alguma coisa quando as palavras se perderam em uma crise repentina de tosse. Gotas de sangue mancharam seus lábios, e ele as limpou com o dorso da mão.

– Os detalhes não são importantes – falou Dalliah, virando-se. – Basta dizer que o oficial Bandermain necessita de minha assistência para manter sua saúde e, em troca, prometeu seus serviços e os de seus homens em nossa causa. Os líderes do Continente deram ordens à Guarda Sombria para se infiltrar em Albion e enfraquecer o Alto Conselho. Não tenho interesse em atrapalhá-los. Eles continuarão a seguir aquelas ordens. Tudo que peço é que sigam algumas ordens minhas também.

– Seja lá o que você fez com ele, não parece estar dando certo – observou Silas.

– A saúde dele não é da sua conta – retrucou Dalliah. – Ele fez tudo que eu pedi e, no final, receberá sua recompensa.

Bandermain começou a falar, mas tossiu outra vez, tentando e falhando ao segurar os espasmos que forçavam seus pulmões, obrigando seus dedos a se agarrarem no bufê ao seu lado. Como um dos Dotados, Dalliah poderia ter acabado com sua dor em um minuto, mas, em vez disso, ficou observando-o com indiferença.

– É assim que trata seus aliados? – perguntou Silas.

– Bandermain sabia o que esperar – disse Dalliah. – É preciso permitir que a doença dele às vezes o leve até perto da morte se for para ele me ser útil.

– E ele concordou com isso?

Bandermain havia desistido de parecer bem e se concentrou apenas em sua respiração.

– Ele provou ser forte o suficiente para o que eu necessito – falou Dalliah. – De cinco em cinco dias ele deve se permitir chegar perto da morte. Ele já passou por essa experiência muitas vezes. Vai sobreviver o suficiente para ver tudo acabar.

– Com certeza ele está morrendo – comentou Silas. – Qualquer tolo pode ver isso.

– Eu não estou... morto... ainda – sussurrou Bandermain, erguendo os olhos para Silas.

Silas sorriu friamente.

– Por mais divertido que seja ver você dançando com a morte, eu poderia com todo prazer poupá-lo do sofrimento e mandá-lo para seu destino.

– Você... não... entenderia – disse Bandermain. – Eu faço... o que é necessário.

Dalliah pôs a mão no ombro de Bandermain. A princípio, Silas achou que ela fosse curá-lo ou pelo menos amenizar seu sofrimento, mas seu toque não foi gentil. Foi um toque de propriedade. De fato, Bandermain parecia piorar enquanto ela permanecia ao seu lado, como se de alguma forma estivesse tirando a vida dele. Silas não sabia como aquilo era possível. Nunca tinha ouvido falar de alguém que pudesse fazer uma coisa dessas.

Bandermain visivelmente enfraquecia diante dos olhos de Silas, mas enfrentou a experiência com a vontade imutável de um soldado. Silas ficou intrigado por ele permitir que sua alma e seu corpo fossem abusados de tal forma. Seja qual fosse a recompensa que Dalliah lhe prometera, valia a pena suportar quase morrer para obtê-la.

– Essa sua afecção. É contagiosa? – perguntou Silas. – Tem espalhado sua imundície repleta de germes pelas suas próprias ruas?

Bandermain tossiu sangue, deixando a resposta para Dalliah.

– Ele está infectado com tísica pulmonar – explicou ela.

Silas, por instinto, deu um passo para trás.

– Deixa que ele ande entre as pessoas com a tísica pulmonar? Cure-o ou mate-o. E queime o cadáver antes que ele esfrie.

– Não – disse Dalliah.

– Ele é uma praga ambulante!

– Ele acaba de entrar no estágio final. Existe pelo menos mais um dia antes que se torne gravemente contagioso.

– Então cure-o e acabe logo com isso.

– Não. Ele concordou com tudo.

– Ninguém *concorda* em sofrer de tísica pulmonar.

– Quando nos conhecemos, ele já estava contaminado – explicou Dalliah. – Ele me deve a vida. O que Bandermain está fazendo agora pode muito bem permitir que o Continente acabe com a guerra. Ele está servindo a este país da melhor maneira que pode.

Silas sentiu alguma coisa crepitar no ar. O véu estava se espalhando no local, atraído pela promessa da morte iminente de Bandermain. O gelo brilhou sobre os dedos de Dalliah, e Silas percebeu o que ela estava fazendo.

A tísica pulmonar era uma morte lenta e dolorosa. Até mesmo o mais capacitado entre os Dotados tivera dificuldade para curá-la, e o processo da morte poderia se arrastar durante dias, a menos que alguém mostrasse compaixão suficiente para matar o infectado. Dalliah estava usando Bandermain como um ímã, explorando a atração do véu em relação a ele para poder fortalecer o próprio elo com o véu. Não havia como dizer por quanto tempo ele estava infectado pela doença. Dalliah poderia estar mantendo-o vivo havia semanas, fortalecendo o corpo do homem somente o suficiente para que a morte não o dominasse.

Dalliah ficou parada, ouvindo alguma coisa dentro do véu. Silas o sentiu se aproximando, mas desta vez não entrou nele com ela.

– Você tinha razão, oficial Bandermain – disse ela. – Seus homens fizeram um bom trabalho.

Bandermain levantou-se o mais ereto que seu peito permitiu.

– Eles... a pegaram?

Dalliah afirmou com a cabeça uma vez.

– Pegaram.

Bandermain abriu um sorriso sangrento de triunfo.

– Então tudo isso... valerá a pena.

– Meus parabéns pela caçada de sucesso – disse Silas.

– O prêmio beneficiará a todos nós. Se Dalliah estiver certa... a vida daquela garota... vale mais que rubis.

– A vida dela não é importante – corrigiu Silas. – Pretendemos tomar sua alma.

Bandermain deu de ombros.

– É tudo a mesma coisa.

– Não – disse Silas. – Não é.

– Com a garota a salvo, estamos prontos para começar – falou Dalliah, retirando sua consciência do véu. – O garoto com quem ela viaja. Você o conhece bem?

– Conheço o suficiente para nunca subestimar a ingenuidade ou a estupidez dele – explicou Silas.

– Os dois se tornaram mais próximos do que eu imaginava – comentou Dalliah. – Parece que Kate assumiu o garoto, apesar de nenhum deles parecer estar ciente disso ainda.

– Assumiu?

– É uma antiga técnica. Uma que poderia ter causado problemas para nós se eu não tivesse sabido do vínculo deles há semanas – explicou Dalliah. – Quando conheci a família Winters, a Habilidade deles já estava passando de cura e arte da comunicação para aquelas que envolvem espíritos, sangue e sacrifício. O aviso na capa do *Wintercraft* foi escrito por um Winters para todos os Winters que ainda estavam para nascer. *Aqueles que desejam ver a escuridão, estejam prontos para pagar seu preço*. Estas não são palavras vazias. Foram escritas porque a família já estava penetrando ainda mais fundo em áreas do estudo do véu que até mesmo outro Vagante não se atreveria a tentar. Kate, ao que parece, não é diferente. Ao não a treinar para controlar o véu, os Dotados a obrigaram a agir por instinto; um caminho perigoso para uma Winters. Seu vínculo com ela foi criado através do sangue, mas o vínculo dela com o garoto é igualmente importante. Ele se tornou a maior distração e a maior força de Kate. A presença dele a mantém presa ao mundo dos vivos, evitando que ela perceba seu potencial e protegendo-a das habilidades mais prejudiciais que ela ainda não sabe que tem. O espírito de

Kate o escolheu como seu foco, por enquanto. Ela se tornou a protetora dele. Ele precisa ser afastado dela na hora certa se for para ela fazer o que desejamos que faça. Se forem separados cedo demais, Kate ficará mais difícil de ser controlada.

– Meus homens... sabem o que fazer – disse Bandermain.

– Eu não duvido – falou Dalliah. – Silas, está pronto para fazer sua parte?

– Estou.

– Então permaneça aqui enquanto preparo a chegada da garota – pediu Dalliah. – Não preciso de mais nada de você desta vez. Não saia daqui até eu vir procurá-lo. Vai obedecer?

Silas afirmou com a cabeça.

– Sabe o que está em jogo – ameaçou Dalliah. – Faremos o que deve ser feito.

Dalliah era uma manipuladora perspicaz. Esperava que suas ordens tivessem algum efeito sobre Silas, e ele sabia disso. Se ele se recusasse a reagir à dominância dela sobre a situação, aquilo revelaria muito mais sobre ele do que qualquer resposta, mas ele confiava em Dalliah muito menos do que ela confiava nele. Ela era muito franca com suas informações, muito esperta para insistir que os três eram iguais quando um deles era mantido deliberadamente no limiar da morte e o outro tinha tudo, mas fora levado para aquela casa como prisioneiro. Silas ficou observando-a enquanto ela saía. Dalliah era calma demais. Organizada demais. Seja lá o que estivesse planejando, nem ele nem Bandermain iam realmente participar.

– Você vai se acostumar – comentou Bandermain, afundando-se em uma poltrona assim que ela saiu. – Essa mulher é uma força da natureza.

– Ela envenenou sua mente – disse Silas.

– Ela abriu meus olhos.

– Você é fraco, Sentinela.

– Tão fraco quanto você? Você veio aqui de livre e espontânea vontade. Duvido de que ela tenha planejado isso de outra maneira. A guerra está lá fora, pronta para ser vencida, Silas. Seu país vai perder. Esqueça Albion. Seu povo com certeza já se esqueceu de você. A oferta dela parece muito boa para mim.

– Prometi ajudar e farei isso – disse Silas.

Bandermain riu, sua voz se dissolvendo no meio de mais uma crise de tosse.

– Estou falando com o homem de honra ou com o estrategista? – perguntou ele. – Sei o que está pensando, porque eu estaria pensando o mesmo no seu lugar, mas, seja lá o que tiver em mente, você não vai vencer. Não me interessa o que pensa dessa garota. Só me interessa ter o que fiz por merecer. Dalliah disse que pode me curar, e eu acredito nela.

– Se ela fosse curá-lo, já teria feito isso.

– Eu *preciso* acreditar nela. A única outra escolha é a morte. Três de meus homens morreram dessa doença antes mesmo de eu saber que estava contaminado. Se fazer alguns favores para uma louca pode me livrar disso, pagarei o preço.

– Ela não é louca – falou Silas. – Eu me sentiria melhor se ela fosse.

– Dalliah não deixará você estragar tudo – avisou Bandermain. – É por isso que está aqui. Para ser vigiado. Esta casa é sua prisão tanto quanto é minha. Você não sairá. E, mesmo que saísse, ela o traria de volta.

– Não tenho intenção de ir a lugar nenhum – afirmou Silas.

– Então essa é uma coisa que temos em comum, pelo menos.

Bandermain encostou-se na poltrona. Silas sentou-se no lado oposto da sala e colocou a espada no colo.

– Seria uma misericórdia matar você – disse Silas, quebrando o silêncio que havia caído sobre eles. – Infelizmente para você, não estou me sentindo nada misericordioso hoje.

– Agradeço – falou Bandermain.

Os dois ficaram sentados, observando um ao outro.

Silas podia sentir o véu ainda flutuando sobre o local enquanto Bandermain lutava para respirar. A tísica pulmonar era uma doença cruel: era mais uma infestação do que uma infecção, causada por insetos minúsculos que aos poucos corroíam os pulmões da vítima de dentro para fora. Silas já tinha visto pessoas morrerem da doença e não estava ansioso para testemunhar isso outra vez. Era uma ameaça comum nas regiões inexploradas do Continente, e havia muito pouco que os viajantes podiam fazer para se proteger dela.

Talvez Bandermain suspeitasse dos motivos de Dalliah no início, mas agora o desespero tinha conquistado a confiança dele. Homens à beira da morte estavam dispostos a dar uma orelha por qualquer coisa que pudesse lhes dar um pouco mais de tempo no mundo dos vivos. O corpo de Bandermain havia se tornado seu campo de batalha, e, com a ajuda de Dalliah, essa doença era apenas mais uma guerra que ele esperava muito vencer.

Silas permitiu que o véu penetrasse firme em sua mente. Se Dalliah estava certa e Kate já tinha sido capturada pela Guarda Sombria, não havia nada que pudesse fazer por ela. Seu corvo chegaria tarde demais para avisá-la sobre os homens de Bandermain, mas ele ainda precisava ter certeza disso. Seus pensamentos entraram gradualmente no véu, mas, apesar de a conexão ser possível, era no mínimo fraca.

Tudo que viu foram vislumbres; imagens instáveis vistas através dos olhos de seu corvo enquanto ele voava pelos muros de Fume. Viu as torres e as ruas alagadas pela chuva enquanto o pássaro sobrevoava, obedecendo ao seu comando. Deixou os pensamentos voarem com o corvo, afundando facilmente de volta nos ritmos e energias do véu que pulsava como um coração ao redor dele. O corvo reagiu à presença do dono, voando mais rápido no vento, acelerando em direção ao seu destino enquanto Silas, relutante, o deixava para trás.

Concentrou-se somente em Kate, e o véu lhe deu lampejos do que os olhos dela podiam ver. Agentes da Guarda Sombria estavam avançando em sua direção. Ele sentiu o medo de Kate e seu coração acelerando dentro do peito. Então, uma sensação diferente penetrou em seus sentidos. Alguma coisa havia mudado. Seu corpo ficou tenso, todos os músculos de repente ficaram em alerta e sua consciência voltou-se rapidamente para o quarto de Dalliah, onde Bandermain atravessava o local devagar em sua direção.

Ao deixar o véu para trás, Silas levou sua espada direto à garganta de Bandermain, que parou de andar. Ele não estava armado e parecia estar com os pés trêmulos, mas Silas não estava disposto a arriscar.

– O que está fazendo? – perguntou.

– Você pode fazer o que ela faz – afirmou Bandermain, a respiração dolorosa e chiando. – Você pode ver dentro do véu. Você é um deles! Ela não me contou isso.

– Talvez porque não seja da sua conta.

Bandermain, trêmulo, recuou um passo, e Silas baixou a arma com cuidado.

– O que você viu?

– Somente que Dalliah estava dizendo a verdade – respondeu Silas.

– É claro que estava. Ela não tem motivos para mentir.

– Ela tem vários motivos. E a maioria deles está no outro lado do mar, sob *suas* ordens, pegando dois jovens prisioneiros. A lealdade de seus homens é tudo que interessa a Dalliah agora. Eles encontraram o que ela quer.

– Você não sabe de tudo.

– O que ela prometeu a você, Sentinela? Há várias maneiras de combater uma guerra. Por que está tão interessado em ajudar Dalliah com a dela?

Bandermain virou-se de costas para Silas e acenou com a mão com indiferença enquanto voltava para sua poltrona.

– Qualquer vitória... ainda é uma vitória – disse ele, sentando-se. – Ela vai me dar... o que ninguém mais pode. Ela pode dar minha vida de volta.

– Ela o alimenta com vários dias bons e o obriga a suportar os ruins. Isso não é vida. É tortura.

– Era nisso que eu também estava começando a acreditar... até você chegar.

– Dalliah nunca vai poder curá-lo – falou Silas. – Ninguém pode.

– Eu sei disso – confessou Bandermain, tossindo outra vez. – Ela me disse que havia outro jeito. Eu não acreditei até ver você... embaixo daquela ponte, ainda vivo. Você é a prova. Você me mostrou que é possível. – Bandermain ergueu a mão, e Silas viu os pontos pretos em sua palma cortada.

– Dalliah tentou unir sua alma à dela – observou Silas. – Mas ela não tem o *Wintercraft*. A união não pode ser executada sem ele.

– Ela acreditava que podia – contou Bandermain. – É apenas um livro, no fim das contas. Livros podem ser copiados, o conteúdo deles pode ser lembrado. O *Wintercraft* não tem um verdadeiro poder próprio.

– Ele não pode ser destruído – explicou Silas. – E sempre encontra um jeito de parar nas mãos de um Winters. Existe muito mais no *Wintercraft* do que papel e tinta. Estou vendo que a união não funcionou.

– Há algumas coisas que nem mesmo Dalliah pode fazer – disse Bandermain, fechando a mão. – Mas a garota pode. Ela se certificará disso. Viver sem medo de ferimentos, doença ou morte. *Isso* que é vida. Você não sabe o quanto é afortunado.

– Escolheria viver a *minha* vida? De bom grado?

– Com todo o prazer. Eu verei o final desta guerra. Viverei para testemunhar a queda de Albion.

– Você perdeu a cabeça, Sentinela.

Bandermain riu com dor.

– Se eu não fizer nada, estarei me submetendo a perder mais que isso – falou. – Quando meus homens trouxerem Kate Winters para esta casa, ela me dará a recompensa que Dalliah me prometeu. Ela será minha salvação, Silas, assim como foi a sua.

16
Os canais

– Edgar, não faça nada – murmurou Kate quando mais seis homens de casaco vermelho entraram no local. Todos tinham cicatrizes no rosto e olhos vorazes. Os casacos eram velhos, mas muito bem emendados, e nos cintos estavam penduradas espadas e bolsas pretas. O líder era mais alto que o restante, e o punhal que segurava já estava manchado de sangue.

– Vocês dois virão conosco – ordenou. – Seria melhor não brigar.

Dois agentes avançaram com cordas nas mãos. Um deles dominou Edgar com facilidade, afastou-o de Kate e amarrou seus punhos juntos antes de empurrá-lo em direção à porta. Não havia nada que os dois pudessem fazer. Estavam em número maior e eram adversários superiores. Kate estendeu as mãos e deixou que a amarrassem.

– Isso mesmo – disse o líder. – Nada de truques conosco, bruxinha.

A Guarda Sombria revistou Edgar em busca de armas escondidas, mas não achou nada e o empurrou para fora da porta. Kate permaneceu quieta. Não a revistaram, e ela teve permissão de sair para a caverna na velocidade que quisesse. As pessoas que moravam naquele lugar se reuniram rapidamente para verem ela e seu "cúmplice" sendo levados para a claridade. Ela ouviu gritos de ódio e surpresa quando a Guarda Sombria passou com eles na frente das casas e pelas intermináveis escadarias, mas Kate manteve a cabeça erguida e os olhos baixos.

A Guarda Sombria os levou para o térreo e os guiou por um túnel que ecoava com o som retumbante de água corrente. Eles foram divididos em grupos, e Kate ouviu o líder dando ordens a alguns de seus homens. Entendeu as palavras "ponto de encontro" e "detenção de forças", mas não conseguiu ouvir o suficiente para saber do que estava falando. Somente três agentes da Guarda Sombria permaneceram na caverna. Kate e Edgar foram deixados cada um com um guarda, e, assim que o líder ficou satisfeito que suas ordens foram entendidas, guiou os quatro mais para dentro do túnel.

A escuridão era interrompida por grupos regulares de tochas acesas, e parecia que o caminho havia sido bem usado antes de a Guarda Sombria chegar. O som retumbante aumentava à medida que andavam; degraus apertados os levaram gradualmente para baixo, e Kate podia sentir o cheiro de água no ar. A saída do túnel dava em uma rachadura alta e vertical na pedra adiante, com largura suficiente para duas pessoas passarem lado a lado. Kate atravessou e se viu à margem de um rio de água corrente, tão rápida que criava ondas de espuma sempre que batia nas pedras que se sobressaíam da margem em forma de cavernas.

Barcos a remo reunidos em fila estavam amarrados a ganchos de metal presos na parede, puxados para longe da água, e ao lado deles uma roda-d'água rangendo girava com a velocidade do fluxo.

A Guarda Sombria não levou Kate e Edgar em direção aos barcos. Em vez disso, o líder retirou uma lanterna da parede e virou à esquerda, dirigindo-se a um local onde parte do túnel havia desabado em um passado recente. Seguiram por um caminho sobre um monte de terra e pedras caídas em direção a um barco que era maior que os outros, escondido das vistas de qualquer um que ficasse parado daquele lado do rio.

– Entrem – mandou o líder.

O barco tinha um formato incomum. Era bem maior que um barco a remo, o casco era grosso e pesado, e metade da parte posterior era coberta por um teto curvado que fechava o convés debaixo dele em todas as direções, menos na frente. A proa se curvava em uma ponta larga alinhada com parapeitos de madeira que estavam cheios de sacos de couro pendurados ao redor. Duas madeiras entrelaçadas que poderiam ter sido um pequeno mastro estavam expostas bem no centro, e havia baús de madeira presos ao chão, cada um trancado com um cadeado grande.

Kate subiu pela lateral do barco e Edgar a seguiu, depois os dois se viraram rapidamente para encarar o homem que estava atrás deles.

– Temos uma longa jornada pela frente – disse o líder. – Sentem-se. Fiquem quietos e verão o final desta noite sãos e salvos.

O barco sacudiu e arranhou quando a Guarda Sombria o empurrou com força para descer um canal vazio, rangindo ao avançar, a cada impulso, em direção ao rio. A água bateu na proa quando a metade dianteira do barco entrou nela na diagonal. Kate e Edgar sentaram-se juntos em um banco que percorria todo o lado esquerdo do barco que ficava exposto, encostados no parapeito com as mãos amarradas, enquanto a água se precipitava sobre o convés. Kate ouviu alguém gritar uma ordem, e os três homens subiram a bordo, deixando o impulso do rio fazer seu trabalho.

– Firmes! Preparem os remos!

O rio arrastou o barco para a frente, golpeando o casco com sua força, rugindo contra a madeira até Kate sentir que com certeza ele estava prestes a irromper. Então a popa se soltou da margem, e o rio agarrou o barco com suas garras aquáticas, lançando-o no canal e obrigando todos a bordo a se segurar com firmeza. O barco avançava com a correnteza, mergulhando a proa na água antes de voltar para cima outra vez. O barulho era ensurdecedor; a água batia com violência contra a popa de madeira, e sua força indômita impulsionava o barco para dentro de um túnel, onde ele começou a se movimentar e virar.

– Varas! – gritou o líder com a voz clara e calma.

As "varas" tinham grossura equivalente a três troncos de árvores, com as pontas planas já desgastadas e fragmentadas de tanto terem sido usadas seja lá qual fosse o propósito. Kate observava a parede do lado direito do túnel vindo rapidamente na direção deles com a luz da lanterna. O guarda de cabelos pretos enfiou sua tora de madeira por um anel largo de metal posicionado na diagonal do lado de fora do barco – metade tocando a água e metade do lado de dentro – e prendeu pinos de metal cruzando o anel para segurar a tora no lugar.

Quando a parede ficou muito próxima, a vara bateu nela primeiro. Kate e Edgar gritaram quando o barco chacoalhou com o impacto, jogando-os para o outro lado do convés e caindo ao lado de um baú de madeira. A lama espalhou-se pelo barco quando a vara saiu cortando a terra sólida, deixando marcas profundas por onde passava.

– Segurem a carga! – ordenou o líder quando o barco aos poucos foi se afastando da parede, voltando a ficar no centro do rio. – Recolher a vara!

O guarda de cabelos pretos cuidou da vara, enquanto o homem mais magro puxava Kate e Edgar de volta para o parapeito. Ele levantou os braços dos dois e prendeu seus punhos amarrados em ganchos destinados a segurar sacos de couro.

– Segure-se desta vez! – gritou para Kate. – Não quero ter de voltar aqui para procurar seu cadáver.

Kate obedeceu, somente para se salvar da água cheia de pedras. A Guarda Sombria usou as varas mais três vezes para manter o barco no rumo certo com segurança, mas a terceira vez certamente foi a pior. Em vez de arranhar na terra compacta, a vara do lado esquerdo bateu na rocha sólida, estilhaçando sua ponta e batendo na parede com tanta violência que o parapeito dobrou e rachou.

– O que eles pensam que estão...? *Arrgh!* – gritou Edgar. Ele e Kate torceram as mãos para que não batessem nas rochas, e o barco passava arranhando com força ao bater contra as paredes do túnel. Os ganchos de metal soltavam faíscas quando acertavam as rochas, e os dois prisioneiros viravam o rosto para não se queimarem.

A Guarda Sombria lutava para reassumir o controle do barco, mas o rio revidava. Tudo que Kate e Edgar podiam fazer era segurar firme, até o momento do alívio quando o barco deixou a parede para trás e o túnel se abriu em três caminhos separados, mandando-o a toda velocidade para o fluxo central. Com a divisão do rio, a correnteza ficou calma o suficiente para que o barco aos poucos perdesse a velocidade, e o líder da Guarda Sombria ficou parado bem na frente, inclinando-se com o movimento da água até a embarcação se estabelecer no fluxo gentil do rio. Kate tinha esperança de que o pior já havia passado, e os dois guardas usaram remos para guiar o barco lentamente ao longo do centro da correnteza, fazendo com que se sentissem seguros o suficiente para soltar o parapeito.

– Isso que é viagem – comentou Edgar enquanto Kate tirava as cordas do gancho de pendurar sacos.

– É a única maneira – disse o líder, caminhando em sua direção. – Vejo que encontrou sua voz.

– Difícil não achar, com tudo que está acontecendo – retrucou Edgar. – O que está tentando fazer? Nos matar?

– Ainda não, garoto.

– Nunca ouviu falar em escadas? Teria sido muito mais fácil subi-las para sair da caverna, sabe?

– Precisamos usar um barco para chegar aonde estamos indo – explicou o líder. – Sugiro que guarde qualquer opinião futura para si mesmo. – Voltou-se para o guarda de cabelos pretos. – Desamarre as mãos deles e lhes dê um pouco de comida.

– Sim, senhor. – O guarda atravessou o barco e cortou as cordas que amarravam os punhos dos dois com uma faca.

– Aonde acha que este rio vai dar? – perguntou Edgar enquanto o guarda se afastava.

O homem parou e olhou para trás.

– Estamos levando vocês para onde todos os rios vão dar – respondeu. – Estamos levando vocês para o mar.

O corvo de Silas gostava muito menos de ficar no subterrâneo do que de ficar no mar. Suas penas estavam escorregadias com a chuva e arenosas com o sal, e as ruas confinadas de Fume já prolongavam o tempo para alcançar a liberdade do céu aberto. Ele saltou entre as barras que bloqueavam a entrada norte do Caminho dos Ladrões e bateu as asas, sobrevoando levemente a superfície do rio subterrâneo, seguindo seu curso moroso sob Fume, chegando à claridade das lanternas dos túneis dos contrabandistas.

Não se via nenhum humano. O corvo piscou, procurando sinais para seguir. As ordens de Silas foram bem claras. Encontrar Kate. Entregar a mensagem. Ele se lembrava da garota que o trouxera de volta à vida, mas não gostava de ficar longe de seu mestre por tanto tempo. Estava ciente do espírito da garota no rio, já que a água corrente amplificava as energias do véu, permitindo que sentisse os ecos distantes de todas as almas ao alcance da vista do rio. Kate estava em algum lugar no rio, e, se o mestre do corvo queria que ele a encontrasse, era isso que teria de fazer.

As lanternas dos humanos iluminavam o caminho do corvo enquanto ele sobrevoava ao longo dos túneis como um fantasma. Onde quer que o rio se dividia, ele escolhia o caminho com a correnteza mais rápida, indo cada vez mais fundo no subterrâneo. Desvencilhou-se de redes de pescaria que caíam dos tetos dos túneis e de âncoras no leito do rio e foi obrigado a voar bem perto da superfície até sentir o frio da água nas penas do peito sempre que o teto baixo quase tocava a água. O frasco que o corvo carregava tornava seu voo mais complicado que o normal, mas ele continuou, seguindo a trilha das lanternas no rio, até que finalmente o bramido das águas de um segundo canal ressoou na terra.

O túnel ficou mais largo, e pontes surgiram onde o Caminho dos Ladrões diminuiu perto de um rio mais forte. Suas águas caíam no mesmo túnel, fluindo a alguns metros de distância, até que o Caminho dos Ladrões virou à esquerda e espiralou de leve, deixando o segundo rio continuar com a correnteza. O corvo checou o véu e mudou de rio. O rio mais forte era mais velho e seguia o caminho antigo, entalhando sua trilha pela terra e pelas pedras das fundações mais profundas de Fume em um curso que criara ao longo de milhares de anos.

Os humanos que habitavam aquela profundidade na terra viviam em agrupamentos de tendas em buracos dentro das paredes, e as ribanceiras eram cheias de barcos minúsculos nos quais cabiam apenas uma pessoa. O corvo já tinha viajado a essa profundidade sob Fume, mas apenas ao lado de Silas. Sabia que era um lugar perigoso; então, quando a primeira pedra passou zunindo por seu bico, ele já estava preparado. Os humanos à margem do rio não viam um pássaro vivo havia anos, e o primeiro instinto deles foi matá-lo. O corvo tinha uma missão a cumprir e não tinha nenhuma intenção de ir parar na panela de um humano. Arremeteu em direção ao lançador da pedra, abrindo as garras para atacar seus cabelos, mas o braço do homem foi mais rápido. Uma segunda pedra atravessou o ar. O corvo se desvencilhou e sentiu uma pressão no peito quando a pedra acertou o pequeno frasco de vidro, quebrando-o e fazendo com que o recado primorosamente enrolado caísse na água abaixo. O pássaro se recuperou depressa, bateu as asas fugindo dos atacantes com um chiado assustador e seguiu o rio que fazia uma curva junto a uma pedra saliente, deixando os homens e sua preciosa carga para trás.

O corvo continuou voando. Podia não ter mais a mensagem, mas podia alcançar a garota. Não demorou muito para ver prédios espalhados ao longo do rio; prédios planos, agarrados às paredes como se estivessem sendo engolidos pela boca da terra. Rodas-d'água batiam na correnteza, o rio ficou reto e rápido, e a garota estava por perto em algum lugar adiante. Passou rapidamente por uma roda-d'água perto da margem repleta de barcos a remo e deixou o véu guiar o caminho, acelerando nas curvas e através dos túneis ramificados, até que, finalmente, viu seu alvo.

Um barco era levado pela água logo adiante, a popa cheia de bulbos parecia uma bolha de madeira meio afundada. O corvo fixou o olhar nele e, com duas batidas fortes das asas, começou o mergulho. O barco sacudia desajeitadamente na água, e o corvo alcançou a velocidade dele. Então viu a garota.

O pássaro verificou se havia inimigos e localizou três homens no convés. Assim que os três olharam para o lado oposto, ele agiu, pousando sobre a parte coberta do barco, arranhando de leve as garras na madeira. Abriu as asas, esticou-as e depois deixou que repousassem em suas costas. A garota olhou para cima, e o corvo sentiu a presença de seu mestre dentro do véu. Em algum lugar, Silas estava ouvindo.

Kate cutucou Edgar nas costelas e apontou para o pássaro pousado no teto do barco, suas asas pretas cintilando à luz da lanterna.

– É o que estou pensando? – sussurrou ela.

– Parece o corvo de Silas.

O corvo sacudiu as penas, saltitou pelo teto e saiu planando até pousar todo altivo ao lado de Kate. Ela estendeu a mão para tocá-lo, mas ele se desviou de seus dedos e baixou a cabeça, olhando-a com cautela.

O líder da Guarda Sombria atravessou o convés para falar com seus homens, e o corvo saltitou até o parapeito destruído atrás de Kate, ficando fora de vista.

– Acha que Silas está por perto? – perguntou Edgar.

– Se estivesse, creio que já o teríamos visto.

Alguma coisa brilhou no peito do pássaro, e Kate notou o que parecia um vidro quebrado preso em um cordão amarrado nas costas dele.

– Tem alguma coisa amarrada aqui – disse ela baixinho. O corvo permitiu que ela desatasse o nó, e ela tirou o pedaço de um frasco ainda com a rolha que estava ali. – Acho que ele estava carregando um frasco.

– O quê? Como uma mensagem?

– Talvez – respondeu Kate. – Silas deve tê-lo enviado aqui para nos dizer alguma coisa.

– Bem, foi muito bom para nós – falou Edgar. – Acha que ele pode ter...

O líder da Guarda Sombria, ainda do outro lado do barco, olhou para Edgar, fazendo-o se calar imediatamente.

– Quem mandou você falar? – ordenou, caminhando e parando na frente do rapaz.

– Uh... ninguém, senhor – disse Edgar.

– Então estou mandando agora. Cale-se.

O corvo sacudiu o bico de forma agressiva atrás de Kate, mas o líder já estava se afastando.

– Se o corvo sabia onde nos encontrar, Silas saberá – sussurrou Edgar. – Talvez ele possa nos ajudar.

– Silas não está aqui – comentou Kate. – Ninguém está vindo nos ajudar.

– Então, o que devemos fazer? Acho que poderíamos mandar o corvo atacá-los. Ele pode ser bem malvado quando quer. Ai! – O corvo bicou a orelha de Edgar, e o líder da Guarda Sombria virou-se outra vez.

– Está me testando, garoto?

Edgar estava prestes a falar de novo, mas Kate segurou sua mão e falou primeiro:

– Só queremos saber por que estamos aqui – explicou. – Para onde estamos indo?

– Isso não é da sua conta. Você! – O líder se dirigiu ao homem de cabelos pretos. – Falei para alimentá-los.

– Sim, senhor.

O homem se abaixou e entrou na parte de trás do barco e logo voltou carregando uma tigela de peixe seco e pão macio. Kate pegou antes que ele se aproximasse o bastante para ver o corvo escondido, e cuspiu nos pés dela antes de se afastar.

– Ótimo! – exclamou Edgar. – Não me importo com a maneira como seus homens me tratam, mas podiam ao menos tratar Kate com mais respeito.

O líder da Guarda Sombria foi para cima de Edgar como um leão atormentando um rato.

– Nós a respeitamos o suficiente – disse ele. – Mas alguns de nós não conseguem esquecer quem ela é. Meus homens não confiam nos Dotados, mas vão tratá-la bem porque ela vale alguma coisa para eles. Você, por outro lado, precisa aprender a ficar no seu lugar.

Edgar não viu o soco chegando. O punho do homem acertou a lateral do nariz dele, fazendo-o arrebentar de dor, mas Edgar não emitiu um som.

– Por que fez isso? – indagou Kate. – Você está bem, Edgar?

– Estou – respondeu ele, segurando o nariz e recuando um pouco quando o líder bateu com força em sua cabeça.

– Agora você vai ficar quieto – ameaçou ele –, ou da próxima vez eu mesmo jogo você na água. Entendeu?

Edgar ficou calado, e o homem entendeu aquilo como um sim.

– Excelente – disse ele. – Vamos sair da cidade em breve. Aproveitem a tranquilidade enquanto podem.

Edgar não permitiu que Kate olhasse seu nariz, insistindo que não estava quebrado, então ficaram sentados juntos, dividindo o pão e o peixe com o corvo e esperando a luz do sol surgir no infinito labirinto de túneis. Mas o sol nunca apareceu. A primeira visão que Kate e Edgar tiveram do mundo lá fora foi do brilho da luz do luar cintilando através de um arco de barras de metal. As entradas subterrâneas da Cidade Inferior tinham sido vedadas, mas a Guarda Sombria já sabia das barras e estava preparada.

O guarda de cabelos pretos jogou duas cordas com âncoras nas laterais do barco, diminuindo sua velocidade e impedindo que a correnteza o arremessasse contra as barras. As correntes chiaram, e o barco balançou quando o segundo guarda saltou para a margem e cuidou dos cadeados que prendiam as barras.

Kate e Edgar não ligaram para o que ele estava fazendo. Estavam muito ocupados admirando a maravilha do céu negro-azulado, sentindo o toque frio do ar fresco em seus rostos e vendo a lua prateada quando ela surgiu entre as nuvens que se moviam rápido.

– Nunca pensei que ficaria tão feliz em ver a lua – falou Kate.

O guarda terminou seu trabalho com os cadeados, e as barras se abriram. O outro esperou que ele voltasse a bordo e então desprenderam as duas cordas com âncoras. A correnteza ergueu o barco, levando-o para fora das paredes mais baixas da cidade e saindo para o ar puro. O rio deixou rapidamente a cidade para trás, carregando Kate e Edgar para longe de Fume, para longe dos Dotados e dos guardas e das várias pessoas anônimas que ficaram tão felizes ao vê-los enfim capturados. Não havia mais nada que pudessem fazer além de observar as estrelas enquanto as nuvens de chuva se retiravam do céu e o rio os conduzia entre suas margens escuras, afastando-os do confinamento da Cidade Inferior e levando-os para o mundo ao ar livre.

17
Atrás da máscara

Silas permaneceu sentado, observando a saúde de Bandermain se deteriorar pouco a pouco diante de seus olhos. A tísica pulmonar era uma doença lenta e mutiladora, mas, sem o esforço de Dalliah para obstruir seu curso, a doença de Bandermain estava claramente compensando o tempo perdido. Em breve ele não conseguiria fazer mais nada além de ficar sentado, olhando ao redor, cerrando os punhos enquanto se concentrava na respiração curta e difícil. Quanto mais doente ficava, mais perto o véu ia se aproximando do local, rejuvenescendo o corpo de Silas enquanto o de Bandermain se esvaía, permitindo que Silas se conectasse com seu corvo muito além do mar mais uma vez.

Silas viu Kate e Edgar de relance, sujos e cobertos de fuligem. Viu o barco da Guarda Sombria, o rio e, por fim, a lua enquanto o barco passava em silêncio sob ela. Podia sentir os filetes suaves do véu alcançando Kate, enroscando-se ao seu redor, mas incapaz de se conectar por completo, depois viu a mão dela segurando a de Edgar e começou a considerar se o que Dalliah tinha dito sobre os dois poderia realmente ser verdade.

O ar parecia diferente em Albion, pesado e familiar, como se um cobertor tivesse sido jogado sobre o mundo. O Continente era limitado e vazio em comparação, mas, apesar de Silas reconhecer a sensação de um lar, havia alguma coisa errada ali. Permitiu que sua concentração subisse e vagasse e sentiu algo mais dentro do véu: uma presença que zunia em sua cabeça como um besouro dentro do ouvido.

Era como se sua mente estivesse passando por um ar puro que aos poucos era devorado por uma fumaça densa e negra. A fonte daquilo vinha de algum lugar a oeste. O limite entre o véu e o mundo dos vivos estava sendo consumido. A diferença entre os dois não era mais fácil de sentir. Silas podia ver grupos de espectros congregando-se nos pontos mais finos do véu. Podia sentir a animação deles, a antecipação à medida que o mundo dos vivos se aproximava cada vez mais do alcance deles.

Silas abriu os olhos com o som da porta se abrindo quando Dalliah entrou no quarto. Lá fora, a tempestade havia passado, e a terra além da janela sem cortinas já estava envolvida pela noite. O véu o fizera perder tempo. Ele se permitira ficar vulnerável. Levantou-se de uma vez, mas Bandermain permaneceu tombado na cadeira.

– Estamos prontos – disse Dalliah. – Silas, por favor, siga-me. E ajude Bandermain a caminhar se ele não conseguir fazer isso sozinho.

Silas não queria ajudar Bandermain, e Bandermain não tinha intenção de aceitar qualquer ajuda. Levantou-se da cadeira e guardou sua espada de forma resoluta na bainha às costas. Silas abriu passagem para deixá-lo sair andando com dificuldade do quarto primeiro, e Bandermain estava doente demais para contestar.

A curiosidade levou Silas para fora da casa e de volta às propriedades cobertas de vegetação de Dalliah. Muros altos a rodeavam por todos os lados, cada um coberto por caules secos de trepadeiras que se entranhavam pelas pedras, e o chão era pavimentado entre fragmentos de grama congelada.

Dalliah caminhou rapidamente em direção a uma pequena construção no centro da propriedade, e Bandermain parou duas vezes para tossir e se recompor, obrigando Silas a parar também.

– Continue andando – ordenou ele, sacando a espada e cutucando as costas de Silas com a lâmina. – Você está perdendo tempo.

Bandermain ergueu os olhos para Silas, apertando o peito que tremia.

– Não estrague isso – pediu. – Eu *preciso* disso.

Dalliah estava longe demais para ouvir as palavras do moribundo. Silas levantou-o e empurrou-o para a frente. Não tinha nenhuma intenção de deixar um inimigo caminhar atrás dele.

– Ande – mandou.

– Sei que não quer estar aqui – comentou Bandermain. – Acha que *eu* escolhi isso?

– Sei que pensa que está conseguindo alguma coisa – disse Silas, obrigando-o a seguir em frente. – Mas está enganado. Você está morrendo. Vá se acostumando.

Bandermain riu baixinho.

– Você não precisa pensar na morte – retrucou. – Logo, eu também não precisarei. Não vou deixá-lo destruir isto para mim. Deixe acontecer. Nós dois ficaremos melhor assim.

Silas continuou andando.

– Quando descobri o que meus líderes queriam de seu país, achei que estavam loucos – disse Bandermain, suas palavras falhando a cada respiração. – Eles acham que seu Conselho Superior pode se comunicar com os mortos. Disseram que queriam aprender o segredo para eles mesmos, mas eu não acreditava no véu naquela época. Não estava interessado nos Dotados. Pensava que eram bruxos, tolos e mentirosos. Então conheci Dalliah e soube que estava errado. Quando ela me falou de você... do que tinha acontecido com você... pensei que fosse apenas propaganda de Albion. "O soldado que não podia morrer." Mas você não era mais um soldado. Nunca mais foi enviado à batalha outra vez. O Conselho Superior o rebaixou à guarda. Estavam mantendo-o por perto.

– Eu estava cumprindo meu dever – explicou Silas.

– E agora você é um traidor. – Bandermain riu, forçando os pulmões a ter espasmos. Seus joelhos se dobraram. Suas mãos tentaram agarrar o braço de Silas, mas ele se afastou e deixou Bandermain cair no chão. Seu corpo se contorceu, mas Silas não agiu. Dalliah parou e se virou.

– Seu novo amigo está morrendo – observou Silas. – Agora é uma hora tão boa quanto qualquer outra para deixá-lo chegar ao fim.

Dalliah voltou correndo para perto de Bandermain, agachou-se ao seu lado e pousou a mão sobre a sua garganta.

– Não posso ajudá-lo aqui – disse ela. – Carregue-o.

– Por quê? Por que ele é tão importante?

– Ele não é. Suas ordens são – respondeu Dalliah. – Ajude-o a se levantar. – Os olhos de Bandermain estavam arregalados; e a boca, aberta, procurando um pouco de ar. – Pegue-o.

– Não – negou Silas.

Dalliah fitou-o furiosa, mas, quando falou, sua voz estava calma, tentando controlar os ânimos:

– É muito simples – disse ela. – Bandermain não é tolo. Se a Guarda Sombria voltar com a garota e encontrá-lo morto, eles têm ordem de matá-la antes mesmo de ela botar os pés na minha propriedade.

– Se ele contaminá-la com a tísica pulmonar, ela morrerá de qualquer forma – observou Silas.

– Precisamos dela viva e precisamos dele – explicou Dalliah. – Alguns dos homens de Bandermain não são tão condescendentes quanto ele tem sido. Não hesitarão em matar a garota, e não poderei impedir que façam isso.

– Eu vou impedi-los – disse Silas. – Não precisamos nos sujeitar à Guarda Sombria.

– Essa decisão não é sua – retrucou Dalliah. – Mal passou doze horas sem seu espírito e já pensa que sabe de tudo. Quando tiver vivido mais alguns bons séculos, talvez entenda que há sacrifícios a serem feitos se quiser viver qualquer tipo de vida significativa. Por que acha que estou aqui, e não em Albion? Vivi em minhas terras durante duzentos anos antes de tentarem me caçar. Você durou pouco mais que uma década. Acha que a Guarda Sombria veio atrás de mim quando cheguei aqui exatamente da mesma forma que foi enviada para procurar você? As notícias correm rápido sobre as águas, Silas. Nossa presença aterroriza aqueles que não são iguais a nós, e também fui obrigada a fazer muitos sacrifícios na vida. Fui obrigada a negociar segredos, encontrar aliados, me associar a pessoas que preferia ver com as cabeças espetadas em estacas do que tomando vinho ao meu lado. Bandermain é um aliado e tanto. Se ele morrer agora, nenhum de nós terá o que quer.

Silas olhou para Bandermain no chão. Os lábios estavam roxos, a respiração ofegante havia cessado, e o corpo estava desfalecido.

— Posso atrasar a morte dele, mas não posso impedi-la — disse Dalliah. — Carregue-o.

Silas agarrou o braço de Bandermain e jogou o moribundo sobre o ombro.

As paredes da construção reluziam enquanto eles caminhavam em sua direção. Pedras mosqueadas de quartzo foram espalhadas por toda a estrutura em forma de cúpula, dando a aparência de que alguma coisa estava se erguendo no pátio, fazendo as pedras subirem como uma baleia quebrando a superfície do oceano. A porta era feita de ferro retorcido e painéis delicados de vidro fino que brilhavam em um tom azul refletindo a lua que nascia. Dalliah destrancou-a e recuou, deixando Silas passar com Bandermain primeiro.

Dentro da construção havia uma única sala: circular e pequena, mas com o tipo de atmosfera que fazia os cabelos arrepiarem na nuca. Para Silas, a diferença entre aquela sala sinistra e o mundo lá fora era tão clara quanto a diferença entre o ar e a água.

— Coloque-o no centro — pediu Dalliah.

Silas avançou devagar, analisando com cuidado os arredores. A parede não tinha janelas, e a moldura de madeira exposta era sobreposta com fileiras de ossos amarelados. Alguns deles tinham décadas, e outros ainda eram brancos e frescos. Estavam amarrados verticalmente na parede, criando o que parecia uma cerca horrenda, e penduradas no teto diante deles havia cordas compridas segurando velas finas e lamparinas, junto com garrafas de bico estreito e frascos cheios do que só poderia ser sangue.

— O que é isto? — indagou Silas. — Não é trabalho do verdadeiro véu.

— É como *eu* trabalho — disse Dalliah. — Ponha-o no chão.

— De quem é este sangue?

– Isso não é importante – respondeu Dalliah. – Seu sangue está aqui em algum lugar se é isso que está perguntando. A Guarda Sombria teve tempo suficiente para pegá-lo enquanto era prisioneiro dela.

– Baixe-os – disse Silas. – Todos eles.

– Por quê? Achei que fosse um soldado. Espero que tenha derramando mais que sua parte de sangue naquela época. Isso aqui não é diferente.

Silas largou Bandermain sem cerimônias no chão.

– É muito diferente.

– Por quê? Porque você não entende? Se todos condenassem tudo que não entendem, haveria muito pouco para eles fazerem neste mundo.

Dalliah ajoelhou-se ao lado de Bandermain e mais uma vez pressionou a mão contra a garganta dele. Desta vez, o véu respondeu. Bandermain inspirou de repente, rolou de lado e cuspiu sangue no chão.

– Quantas vezes você fez isso com ele? – perguntou Silas.

– Mais do que pensei ser necessário – respondeu Dalliah. – Esta será a última.

Silas olhou ao redor para as centenas de frascos de vidro balançando gentilmente com o movimento do ar na sala.

– Da'ru usava um colar com um frasco cheio de sangue quando trabalhava nos círculos de escuta – comentou. – Foi aqui que ela aprendeu a fazer isso?

– Ensinei a ela um pouco do que o tempo me ensinou – disse Dalliah. – Ela era meu auxílio do outro lado do oceano. Podia experimentar técnicas em Albion que eu jamais conseguiria aqui. Era uma ferramenta útil. Aprendi muito com seus erros... e com seus sucessos. – Dalliah levantou-se e encarou Silas, desafiando-o a dizer as palavras que já estavam em seus lábios.

– Você a ensinou a usar os círculos – disse ele. – Contou a ela onde o *Wintercraft* estava enterrado e também falou para que experimentasse o véu. *Comigo*.

– Como podemos ver, funcionou muito bem – observou Dalliah. – Você devia me agradecer. É capaz de ver um mundo que poucas pessoas jamais conheceram. Sabe da verdade sobre os métodos do espírito. Talvez você tenha sofrido, mas é um preço pequeno a pagar pelo que experimentou. Olhou além dos limites de nosso mundo. Isso o tornou mais poderoso que seus inimigos e o levou além dos limites da humanidade.

– Por que você faria isso? – perguntou Silas. – O que tinha a ganhar?

– Precisava de alguém em quem confiasse – explicou Dalliah. – Alguém que pudesse ver o mundo da forma que vejo. Você foi minha primeira escolha. Os indivíduos que morreram antes de você jamais deveriam ter sobrevivido ao procedimento. Da'ru precisava aperfeiçoar suas habilidades. E fez isso de forma admirável. Eu apenas lhe mostrei o caminho que o véu já havia me mostrado. Você não nasceu para ter uma vida ordinária, Silas, assim como Kate Winters não nasceu para vender livros em uma cidade que está morrendo. Com suas habilidades, você poderia ter mudado Albion milhares de vezes. Poderia ter destruído o Conselho Superior e assumido o lugar dele se quisesse. Eu lhe dei um dom, Silas. E o que fez com ele? Obedeceu ordens. Esperou. Tentou ignorar o que havia acontecido com você, em vez de explorar suas possibilidades. Desperdiçou a maior oportunidade que qualquer homem poderia ter recebido, mas como viveu sua vida não me importa, já que ela o guiou a estar no lugar certo na hora certa. Todos estamos seguindo um caminho que foi traçado para nós há muito tempo. Até mesmo ele.

– Cutucou o braço de Bandermain com a ponta do sapato.
– O véu só me mostrou a verdade muito tempo depois, mas era para você ter seu espírito separado do corpo. Era para você encontrar Kate Winters e juntar seu sangue ao dela. O destino garantiu que fizesse sua parte na história, Silas. Você é um fantoche dele tanto quanto qualquer um de nós. É por isso que está aqui.

Silas olhou ao redor para os frascos pendurados. Não havia como dizer qual pertencia a ele, mas, se seu sangue estava ali, significava que um pouco do sangue de Kate também estava ali. Silas sabia o suficiente sobre os Dotados para ver que alguma coisa a mais estava acontecendo naquela sala, algo que não tinha nada a ver com os planos de Dalliah para o véu. O local parecia tão estranho. O ar estava pesado. Quanto mais permanecia ali dentro, mais difícil ficava raciocinar.

– Aqueles frascos – disse ele. – Quanto do meu sangue você colheu?

– O suficiente – respondeu Dalliah enquanto Bandermain lutava para se levantar. – Foi um dos motivos de eu ter escolhido você. É um homem inteligente, por isso me surpreende o quanto pode ser idiota às vezes. O *Wintercraft* não é uma disciplina calorosa e amigável. A força dele vem do sangue, do sofrimento e da dor. Kate Winters já está descobrindo isso sozinha. Até mesmo você reconheceu o *Wintercraft* como a maneira mais rápida de libertar seu espírito e encontrar paz na morte. Não se importou com o que aconteceria à garota quando terminou o que queria com ela. Não se importou com o que estava explorando dentro da alma dela. Havia motivos para a família dela ter enterrado o livro no final e para os Dotados estarem tão ansiosos para mantê-lo em segredo quando ele ressurgiu. Mas o *Wintercraft* nunca permanece enterrado por muito tempo. Os Vagantes sempre encontram um jeito de chegar a ele. O véu nos mostra tudo. Você acredita que dominou os segredos do véu. Está enganado.

Alguma coisa aguda ferroou dentro do peito de Silas, como fios finos de cabelo golpeando dentro de seus pulmões.

– A tísica pulmonar é uma doença interessante – falou Dalliah. – Criaturas minúsculas que se espalham e passam entre os hospedeiros, incrustando os pulmões humanos e aos poucos devorando o tecido até que não reste mais nada. Achou que seria imune à doença aqui? Ainda acha que seu corpo não precisa respirar?

Silas testou os pulmões, fazendo-os espetar de maneira mais aguda a cada inspiração profunda.

– O que o véu desacelera também pode acelerar – comentou Dalliah. – Sob as condições certas, pode até mesmo transferir o sofrimento físico de um corpo para outro. Podemos não sofrer a destruição das doenças ou enfermidades, mas sentimos a sombra delas vivendo dentro de outros e podemos espalhar a moléstia, influenciando a alma. Podemos fazer um corpo acreditar que está sofrendo. Podemos virá-lo contra si mesmo e carregá-lo direto ao ponto central da morte. Como está se sentindo, Silas?

O primeiro espasmo apertou os pulmões de Silas como uma mão agarrando. Seu peito se elevou, e ele tossiu gotas de sangue quente.

– Nossos corpos não se degradam na mesma rapidez dos outros, mas continuam bem frágeis – disse Dalliah. – Precisamos tomar conta deles. Você tem sido descuidado.

– Isso não é possível – retrucou Silas.

– Por quê? Porque Da'ru disse a você que não poderia acontecer? – indagou Dalliah. – De onde você acha que ela obtinha as informações? Do *Wintercraft*? Não seja tão estúpido.

Bandermain encarou Silas como se estivesse vendo o mundo dele inteiro desmoronar.

– Você me disse que isso não aconteceria! – exclamou. – Disse que não poderia afetá-lo!

– Silas está tão saudável quanto estava no momento em que entrou aqui – explicou Dalliah. – Seu corpo somente *pensa* que está doente. Ele não consegue resistir. Sua mente não é forte o suficiente.

Silas ergueu a cabeça para olhá-la.

– A garota deveria me curar – disse Bandermain. – Ela deveria me fazer gostar dele. Mas não faz diferença! Olhe para ele!

– Acalme-se, Sentinela.

– Ele não poderia morrer!

– Ele não pode morrer, mas isso não significa que não possa sofrer.

Silas estava ofegante, tentando respirar. Sentia-se como se estivesse se afogando. Os pulmões estavam se enchendo de sangue. O corpo não estava se curando, e os estragos estavam se espalhando. Ele havia se acostumado a acreditar na capacidade de seu corpo se curar e passara vários minutos submerso sem nenhuma necessidade desesperada de ar, mas isso era bem diferente. Seu corpo estava falhando de dentro para fora. Ele deduzira errado, que seus pulmões não eram mais úteis. Qualquer energia da qual seu corpo precisava era retirada diretamente do véu. O véu o tinha mantido vivo, não importava a extensão do abuso que seu corpo sofresse, e ele contava com aquilo para se sustentar. Não havia percebido o quanto seu corpo ainda era preciso para ele até aquele momento.

– A dor é a única maneira de controlá-lo, Silas. Da'ru provou isso. Você não é tão forte quanto acreditava ser. Não aqui. Não mais. Eu realmente acreditava que podíamos ser aliados, mas agora sei de tudo.

Silas não sentiu o corpo ao cair no chão. Sua mente estava totalmente concentrada em seu peito e na dor cortante, parecida com garras finas arranhando-o por dentro. Ouvia a voz de Bandermain ali perto e Dalliah respondendo com calma. Socou o chão, mal percebendo a dor crepitando nas juntas de seus dedos ao bater contra as pedras.

– Você fez muito bem, Sentinela. – Silas ouviu-a dizer enquanto a escuridão se espalhava por sua visão, deixando somente um minúsculo ponto de luz. – Logo ficaremos livres de nossa dor. Nada mudou. A morte da garota vai salvar nós dois.

Silas tentou se mover, mas as pernas e os braços estavam pesados, o corpo imóvel como uma lápide enroscada por ervas daninhas. Então tudo se apagou, e só o que lhe restou foi o vazio da escuridão dominando. Ele estendeu a mão procurando o véu, concentrando-se firmemente no círculo ao seu redor. Podia sentir a energia de Dalliah se espalhando pela sala com um pulsar suave, suficiente apenas para atrair o véu. Ele deveria ter notado isso. Deveria ter sentido, mas era tarde demais para se arrepender. Sentiu os resquícios do sangue de Kate vibrando dentro de seu corpo: o sangue de um Vagante. Encostou a bochecha nas pedras, pressionada entre uma poça minúscula de seu próprio sangue. Silas se concentrou naquele sangue, desejando que ele se conectasse ao círculo e ao véu. Foi preciso cada gota de energia que lhe restara, mas conseguiu sentir o frio do véu no rosto – o toque congelante do *Wintercraft* – enquanto o gelo se espalhava por sua face.

– O que está fazendo? – indagou Bandermain, mas Silas não estava ouvindo.

Seja lá o que Dalliah tivesse feito com ele, impedira o véu de curar seu corpo, mas não podia conter o que restara de sua alma. Silas lançou sua mente para dentro do véu, lutando contra o puxão da dor enquanto ela lutava para atraí-lo de volta. Bandermain e Dalliah ficaram parados perto dele, observando enquanto seus olhos se vitrificavam na cor cinza e seu corpo ficava inerte.

– O que significa isso? – perguntou Bandermain.

Dalliah sorriu e virou-se, caminhando em direção à porta de ferro.

– Espere! E quanto ao nosso acordo?

– Você terá o que lhe foi prometido – respondeu Dalliah.

Bandermain tocou o pescoço de Silas procurando sua pulsação, mas não a encontrou. O frio do véu foi penetrando em seus dedos, e ele os sacudiu para afastá-lo.

– Bruxaria – sussurrou. – O que é isso?

Mas não havia ninguém para responder.

18
Na escuridão

Kate olhou para trás enquanto o rio ondulado a levava depressa para longe da cidade e viu suas paredes enormes iluminadas por tochas estendendo-se por uma curva larga em ambas as direções, muito além do que os olhos podiam ver. Se antes houvesse guardas a postos no portão do rio, já teriam ido embora. Edgar cutucou o braço dela e apontou para algo escuro entre os arbustos sem folhas encarreirados à margem do rio. Parecia uma bota preta, e havia algo brilhando perto dela. Um punhal prateado seguro por uma das mãos sem vida.

– Chega de guardas – disse ele.

Kate observou as paredes de Fume sendo engolidas pela noite enquanto os Guardiões Sombrios erguiam o mastro dividido em sua altura máxima e prendiam uma vela negra e grande que formava grandes vagalhões com o vento. O líder assumiu o comando e logo o vento os levava mais rápido que o fluxo do rio, cortando os condados desertos de Albion e empurrando-os em direção ao litoral distante do leste.

Assim que as torres de Fume desapareceram por completo sobre o horizonte escuro, o corvo de Silas de repente ficou agitado. Bateu o bico com severidade e sacudiu a cabeça, como se alguma coisa estivesse presa dentro de seu ouvido. Kate tentou acalmá-lo, mas nada que fizesse adiantava. Ela o agarrou para que ficasse quieto e assim que tocou suas penas soube que alguma coisa estava muito errada. Edgar estava agachado ao seu lado, olhando fixamente para cada um dos Guardiões Sombrios, então não notou a expressão de choque no rosto de Kate até que ela segurou seu pulso, obrigando-o a olhar para ela. Seus olhos estavam totalmente negros, ela respirava de forma pesada, e sua pele estava azulada.

– É Silas – disse ela.

– Onde? – Edgar olhou na lateral do barco, apertando os olhos para enxergar na margem.

Kate não podia descrever o que estava vendo. Sabia que estava olhando dentro do véu, mas tudo que conseguia ver era escuridão; o mesmo tipo de vazio que vira ao redor de Silas quando ele entrou na meia-vida com ela na Noite das Almas. Depois sentiu. A presença de Silas, tão perto dela quanto Edgar.

– Ele está aqui – falou baixinho. – Dentro do véu.

– Talvez seja só um espectro – comentou Edgar. – Não tem por que pensar que...

Kate apertou a mão de Edgar com força enquanto as imagens passavam de súbito em sua mente. Pareciam lembranças, mas não lhe pertenciam. *Ela viu uma cidade cheia de edifícios brancos e uma sala circular alinhada com ossos. Havia um oficial da Guarda Sombria parado ao seu lado, e celas e frascos estavam pendurados em um teto em forma de cúpula.*

– É Silas – disse ela quando uma sensação pesada tomou conta de seu peito. – Ele está doente.

– O que aconteceu? Onde ele está?

Os dois ficaram em silêncio quando o oficial magro passou por baixo da vela e falou baixinho com o líder. Ele se virou e apontou para Edgar, que se encolheu contra o parapeito.

– Isso não me parece bom – observou.

Kate soltou o corvo e o deixou sobrevoar no espaço entre eles antes que o líder entregasse o controle do barco para outro e fosse até os dois.

– Levante-se – ordenou.

– Por quê?

O homem levantou Edgar segurando-o pelo punho, e o corvo fugiu para se esconder atrás de Kate.

– Onde ele está? – perguntou.

– Onde está o quê?

– Há penas no convés. O pássaro de Silas Dane está aqui. Onde ele está?

– Não faço ideia do que está falando.

O líder voltou-se para seus homens.

– Encontrem-no e matem-no.

Kate se levantou antes que os oficiais pudessem se aproximar. Pegou o corvo e o jogou o mais longe que conseguiu pela lateral do barco. As garras arranharam a água enquanto as asas batiam forte para voar, e ele flutuou em um círculo largo ao redor das lanternas do barco, fora do alcance das flechas que o guarda de cabelos negros lançou em sua direção. O corvo cacarejou ao subir noite adentro, fazendo sombra no barco enquanto ficava de zombaria longe do alcance da flecha.

O líder agarrou Kate pela gola do casaco.

– O que ele disse? – perguntou.

– Largue-a! – Edgar empurrou o homem com força suficiente para fazê-lo prestar atenção, e o homem mais forte deu-lhe um soco no rosto.

– Reconsiderei a posição do garoto – disse a seus homens. – Ele não é mais bem-vindo neste barco. Matem-no.

– Não pode fazer isso! – gritou Kate.

– Não me diga o que não posso fazer.

– Podia tê-lo deixado para trás. Por que o trouxe até aqui se simplesmente ia matá-lo?

– Recebi ordens de mantê-lo vivo até que se tornasse uma inconveniência – disse o líder. – Esse momento acabou.

– Não acha que a pessoa que o enviou aqui deveria tomar essa decisão?

– Já falou demais, garota. Sugiro que permaneça em silêncio.

O guarda de cabelos negros prendera Edgar contra o parapeito e apertava um punhal em sua garganta. Edgar tentou empurrá-lo, mas não tinha forças suficientes para fazer nada que o ajudasse. Kate tentou empurrar o guarda, a lâmina formou um risco fino de sangue, e uma das lembranças de Silas abriu caminho de repente diante de seus pensamentos aterrorizantes. *Ele estava parado diante de uma casa escura, olhando para uma mulher encapuzada. Kate conhecia aquele rosto. Ela o vira duas vezes antes: na lembrança capturada na caveira e na visão compartilhada pela roda dos espíritos. Aquela mulher estivera presente quando os guardiões de ossos morreram havia séculos, e agora Silas estava com ela, saudando-a pelo nome.*

– Dalliah Grey! – gritou ela, repetindo as palavras de Silas sem ao menos pensar no assunto. A atmosfera no barco mudou de uma vez só. – Está trabalhando para ela, não está?

Os três Guardiões Sombrios pareceram surpresos ao ouvir o nome da mulher. Os olhos do guarda de cabelos negros voltou-se para o líder, e Kate viu alguma coisa a mais dentro deles. Ele não estava só surpreso ao ouvir o nome, ele o temia. A expressão do líder, contudo, não demonstrou nada.

– O que sabe sobre Dalliah Grey? – perguntou ele.

– Sei o suficiente – mentiu ela.

O guarda de cabelos negros voltou a olhar para o líder, ainda prendendo Edgar contra o parapeito.

– Isso é bruxaria – disse em voz baixa.

O líder voltou a encarar Kate com suspeita.

– Ou ela ouviu um de vocês falar o nome – falou ele. – Ela não sabe de nada.

Kate olhou para Edgar, certificando-se de que ele estava bem.

– Sei que Dalliah se encontrou com Silas Dane – contou Kate rapidamente, juntando as peças do que havia visto dentro do véu. – Dalliah é uma dos Dotados. Você não confia nela, mas a escuta. Não teria trazido nós dois a bordo a menos que alguém o mandasse. Ela o enviou para cá, não foi? – Kate sabia que estava se arriscando, mas não havia mais nada que pudesse fazer.

O guarda de cabelos negros falou primeiro:

– Ninguém disse que eles se conheciam – comentou. – Era para ela vir em silêncio. Sem causar problemas. Dalliah mentiu para nós.

O líder ergueu a mão para silenciá-lo, sem tirar os olhos do rosto de Kate.

– Bandermain confia em Dalliah – disse ele. – Isso não muda nada.

– E quanto ao garoto?

Todos permaneceram calados, esperando o líder tomar uma decisão.

– Vamos poupar sua vida – disse ele. – Por enquanto.

O guarda de cabelos negros se afastou, e Edgar imediatamente colocou a mão no pescoço.

– Não sei como conhece Dalliah Grey, mas, se seu amigo disser mais uma palavra, com ordens ou não eu mesmo vou matá-lo – chantageou o líder. – Você conseguiu no máximo algumas horas de vida para ele. Sugiro que ele as passe em silêncio. – O líder se afastou, e Edgar encarou Kate como se ela tivesse acabado de conseguir o impossível.

– Que história foi aquela? – sussurrou o mais alto que se atreveu a fazer. – Dalliah Grey? De onde surgiu esse nome?

Kate se aproximou para verificar o pescoço de Edgar. A lâmina do guarda havia deixado um corte fino e, quando tocou sua pele, ela se fechou de imediato.

– Acho que foi Silas – respondeu ela. – Vi uma lembrança no véu. Ele me disse o nome dela.

– Bem, acho que acabou de deixar os guardas com medo de você.

– É de Dalliah que eles têm medo, e não de mim.

– Não foi o que vi – disse Edgar. – Você os enfrentou e salvou minha vida. Obrigado.

O corvo continuou circulando bem acima enquanto o barco continuava sua rota pelos canais do rio largo em direção à costa, e a Guarda Sombria atirava nele sempre que achava que estava se aproximando demais. Quando começaram a chegar aos grandes assentamentos que estavam espalhados pelas regiões inexploradas do leste, Kate e Edgar foram colocados na parte coberta do barco enquanto a Guarda Sombria se fazia passar por mercadores, conversando enquanto atravessavam os portões do rio e seguiam velejando.

Gradualmente, a noite foi clareando até o alvorecer. Kate conseguiu dormir por pouco tempo, repousando a cabeça no ombro de Edgar, que estava encostado no parapeito, roncando alto, quando de repente uma explosão fez os dois acordarem em um salto. Edgar gemeu e piscou os olhos embaçados.

– O que está acontecendo? – indagou. Os dois piscaram com a claridade do sol nascente, e uma faixa de chama vermelha subiu ao céu acima do barco.

– Um sinalizador – constatou Kate. – Eles estão dando sinal para alguém.

A terra nos dois lados do rio estava coberta de árvores verdes congeladas que brilhavam com a luz do sol, e, onde o rio se enroscava entre elas, Kate notou algo estranho no horizonte. Não havia montanhas ao longe, nem mesmo uma única coluna de fumaça de uma fogueira marcando um assentamento ilegal ou o início de outro vilarejo. O horizonte era escuro, gélido e totalmente plano.

– Edgar – sussurrou, apontando para as árvores. – Edgar, olhe. Acho que posso ver o oceano. – Kate fixou o olhar no leste, meio amedrontada e meio encantada com o que estava vendo. – Eu nunca tinha visto o mar.

O sol da manhã reluziu sobre a água, iluminando o topo das cristas das ondas distantes e fazendo-as brilhar com a luz. Parecia que o mar era mais alto que a terra, suas ondas subindo, prontas para engolir a região inexplorada com uma poderosa maré, mas a água estava parada e tranquila, e naquele lugar misterioso entre a terra e o céu um perigo maior se assentava como uma cicatriz negra sobre a água. A silhueta de um navio que estava ancorado no mar. Para Kate, parecia um navio naufragado que havia sido dragado do fundo do oceano, esquelético e sinistro. Lanternas de vidro verde estavam penduradas pelas laterais, e seus mastros vazios tornavam-se gigantes e fantasmagóricos à luz do sol.

O barco balançou de leve ao passar pela boca rasa do rio, alcançando o mar aberto. O guarda magro estava parado no teto do barco e fez um segundo sinal para o navio, usando um vidro circular na palma da mão para refletir a luz do sol. Uma das lanternas verdes do navio piscou em resposta, e o barco foi depressa em sua direção.

Kate e Edgar se seguraram firmemente no parapeito enquanto a água negra os cercava, insondável e profunda, e, quanto mais se aproximavam do navio, mais claro ele se tornava. Havia pessoas a bordo, movendo-se no convés, e as formas esqueléticas que Kate notara eram partes estragadas que tinham sido queimadas por flechas em chamas ou rachadas por catapultas. A maioria estava mal remendada, deixando cicatrizes no navio que o faziam parecer destruído pela guerra e pouco merecedor de estar no mar.

– Então... temos um plano? – perguntou Edgar.

– Vamos ver o que eles querem – respondeu Kate.

– E depois?

Os homens do navio lançaram cordas para o barco enquanto ele batia gentilmente no casco. Assim que ficou seguro, foram jogadas escadas de corda.

– Prisioneiros primeiro – disse o líder.

Edgar foi o primeiro a subir a escada e virou-se para ajudar Kate a pisar o convés atrás dele. Foram recebidos por espadas desembainhadas e assim souberam exatamente quem estava no comando do navio.

– Preparar para zarpar – ordenou o líder, saindo do barco com habilidade. – Temos o que viemos procurar.

Dois oficiais puxaram Kate e Edgar rapidamente por um alçapão no convés, empurraram os dois em uma escada e os obrigaram a entrar em uma pequena sala dividida ao meio por barras de ferro. O guarda de cabelos negros os empurrou por um portão preso nas barras e ficou bloqueando a entrada.

– Não vai demorar agora – falou ele. – Ficarei feliz de deixar esse país de pedras e ratos para trás.

– Com certeza ele também ficará feliz em ver você pelas costas – retrucou Edgar.

O guarda resmungou.

– Por enquanto – disse ele. – Não por muito tempo.

– O que está dizendo? – perguntou Kate. – Você vai voltar?

– Depende de você ser uma boa bruxa ou não, certo? – O guarda afastou-se, fechou o portão e o trancou. – Ficarão quietos aqui – ordenou. – Se sabem o que é bom para vocês.

O navio içou a âncora, as velas foram estendidas, e Kate sentiu a grande embarcação inclinar e se arremessar ao começar a ganhar velocidade, indo para o leste, em direção ao Continente, para o desconhecido. Kate e Edgar não podiam conversar à vontade com um guarda por perto, então passaram a viagem em silêncio e nervosos, sem saber o que esperar do outro lado.

Quanto mais o navio se afastava de Albion, mais distante o véu se tornava, até que Kate teve dificuldade de senti-lo. Era como se um ruído profundo que estava reverberando em sua mente havia semanas de repente tivesse parado, fazendo-a perceber o quanto o mundo era silencioso sem aquele zumbido inexorável. O ar ficou mais frio, criando vapor em sua respiração, e ela sabia que estavam entrando em águas mais frias quando o gelo começou a arranhar as laterais do casco do navio.

Kate encolheu-se dentro de um saco de dormir e tentou repousar durante a viagem. As horas passaram devagar. Quando realmente dormiu, sonhou com Silas e as margens sombrias e horripilantes da meia-vida e, quando acordou, foi com o som da fechadura se abrindo e as badaladas de um sino ensurdecedor em algum lugar ao longe, informando as horas. O guarda de cabelos negros entrou na sala, e Kate estendeu o braço, sacudindo Edgar para acordá-lo.

– O descanso acabou – disse o guarda. – Chegamos.

19
Trabalho sanguinário

Silas não conseguia ver. O véu não respondia a ele, e todos os seus sentidos tinham falhado. Estava encurralado. Preso na escuridão. Sem forças para tomar qualquer atitude além de se firmar em seus próprios pensamentos, desistir de todo o resto e vaguear. Se fosse um homem comum, a morte estaria esperando por ele naquele vazio; em vez disso, não havia nada além de escuridão.

As lembranças vacilavam umas sobre as outras... instáveis e fora de controle. A pressão estranha do véu o fazia perder a noção do tempo, desencorajando cada parte de seu ser, até que não teve mais certeza de que ainda estava pensando. Sentiu-se perdido, vazio e esquecido. Talvez fosse disso que Dalliah estivesse falando, da forma de morte dele. Um final sem fim. O nada. Impossibilitado de se mover ou falar com somente uma escuridão sufocante ao redor, separando-o do mundo, selando-o dentro de seu próprio canto do véu, no silêncio e só.

Uma rajada de luz brotou em seus pensamentos, e, por um momento, conseguiu ver o mundo dos vivos através dos olhos de seu corvo. Então o elo se partiu, a imagem se perdeu. Seu corvo estava lá, o mundo ainda estava lá, e aquele momento dera a Silas um fio de esperança. Ele ainda tinha uma conexão com o mundo dos vivos. Podia ser fraca, mas era dele.

Silas se concentrou no pássaro, tentando recuperar aquela conexão, mas parte dele recuou, parte dele não queria lutar para escapar daquele lugar. O véu já estava reivindicando o que restara de seu espírito, atando-o com força dentro de sua teia, e ele já estava começando a esquecer. Fragmentos de sua vida estavam desaparecendo, desprovendo-o de suas lembranças além dos dias em que foi guarda e soldado, dispersando-se nas poucas lembranças distantes que tinha da família: a mãe, o pai e a irmã. Viu seus rostos e lembrou-se do brilho prateado quando um guarda despejou um punhado de moedas na mão de seu pai.

Aquilo era algo que não podia esquecer, quando, aos dez anos de idade, fora vendido aos guardas por menos do que o preço de uma roda de carruagem. Doze moedas era tudo que valia sua vida naquela época. Doze moedas que seriam gastas na alimentação de sua irmã, a irmã que ele amara o suficiente para não reclamar quando seus pais o levaram ao local de reunião e o venderam para ter uma vida de ordem, disciplina e morte. Concentrou-se na última vez que vira a família, nas promessas que fizeram de que se encontrariam novamente e no olhar assombrado da mãe quando os guardas o levaram a sumir de vista.

O véu não podia apagar aquela lembrança, e ele se apegou a ela, usando-a para concentrar sua resistência. Tinha passado anos reprimindo aquela lembrança no fundo da mente, vendo-a como uma fraqueza. Agora ela havia se tornado sua força.

O véu não podia se aproximar mais. Seu controle sobre Silas falhou, e, no meio do vazio, ele ouviu o corvo guinchar um breve chamado. O peso do véu o cercou. A pressão o vedou ali dentro, comprimindo-o. Viu pedras lisas expostas em um ângulo estranho diante dos olhos e sentiu o frio do chão sólido ao tomar consciência do corpo, e seu peito tentou arfar um único engasgo, crepitando a respiração. O véu desapareceu, seus olhos se abriram, e ele viu Bandermain parado perto dele, espada desembainhada, cercado pela luz de velas.

– Eu vi você morrer! – exclamou Bandermain, olhando-o como se ele tivesse acabado de sair da cova. – Você ficou morto durante horas! Sua pele estava fria!

A mão de Silas secretamente segurou o punhal roubado que estava em seu cinto. Seu corpo parecia um alienígena para ele, os dedos pesados e estranhos. Sentia a carne e os ossos agarrando-o como uma jaula de metal, e era um sacrifício se mover, mas até mesmo aquela sensação era melhor do que o vazio exaurido da meia-vida. Levantou-se, fazendo Bandermain recuar. O peito ainda formigava. O véu tinha curado o estrago que fora feito em seus pulmões, mas era só uma questão de tempo antes que a doença levasse seu corpo à iminência da morte outra vez. Conseguira algum tempo; agora precisava usá-lo.

Silas atacou antes que Bandermain tivesse tempo de reagir, cravando o punhal fundo em sua coxa e sacando sua espada, pronto para lutar. Bandermain rugiu de dor e arrancou a lâmina cheia de sangue da perna. Silas observou-o, esperando que reagisse, até que a confusão de Bandermain transbordou de ódio e agitou sua espada, metal contra metal, enquanto Silas se desviava do ataque.

Golpes e mais golpes eram trocados com as lâminas arranhando e batendo, os sons da batalha ressoando nas paredes enquanto Silas passava da defesa para o ataque. Sua espada era mais leve, rápida, e golpeou a pele de Bandermain vezes suficientes para extrair sangue e gemidos de ódio do inimigo, mas a batalha era mais equilibrada do que Silas imaginava. A fúria sangrenta de Bandermain o impulsionava, derramando cada gota de frustração em seus golpes, abastecendo-os com adrenalina e desespero selvagem enquanto sua doença o enfraquecia. A força e a habilidade de Silas fizeram com que ele tivesse sucesso ao enfrentar um oponente igual. Cada golpe era difícil de ser obtido, cada bloqueio era poderoso o suficiente para fazer seus ossos tremerem. Décadas de ódio entre o Continente e Albion brotaram entre os dois homens. Não importava por que estavam lutando, só que deviam lutar.

Silas podia sentir a energia do círculo enfraquecendo-o enquanto lutava, esgotando-o vagarosamente, exaurindo sua força enquanto a batalha continuava. Os frascos cheios de sangue brilhavam em seus cordões ao redor dele enquanto Bandermain atacava mais uma vez, ofegando e hesitando à medida que o sangue voltava aos seus lábios. Silas soube então que estava lutando contra o inimigo errado. Aqueles frascos foram usados em trabalhos de sangue. Ele tinha visto Da'ru tentar experiências similares durante seu trabalho para o Conselho Superior, usando a energia do sangue de uma pessoa para enfraquecer o corpo dela, prendendo seu espírito no véu ou retendo-a a um lugar. Bandermain e Silas eram igualmente indefesos sob a influência de Dalliah. Ela havia lançado sua armadilha e estava usando os dois.

Bandermain rugiu de ódio quando sua espada balançou para trás, preparando-se para um poderoso golpe. Silas previu isso, mas, em vez de bloquear a espada, esquivou-se para o lado, acertando um chute forte atrás da perna machucada de Bandermain. No momento em que ia dar o golpe, Bandermain perdeu o equilíbrio ao dobrar o joelho, a espada soltou-se de suas mãos, e ele caiu no chão. Silas ficou acima dele, apontando a espada em sua garganta, e Bandermain ergueu o olhar.

– Você não fará isso – disse ele, chiando com dificuldade para respirar. – Não vai arriscar irritá-la. Precisa de Dalliah tanto quanto eu.

– Você é uma sanguessuga – falou Silas. – Alimenta-se da habilidade dela com o véu, enquanto ela se alimenta de sua conexão com ele. Sem ela, você vai morrer. Ela não me deu nada.

– Você veio atrás de respostas, exatamente como ela disse que faria – comentou Bandermain. – Não vai jogar essa oportunidade fora.

– Você está derrotado – ameaçou Silas, apertando a lâmina contra a pele de Bandermain. – Sua vida agora me pertence.

– Não – retrucou Dalliah. – Ela é minha. – A porta que dava para o pátio se abriu, e ela já estava entrando. – Você é mais forte do que eu imaginava, Silas – disse. – O véu ainda deveria possuí-lo, mas logo virá reivindicá-lo novamente.

Silas já podia sentir o sangue afinando e os músculos começando a doer. Chutou a espada de Bandermain para longe e sacudiu a própria arma no ar, cortando os cordões que seguravam os frascos mais próximos dele, espatifando-os no chão. O sangue escorreu do vidro quebrado e espalhou-se de maneira assustadora em direção ao centro da sala.

– Quebre-os. Esmague-os. Não faz diferença – disse Dalliah. – Ainda assim posso usá-los.

Silas cortou mais cordões, fazendo chover vidro e sangue pela sala enquanto ainda lhe restavam forças.

– Quer sentir que está fazendo alguma coisa. Entendo isso – afirmou Dalliah. – Não quer admitir que não está mais no controle. Mas não sou sua inimiga, Silas. Esse sangue que a Guarda Sombria tirou de você, na verdade, não é seu. É tão bom quanto o sangue dos Winters agora. A essência de Kate vive em cada gota. Você fez bem em encontrá-la, mas não pode protegê-la de mim. Ela é tão escrava das forças do *Wintercraft* quanto você. O véu me mostrou o futuro dela. Você não pode deter o destino.

– Você não vai submetê-la a truques como este – disse Silas, agarrando um frasco e atirando-o ao chão. – Ela resistirá.

– Ela não resistiu a mim até agora – falou Dalliah. – O pensamento certo, a lembrança certa apresentada a ela no momento certo... ela já é minha. Você a entregou para mim, Silas. O elo de sangue entre você e Kate permitiu que eu influenciasse a mente dela. Kate não tinha defesa contra mim. Mesmo que estivesse tentando resistir, jamais teria sido suficiente. Ela não é igual aos outros de sua família. Ela confia com facilidade, e seu maior erro foi confiar em você um dia.

Silas deu um passo para trás, e o sangue empoçou ao redor de seus pés, espalhando-se dentro das ranhuras rasas no chão e traçando o esboço suave de uma caveira entalhada em uma pedra. Era tão suave que ele nem tinha notado o entalhe, até que o sangue preencheu as curvas como uma tinta derramada. Silas olhou com mais atenção para o piso ao redor e viu os esboços de mais entalhes: uma caveira, um pássaro, um lobo e uma chama, e sob seus pés havia um floco de neve, a antiga marca da família Winters. Eram exatamente os mesmos símbolos que foram encontrados nas rodas dos espíritos em Fume e, quanto mais ele olhava, mais encontrava, espalhados em uma espiral ao redor da sala.

– Kate protegeu bem o *Wintercraft* – disse Dalliah. – Ela o manteve perto de si e o estudou. Vocês entraram juntos no véu, e o sangue dela vive dentro de você. Experiências poderosas como essa criam vínculos tão inevitáveis quanto família e parentesco. Reconheci sua lealdade à garota muito antes de você. Você a deixou viver por um motivo. Sabia que a vida dela significava alguma coisa e sabe que o que estou fazendo é correto. Só se recusa a aceitar o fato.

A energia do véu vibrou no ar. Silas podia sentir Kate por perto.

– Seu trabalho terminou – disse Dalliah. – Agora permanecerá em silêncio. Esta sala o ajudará a fazer o que é certo. Ela está aqui para ajudá-lo, bem como ajudará Kate.

– Sei o que é esta sala – falou Silas. – É uma prisão.

Dalliah sorriu.

– Devia ter usado sua mente com mais frequência do que sua espada. Talvez assim não estivesse nesta situação. Ainda poderia estar livre.

– Não pode me prender aqui. Meu sangue não está vinculado ao seu. Somente Kate pode trabalhar em um círculo desta forma.

– E ela *está* trabalhando nele – contou Dalliah, tocando em um dos frascos de sangue remanescentes e fazendo-o balançar preso ao cordão. – Kate mal começou a entender o que o *Wintercraft* na verdade é. Eu manipulo a conexão dela com o véu da maneira que me convém. Ter seu sangue para poder trabalhar permite que eu abra os olhos dela para o coração do véu. Você olhou dentro da escuridão, Silas? Viu o lugar onde está seu espírito?

Dalliah arrancou o frasco do cordão e traçou uma linha de sangue em seus dedos. A última vez que Silas tinha visto alguém tentar trabalhar com sangue foi o dia em que seu espírito foi separado de seu corpo, mas aquilo era algo diferente. Os olhos de Silas ficaram com uma nuvem branca, e um bramido agudo penetrou em sua mente. Bandermain pôs-se de pé, observando com interesse enquanto Silas lutava para bloquear um som que somente ele podia ouvir. Era o bramido dos espectros perdidos; um grito de tormenta e desespero.

Silas conhecia aquele som. Passara os dois primeiros anos de sua nova vida ouvindo aquelas vozes todos os dias, abafando qualquer outro som e assombrando-o em seu sono. Tinha levado muito tempo para ignorá-los, até que por fim aprendeu a bloqueá-los quase completamente. As almas atadas tão profundamente ao véu estavam além do alcance de todos, menos dos Vagantes mais habilidosos. Eram as que estavam perdidas de verdade. Todas abandonadas, esquecidas e presas, sem esperança de serem libertadas para a vida ou a morte.

Os ecos da prisão de sua alma ainda exploravam a vida de Silas todos os dias. Agora Dalliah tinha usado o sangue dele para romper as barreiras que ele havia construído entre si mesmo e a verdade, abrindo a porta dentro de sua mente mais uma vez. Seu conhecimento daquele lugar lhe deu alguma defesa contra ele. Silas estava pronto para a onda de angústia, dor e desespero, mas Dalliah não estava trabalhando somente com o sangue dele, e em algum lugar dentro do véu ele ouviu Kate gritar.

O guarda de cabelos negros apertou a mão contra a boca de Kate, abafando o grito que começou no momento em que a carruagem passou ruidosamente pelas últimas ruelas de Grale. Estavam viajando por uma floresta escura e congelada, seguindo por um caminho tão estreito que os galhos batiam e arranhavam as janelas da carruagem que passava.

Edgar estava sentado do lado oposto de Kate, observando seus olhos enegrecidos voltarem a ficar brancos, trançando-se com as energias nebulosas do véu.

— O que está acontecendo com ela? — perguntou.

Kate agarrou a maçaneta da porta da carruagem, mas o guarda a segurou firme. Edgar nunca a tinha visto agir daquele jeito.

— Fomos avisados de que isso poderia acontecer — revelou o líder. — Vai passar.

— Como assim, "vai passar"? Não deveria estar acontecendo, para início de conversa — disse Edgar. — Olhe para ela!

— Vai passar — repetiu o líder. — Logo chegaremos lá.

— Kate!

Kate abriu os olhos, tremendo, e viu Edgar agachado a sua frente, segurando suas mãos gélidas. Os dois Guardas Sombrios o estavam observando, a atmosfera na carruagem estava pesada com ameaças, e por um momento foi difícil para ela dizer se ainda estava dentro do véu ou não.

— Você está bem — falou Edgar. — Você voltou. Está a salvo.

Nenhuma palavra surgiu em lugar algum perto do vácuo aterrorizante que a mente de Kate acabara de mostrar. O vácuo. A inércia. O nada. Ela já havia caminhado na meia-vida antes, mas mesmo aquilo não era nada comparado ao terror vazio do que acabara de ver. Era o pior tipo de prisão; uma prisão da mente e da alma, e ela nunca mais gostaria de ver nada parecido outra vez.

Silas era a única pessoa que nunca tinha conseguido atrair a mente de Kate para o véu contra a vontade dela, mas, desta vez, ela sabia que ele não era o único responsável. Ela podia sentir a sombra de uma mulher por perto, observando-a dentro do véu.

As árvores se separaram do lado de fora das janelas da carruagem, abrindo caminho para um muro alto de pedras interrompido por um par de portões abertos. A propriedade dentro daqueles muros estava repleta de morte; densa com as memórias de muitas vidas que foram terminadas cedo demais.

Kate olhou pela janela da carruagem enquanto as rodas chacoalhavam devagar sobre as pedras e viu uma casa grande do outro lado de um pátio largo. Reconheceu as torres gêmeas em forma de espiral, as janelas de tábuas pretas com luz de velas piscando atrás e a fria sensação de isolamento, como se nada existisse do lado de fora daquelas paredes.

O condutor puxou as rédeas, parando os cavalos na frente de uma pequena construção circular, ao lado de uma porta de ferro com vidro. Ele desceu primeiro e abriu a porta da carruagem, estendendo a mão para ajudar Kate a descer. Ela desceu em um pulo, sem a ajuda dele, e uma mulher surgiu das sombras ao lado da porta. Se não tivesse se adiantado para saudá-los, Kate teria acreditado que ela era uma estátua: parecia tão sem vida e inerte. Teve a mesma sensação que tinha sempre que ficava perto de Silas: a sensação de vazio e ameaça que só poderia vir de pessoas com a alma separada do corpo. A mulher apertou a mão manchada de sangue sobre o peito e curvou-se devagar.

– Bem-vinda, Kate – disse friamente. – Meu nome é Dalliah. Estava esperando para conhecê-la há muito, muito tempo.

20
Lâmina e garra

Agora que Kate podia ver a mulher com os próprios olhos, não tinha dúvidas de quem ela era. Era a pessoa que tinha visto em suas visões através da roda dos espíritos. Podia ser velha, mas, para alguém que devia estar viva havia séculos, não parecia muito diferente da mulher jovem que Kate tinha visto em suas visões do passado; a mulher que condenara tantos guardiões de ossos à morte. Tinha os mesmos olhos sarcásticos. A mesma aura de dominância e a sensação de sigilo que fez Kate achar que estava perdendo alguma coisa que fora colocada abertamente para que ela visse.

– Você conhecia os guardiões de ossos – falou ela, não se importando com o quanto suas palavras pareciam impossíveis. – Ordenou que matassem uns aos outros e prendessem suas almas nas rodas dos espíritos.

– Muito bem – disse Dalliah. – Poucas pessoas têm a mente aberta o suficiente para aceitar a verdade de minha existência durante nosso primeiro encontro. Até mesmo Silas estava incerto, e ele e eu somos muito parecidos.

– Você não é igual a ele – negou Kate.

– De alguma forma, claro, você tem razão. Silas estava cego para a verdade deste mundo antes de seus olhos serem abertos, ao passo que eu vi a verdade desde o princípio. O véu me mostrou todas as coisas. Tudo que foi e tudo que será. Você poderá ver o mesmo no seu devido tempo. – Dalliah estendeu a mão suja de sangue para Kate, que não a cumprimentou.

– Por que estamos aqui? – perguntou Edgar.

Dalliah olhou para ele como se um cachorro tivesse acabado de abrir a boca e falado.

– Estamos parados sobre a iminência de tudo – respondeu ela. – Estamos prestes a testemunhar o nascimento de um novo mundo. Tudo que aconteceu foi pré-ordenado, o futuro é o mesmo, e até você terá seu papel para atuar. – Dalliah afastou-se para o lado e apontou para a porta. – Por favor – disse. – Silas está nos esperando lá dentro.

Kate avançou, mas o líder da Guarda Sombria a segurou.

– Nosso trabalho está feito – falou ele. – Que notícias tem de Bandermain? Ele está vivo?

– Está perto de morrer – respondeu Dalliah. – Se tivessem demorado mais, duvido de que ele teria sobrevivido. Esta garota dará a ajuda de que ele precisa.

– Onde ele está?

A voz cansada de um homem veio de dentro da construção:

– Deixe-a entrar! – comandou a voz. – A garota. Agora!

O líder da Guarda Sombria entregou Kate imediatamente.

– Leve-a – ordenou ele. – Cumprimos nossa ordem. Acredito que será suficiente.

– Eu também – disse Dalliah. – Espere aqui com seus homens. Vocês dois, venham comigo.

Com três dos Guardiões Sombrios e Dalliah Grey em volta deles, Kate e Edgar não tiveram escolha a não ser atravessar a porta e enfrentar seja lá o que estivesse do outro lado. Kate foi primeiro, determinada a liderar o caminho. Podia sentir Silas por perto. O véu, que parecera fraco e instável desde que botara os pés no solo do Continente, arranhava seus sentidos, sua conexão com ele fortalecida a cada passo. Kate sabia como reconhecer um círculo de escuta quando sentia um, mas o que fora criado dentro daquela sala era algo diferente. Algo mais antigo, mais primitivo e infinitamente mais poderoso.

Ficou parada alguns passos depois da porta e viu os ossos alinhados nas paredes, os frascos pendurados e os entalhes levemente brilhantes no chão manchado de sangue que seus olhos sensíveis podiam ver muito bem à luz de velas. O ar estava denso com energia, mas não havia nenhum círculo de escuta ali, nenhuma meia-vida nem espectros. Aquilo era algo sobre o qual não tinha lido no *Wintercraft*.

Edgar estava ao seu lado.

– Isso é algo que eu nunca pensei que fosse ver – sussurrou ele.

Quando Kate viu para o que ele estava olhando, demorou alguns segundos para que sua mente entendesse. Silas estava deitado no chão do outro lado da sala, com um homem de casaco vermelho parado acima dele apontando a espada preto-azulada de Silas para o seu pescoço. Silas estava consciente, mas por pouco. Seus olhos estavam da cor de sangue quando os virou lentamente para encontrar os dela, e seu corpo estava inerte.

– Silas – disse Kate, a voz nervosa mal passava de um suspiro. Ela tentou atravessar a sala para chegar até ele, mas Edgar a segurou.

– Não, Kate – pediu, olhando para as paredes cobertas de ossos. – Tem alguma coisa errada aqui. Não... se mexa.

Kate viu uma centelha de aviso nos olhos de Silas e permaneceu parada, de punhos cerrados quando Dalliah ficou entre ela e Edgar.

– Bandermain, o que está fazendo? – indagou Dalliah.

O homem de casaco vermelho parecia quase tão doente quanto Silas. Estava segurando o peito com a mão livre, sua voz estava fraca e ofegante:

– Eu preciso saber – disse ele. – Preciso ter certeza.

– Ele não está mais aqui para satisfazer sua curiosidade – contou Dalliah. – Seus homens entregaram a garota. Você mereceu minha confiança. Está na hora de receber sua recompensa.

– Não. – Bandermain segurou firme a espada na garganta de Silas. – Se pode fazer isso com ele, o que a impedirá de fazer o mesmo comigo assim que eu estiver mudado? Olhe para ele. Você causou isso. A vida dele pode ser infinita, mas *isso* não é maneira de se viver.

– Meu tratamento com Silas é apenas uma precaução – falou Dalliah. – Ele é uma ameaça para mim. Você não.

– Mas eu *serei*. – A voz de Bandermain estava mais alta, e o esforço de falar o fez tossir forte. – Ninguém deveria ter tanto poder sobre outra vida.

– O que há de errado com ele? – perguntou Edgar, recuando alguns passos.

Bandermain virou a cabeça para olhá-lo, depois voltou com os lábios cheios de saliva em direção a Kate.

– Conheci Silas Dane muito antes de você e os da sua espécie colocarem as mãos nele – disse. – A vida de Silas era dele. Ele lutou e sangrou por seu país, e foi uma honra lutar contra ele. Agora basta uma bruxa para acabar com ele. Uma bruxa para envenenar a vida dele!

Dalliah avançou, puxando Kate com ela.

– Era isso que você queria – disse ela. – A garota está aqui. Não vire as costas para o que conquistamos juntos. Deixe Silas e aceite sua recompensa.

– Não terei prazer algum em tirar a vida de um inimigo desarmado – falou Bandermain. – Mas, se o que diz sobre Silas for verdade, ele sobreviverá. Caso contrário... devo saber até onde vai sua bruxaria. Um corte rápido no pescoço e segurarei a cabeça de Silas em minhas mãos. Vamos ver se ele ainda estará respirando depois disso. Vamos ver se esse sofrimento meu vale a pena.

Bandermain inclinou-se para a frente e ergueu Silas do chão, puxando-o pela camisa ensanguentada.

– Darei a você um fim honrado – disse, erguendo a lâmina escura acima do ombro. – Morto com um golpe de espada. Se sobreviver, aceitarei o caminho que me foi oferecido. Receberei este dom e recomeçarei minha vida. Enfrentar a morte, o inimigo final, e viver... vejamos se isso é realmente uma batalha que Silas Dane pode vencer.

Dalliah ficou olhando enquanto a espada era erguida, mas, em vez de dizer alguma coisa para deter Bandermain, pareceu interessada no que ele estava prestes a fazer. Queria ver o que ia acontecer a seguir.

– Não! – Kate e Edgar gritaram juntos quando a espada desceu em direção ao pescoço de Silas. Edgar virou o rosto, e Dalliah continuou com os olhos arregalados quando a espada tocou na pele dele. O que veio a seguir aconteceu em um único momento.

Os olhos doentes de Silas viram a lâmina arrebatadora. Agarrou a mão que segurava sua camisa e torceu-a com força, quebrando o punho de Bandermain e obrigando-o a soltá-lo. Silas caiu para trás, longe do alcance da espada, e Bandermain se esforçou para recuperar o equilíbrio quando o vidro da porta explodiu com uma rajada de penas pretas e estilhaços. O corvo de Silas passou por ela e caiu no chão, confuso e meio sem equilíbrio, as asas cheias de cacos de vidro. Suas garras arranharam as pedras e ele atacou, guinchando e batendo as asas sobre a cabeça abaixada de Edgar, em direção ao homem que atacava seu mestre.

Bandermain não viu o pássaro chegando, até que foi tarde demais. Usou a espada novamente, desesperado para dar um golpe mortal, mas Silas se esquivou e deu-lhe um soco forte na garganta, fazendo com que ele se curvasse e caísse. O corvo aproveitou a oportunidade e atacou o rosto de Bandermain com fúria total, usando o bico e as garras. A espada escorregou da mão dele ao tentar impedir que ela caísse, e Silas recuperou sua arma, pegando-a rapidamente enquanto ficava de pé. Bandermain gritava furioso enquanto o corvo arranhava seu rosto, mal conseguindo impedir que as bicadas atingissem seus olhos.

– Corvo – chamou Silas com a voz tranquila, e o pássaro o ouviu. Parou de atacar imediatamente e voou, desajeitado, até o ombro de seu dono, fora do alcance das mãos de Bandermain.

Bandermain encarou o pássaro com um olhar enlouquecido de fúria.

– Mantenha essa coisa imunda longe de mim – disse, tirando o punhal do cinto com a mão boa e girando-o nos dedos.

– Vá se acostumando a essa sensação – aconselhou Silas, olhando furioso para Bandermain enquanto contorcia o próprio pescoço de dor. – Quer saber como é viver a minha vida? Bom, agora a está vivendo. Durante semanas você permitiu que esta mulher o levasse ao limite da morte e o trouxesse de volta. Você teme a morte. Posso ver isso, mas o que ela lhe fez é uma crueldade muito maior do que simplesmente vê-lo morrer. Você é um homem torturado e nem mesmo enxerga isso. Acredita que minha vida é uma recompensa a ser dada por um trabalho bem-feito, mas ainda não sabe o verdadeiro significado de temer alguma coisa, Sentinela. Ninguém deveria viver como eu vivo. A ninguém deveria ser negada a morte que é sua por direito. Isso é crueldade. *Isso é dor.*

– Eu podia tê-lo matado – retrucou Bandermain. – Ninguém pode sobreviver ao ter a cabeça decepada. Nem mesmo você.

– Talvez um dia alguém ponha essa teoria na prática – falou Silas. – Mas não você, e não hoje. Você queria a vida. Eu sou a prova de que pode tê-la, mas ela não vem sem um preço. Ainda quer o que eu tenho? Quer examinar a corrente da morte e afastar-se dela para sempre?

Bandermain olhou para as pessoas ao redor e, tremendo, apontou o punhal para Kate.

– Você – disse ele. – Você pode me curar. Pode acabar com essa doença.

– Ela não pode curar essa doença – comentou Silas. – Ninguém pode.

– Ela *vai curar* – insistiu Bandermain.

Dalliah empurrou Kate para perto do homem doente, tão perto que ela sentia o cheiro de sangue em sua respiração.

– Ela pode não conseguir curá-lo – disse Dalliah –, mas pode *salvá-lo*. Você é um homem valioso, Sentinela. Vou precisar de você quando o véu ceder. Não permita que a morte o reivindique agora.

Bandermain parecia mais frágil a cada momento, até que mal teve forças para segurar o punhal, e, ao enfraquecer, Kate sentiu a energia na sala mudar. Silas também percebeu isso e, seja lá o que fosse, estava tendo um efeito direto em Bandermain. Kate não sabia o que fazer. Silas teve a chance de acabar com a vida dele, mas desistiu. Ela não sabia se Bandermain era mesmo um inimigo ou não, mas não podia ficar parada vendo um homem morrer sem tomar uma atitude.

– Deixe-me tentar – disse ela.

– Não – gritou Silas de repente. – Fique longe dele.

– A única coisa que Kate fará aqui é o que *eu* mandá-la fazer – retrucou Dalliah. – Não pode se dar o luxo de perder tempo com homens tolos, Kate. O véu está cedendo. Se ele não for aceitar o elo, não há nada que seu dom possa fazer por ele. Será uma pena vê-lo morrer assim. Esperava mais dele. Mas se é isso que ele deseja...

– Não! – Bandermain agarrou o braço de Kate com uma pegada fraca. – Faça – disse baixinho. – Deixe-me ter o que Silas tem. Deixe-me viver. Disseram que você podia fazer isso por mim. Eu não quero morrer assim.

A expressão de Bandermain era de loucura e terror. Kate tentou não olhar diretamente para ele e, em vez disso, olhou para Silas, que estava tentando não mostrar o quanto estava doente. Poucos minutos antes, Bandermain o atacara, mas era difícil separar quem era inimigo e quem era amigo naquela sala.

– Você está com o livro – disse Dalliah. – Sei que o *Wintercraft* está aqui. Ele dirá a você o que precisa fazer. Tudo que precisa é de uma lâmina.

– Pegue meu punhal. – Bandermain entregou-o a Kate, cabo primeiro, e, quando ela o pegou, segurou de propósito a mão machucada de Bandermain. Pôde sentir os músculos tremendo debaixo da pele e também o véu flutuando como uma aura prateada ao redor dele, esperando que a morte o carregasse para dentro de sua corrente. Ele não tinha muito tempo. Assim que o tocou, Bandermain começou a respirar melhor, e os arranhões das garras do corvo desapareceram de sua pele. Kate ouviu seu pulso quebrado estalar e voltar ao lugar, e Bandermain encarou aquilo como se fosse a coisa mais incrível que jamais viu.

Kate podia ver Silas questionando-a com o olhar, incerta de seu plano. Mas Kate não tinha um plano. O local onde estavam não tinha um círculo de escuta, mas aquilo não importava. Os círculos de escuta foram criados para canalizar o véu em lugares onde a barreira entre ele e o mundo dos vivos estivesse na parte mais fraca. No Continente, o véu estava tão longe que precisava ser atraído para um círculo, e não penetrado por um. Com todos aqueles corpos enterrados em sua propriedade, Dalliah tinha recriado sua própria versão em miniatura de Fume: um cemitério habitado pelas almas inquietas dos mortos. Kate podia sentir centenas daquelas almas se juntando ao seu redor, a presença delas latejando como olhos mirando em sua nuca. Cada uma delas estava ligada àquele lugar, ao sangue que havia sido derramando no solo e à lembrança de suas mortes ainda pairando sobre elas. Aquelas almas carregavam o véu com elas enquanto o espírito de Bandermain procurava a morte.

Kate entrou mais fundo no véu, deixando-o fluir por seus sentidos de maneira bem diferente do que sentira dentro de um círculo de escuta comum. O poder do que estava acontecendo naquele local fora do alcance da visão normal a impressionou. A luz de velas que brilhava de leve quando Kate chegou agora se revelava como uma mentira armada com cuidado, uma aparência criada por Dalliah para esconder o imenso redemoinho de energia destrutiva fermentando ali embaixo. Kate não sabia como não o sentira antes e tinha certeza de que, se Silas soubesse no que estava se metendo, jamais teria entrado naquela sala.

Abrir sua mente para o véu ali era como surgir com a cabeça na superfície de um rio calmo e ser puxada pela força esmagadora de uma cascata espumejante. Toda a extensão da energia atrativa do véu mergulhou e se espalhou ao seu redor; primitiva e desorganizada, original e selvagem. Os círculos de escuta foram construídos para canalizar aquelas energias; eles domavam o véu e permitiam que ele fosse manipulado de forma segura, mas aquele círculo simplesmente o trouxe à tona e o deixou bater contra suas pedras, com violência e descontrole. Kate se concentrou contra aquilo, defendendo-se do poder incrível de algo muito maior do que qualquer vida. O véu era um dos maiores segredos do mundo, um dos fios invisíveis que mantinham o mundo unido.

Parada ali, olhando direto no centro dele, podia ver que ele estava desmoronando.

As lembranças oscilavam na camada nebulosa que pairava em seus olhos, pertencentes aos vivos que estavam na sala, bem como à Guarda Sombria, que esperava pacientemente do lado de fora. Kate viu de relance a mente de todos ali, menos a de Dalliah. Depois viu Edgar, parado, tranquilo e desavisado das forças invisíveis fulminantes ao redor. Aos olhos de Edgar, aquela sala era igual a qualquer outra com paredes cobertas de ossos e entalhes sujos de sangue no chão, e, por um momento, ela o invejou. Ele não precisava ver o que ela podia ver. Não precisava lutar com o véu todos os dias e ser perseguido por algo que não conseguia controlar. Nem mesmo Silas conseguia ver a verdade sobre aquele lugar cuja influência afetava mais a ele e a Bandermain.

A energia corrente se arrastava pelo ar, tornando impossível para qualquer um, menos um Vagante, se conectar com o véu. Ela se movia rápido demais, infiltrando-se na terra, rejeitando as almas perdidas que ainda não estavam livres para passar para a morte e depois recuando em direção a Albion. Enquanto se movia, sua ausência deixava um vácuo no lugar, impedindo Silas e Dalliah de poderem curar e acelerando o progresso da doença de Bandermain. Kate nem mesmo conseguia começar a entender como Dalliah havia criado aquele lugar ou como conseguia ficar dentro dele com tanta calma, conduzindo diálogos como se nada estivesse acontecendo enquanto a sensação era de que o chão estava prestes a se abrir e destruir tudo.

– O espírito de Bandermain deve ficar atado ao meu – disse Dalliah, estendendo o braço para Kate. – O punhal.

Entregue-o a mim. – Kate entregou o punhal e observou-a passando a lâmina prateada na palma da mão duas vezes, deixando dois cortes profundos.

Bandermain caminhou com dificuldade até Kate, perdendo as forças.

– Agora a minha – falou ele enquanto Dalliah devolvia o punhal para Kate, e ele estendia a mão já com cicatrizes.

– Isso não pode ser desfeito – contou Kate. – Se eu fizer isso, nunca voltará a ser o que era. Nunca terá seu espírito de volta.

– Sim, sim. Eu sei de tudo isso – disse Bandermain, impaciente com as palavras. – Acabe logo com isso.

Kate hesitou naquele momento, permitindo que a lembrança de como Bandermain obtivera aquelas cicatrizes penetrasse em sua mente. Dalliah já havia tentado ligar a alma de Bandermain à dela duas vezes e falhara. O prateado da lâmina zuniu gentilmente enquanto a energia de Kate a percorria, pronta para fazer algo do qual ela sabia que poderia se arrepender de imediato.

– *Corte!* – ordenou Bandermain.

Kate abaixou o punhal apenas o suficiente para que ele sentisse que ela estava com sérias dúvidas.

– Você disse que ela faria isso! – gritou ele para Dalliah.

– Ela honrará nosso acordo – explicou Dalliah.

Silas cravou a ponta da espada no chão para ajudá-lo a se levantar.

– As coisas não são tão simples quanto pareciam ser, não é, Sentinela? – comentou.

– Quieto! – Bandermain olhou de relance para Edgar, que estava tentando, e falhando, chamar a atenção of Silas. Ele avançou, agarrou o pescoço do garoto e o segurou com uma chave de braço, fazendo com que perdesse o equilíbrio e não conseguisse fugir. Edgar agitou os braços, tentando se libertar, mas parou assim que outro punhal de Bandermain encontrou suas costas.

– É uma tarefa bem simples – disse Bandermain, ofegante, tentando recuperar o fôlego. – Faça agora, garota. Ou vou mostrar a você como se deve derramar sangue!

21
Perdido

O ódio de Bandermain transbordou dentro do véu, e Kate começou a perder o controle. Tudo que ela estava vendo e sentindo começou a se misturar; o véu, as lembranças, tudo que estava acontecendo naquela sala durante todo seu passado, presente e futuro, até que não tinha mais certeza do que estava acontecendo e do que não estava. A visão que a roda dos espíritos havia lhe mostrado dominou seus pensamentos. Nada fazia sentido. Sua cabeça estava partindo de dor, e então Dalliah surgiu ao seu lado, um rosto calmo no meio da escuridão crescente enquanto sua mente começava a se fechar, desesperada para escapar da confusão.

– Você é uma verdadeira Winters – falou Dalliah. – Sua conexão com o véu é tão forte que você é mais parecida com um espectro do que um dos vivos. Mas, como muitos de seus ancestrais, lhe falta a tenacidade para fazer as coisas.

– Ela não é uma de suas experiências – disse a voz de Silas.

— Mas vou usá-la, exatamente como você usou — retrucou Dalliah. — Nós dois aprendemos que, para alcançar qualquer coisa, devemos pegar o que queremos. Não finja que o que estou fazendo é indigno de você. Você fez muito pior.

— Mostrei-lhe o que ela era — disse Silas. — E foi tudo. Nada parecido com isto.

— E estou mostrando o que ela vai se tornar. Não há diferença.

Kate viu Silas caminhando em sua direção; uma sombra negra em contraste com a luz prateada do véu.

— Não interfira — ordenou Dalliah. — Você sabia o que ia acontecer. Não pode impedir agora.

Kate podia ouvir as palavras de Dalliah, mas também podia ouvir algo além sob elas; um sussurro deslizando pelo véu. Era a voz de Dalliah, mas parecia diferente, mais distante:

— *Bandermain pode nos ajudar a reparar o que foi separado* — murmurou ela. — *Salve a vida dele. Precisamos de sua força.*

Kate olhou para Edgar, completamente parado à mercê de Bandermain, e só queria que tudo parasse e que ganhasse tempo e espaço para pensar. Queria limpar a mente outra vez, mas mesmo no meio de toda a confusão havia uma coisa da qual tinha certeza absoluta. Mesmo que pudesse atar a alma de alguém, sabia que jamais poderia se obrigar a fazer aquilo, e essa certeza era mais do que ela havia tido para se dar conta do fato durante muito tempo.

— Não — falou em voz alta. — Não posso fazer isso. Não vou fazer isso.

O rosto doente de Bandermain ficou mais vermelho do que poderia ficar, contorcendo-se de ódio e decepção. E, apesar de Edgar estar assustado, ele sorriu, orgulhoso, para Kate, deixando-a saber que havia feito a coisa certa.

Mas Dalliah não se abalou com a recusa de Kate.

– Como saberá do que é capaz se não se testar? – perguntou. – Esta é a sua chance de se tornar mais do que simplesmente a garota que tornou a Noite das Almas real outra vez. Vou lhe mostrar como completar o trabalho que seus ancestrais começaram séculos antes de você nascer. Eles sabiam que este momento chegaria. O véu é fraco desde o início. Eles sabiam que um dia ele ia ceder e que haveria Vagantes aqui para ajudá-lo em sua trajetória. Os guardiões de ossos de Albion tiveram a chance de mostrar a todos a verdade sobre nosso mundo. Tiveram uma oportunidade e viraram as costas para ela. Você já revelou o véu para muitas mentes fechadas. Logo será capaz de mostrar a todos um lado da vida que eles jamais poderiam ter imaginado. Você é a única Vagante que consegui encontrar. Deveria haver muitos outros de nós aqui no final, mas a última parte do plano deve caber somente a nós. Precisamos de Bandermain e de seus homens para executar este plano.

– Não ligo para o seu plano – disse Kate.

– Os Dotados deviam ter deixado você entrar no véu desde o início – falou Dalliah. – Deviam ter ajudado você, em vez de impedi-la. Quer continuar negando quem você é? Ou quer aceitar?

– O que... está *acontecendo*? – perguntou Bandermain, esforçando-se para respirar. A morte estava perto. Kate não conseguia vê-la, mas podia senti-la, e ele também. Estava vindo atrás dele.

– Quieto! – Dalliah olhou, furiosa, para Bandermain, mas desta vez ele se recusou a se calar.

– Se ninguém aqui... está disposto a me ajudar – disse ele –, eu não vou... entrar na morte sozinho.

Em algum lugar dentro de si, Kate sabia o que estava por vir. A roda dos espíritos a havia prevenido, Bandermain já havia ameaçado fazer isso, mas, quando o momento por fim chegou, ela não podia aceitar que era real. A confusão do véu afastou-se de seus olhos quando ela se concentrou completamente em Edgar, cujo sorriso corajoso se transformou em choque e dor quando Bandermain enfiou o punhal nas costas dele.

Kate arregalou os olhos enquanto Bandermain tirava a lâmina ensanguentada e ficou parada em silêncio, aterrorizada, incapaz de reagir, enquanto ele empurrava Edgar, que caiu no chão. Silas gritou alguma coisa e foi em direção a Bandermain, mas era tarde demais. O punhal caiu da mão do assassino, e ele dobrou os joelhos, incapaz de falar e de respirar, quando a tísica pulmonar por fim reivindicou o que restava de sua vida.

– Kate! – Silas voltou-se para ela quando Bandermain se espatifou de olhos abertos no chão. – Saia daqui!

Mas Kate não conseguia se mexer. Estava olhando fixamente para Edgar caído inerte no chão. O sangue escorria pelos riscos de um pássaro entalhados na pedra, e seus olhos se encheram de lágrimas.

Alguma coisa se moveu no chão. Parecia que as pedras estavam reverberando para fora da mão sem vida de Bandermain, movendo-se em direção a Edgar. Kate sabia que não era um truque do véu, mas tinha de ser impossível. Silas arrancou uma vela do cordão pendurado no teto e jogou-a entre Edgar e as pedras rastejantes. A chama estalou e salpicou, e o chão em movimento mudou de direção, espalhando-se ao redor da fonte de calor. Somente então Kate realmente soube para o que estava olhando. As minúsculas bactérias que comeram os pulmões de Bandermain estavam saindo de seu corpo e se espalhando pelo chão à procura de um novo hospedeiro. O chão estava repleto delas, suas formas mínimas mal eram visíveis aos olhos, movendo-se no chão como uma nuvem de poeira.

Kate estendeu o braço, pegou três velas no teto e colocou-as na sua frente. Depois pegou mais duas e agarrou-as com firmeza, pronta para se proteger enquanto as criaturas se espalhavam.

– O corpo físico é tão frágil e fraco – disse Dalliah, parada ao seu lado. – Já devia saber que é na mente que está a verdadeira força.

– Calada! – gritou Kate, jogando outra vela enquanto as bactérias se espalhavam em sua direção. Precisava pegar Edgar.

Silas viu o que Kate estava fazendo, tirou do gancho uma das poucas lamparinas e jogou-a no meio da massa rastejante. O vidro se espatifou, o óleo se espalhou e as chamas ganharam vida, tostando as criaturas minúsculas antes que pudessem avançar mais. Silas jogou outra lamparina na direção de Edgar, ateando fogo na manga do casaco vermelho de Bandermain, e uma terceira quebrou aos pés de Kate, obrigando a garota a recuar, ficando longe das chamas que aumentavam.

– Pare! – esbravejou Kate quando Silas quebrou uma quarta lamparina perigosamente perto da cabeça de Edgar, fazendo com que cacos de vidro respingassem em seus cabelos negros. – Ele não está morto! Não pode estar morto!

A pele de Silas escorregava de suor. Entre a tísica pulmonar e Dalliah manipulando o véu, ele não conseguia pensar direito. O corvo batia as asas sem parar enquanto Silas ficava cada vez mais fraco, mas o corpo de Bandermain tinha de ser queimado. Nada mais importava além de garantir que a última daquelas criaturas estivesse morta.

Dalliah puxou Kate em direção à porta.

– Preste atenção – disse ela, sua voz entrando no ouvido de Kate feito veneno. – Enquanto você estiver viva, as pessoas ao seu redor sempre estarão em perigo. Você não quer isso. Posso ver que a dor de seu amigo a incomoda, mas não é forte o suficiente para ajudá-lo agora. Deixe-o e venha comigo, e vou ajudá-la a dar um fim a isso. Seu lugar não é mais ao lado dele, e sim ao meu lado. Vou lhe mostrar o caminho. Deixe-me ajudá-la. Deixe-nos fazer o que tem de ser feito.

Kate lutou para manter os olhos abertos enquanto as palavras de Dalliah penetravam em seu corpo, e suas bochechas estavam molhadas de lágrimas.

– Preciso ajudá-lo – disse ela. – Preciso trazê-lo de volta. Edgar! – Ela podia ouvir a voz de Dalliah no véu, sussurrando baixinho sob suas palavras. Viu o peito de Edgar subir e descer em sua respiração dolorosa, engasgando com a fumaça que começara a se espalhar ao redor da sala circular.

Silas caiu de joelhos, desejando ficar de pé, mas não tinha mais forças. Seja lá o que Dalliah estivesse fazendo, Kate sabia que a vida de todos estava em suas mãos. Ela era a única que podia parar aquilo tudo. Kate podia dar a Dalliah tudo que ela queria; só precisava dizer sim.

– Eu não podia vincular a alma daquele homem – disse ela. – Não era correto. Não podia fazer isso.

– Tudo pode ser superado – falou Dalliah com cuidado. – Nenhum plano recai sobre os ombros de somente uma pessoa. Não vamos sofrer demais pela perda dele.

Kate virou-se para encará-la.

– Vou com você – afirmou ela, secando firmemente as lágrimas. – Eu vou. Seja lá o que estiver errado com o véu, quero ajudá-la a endireitar.

– Não! – exclamou Silas com a voz rouca, mas ainda forte. – Ela está mentindo para você, Kate. Não lhe dê ouvidos.

– Seus ancestrais escreveram o *Wintercraft* para você – contou Dalliah. – Mas você não viu tudo que ele tem para ensiná-la. Há segredos em suas páginas que você nunca vai descobrir sem mim. Eu vou ensiná-la, e logo saberá tudo que sua família sabia; tudo que eu já sei. Não esconderei nada de você, Kate. Silas teve a época dele. Foi ele quem destruiu sua vida. Ele roubou tudo de você. Não permita que roube seu futuro também.

Enquanto Dalliah segurava sua mão, a mente de Kate começou a clarear outra vez. Ela começou a se sentir confortável e segura, e a presença de Dalliah lhe deu a sensação de pertencimento que não sentia há muito tempo.

– Venha comigo.

Kate permitiu que Dalliah a guiasse até a porta, afastando-se de Silas, longe de Edgar.

– É tarde demais para eles, mas seus espíritos não ficarão perdidos. Permanecerão ligados a este lugar, assim como todas as outras almas que colhi. É assim que deve ser. Pode confiar em mim, Kate. – A voz do véu ecoou as palavras de Dalliah: – *Confie em mim.*

Kate se viu concordando levemente com a cabeça. Dalliah passou com cuidado pelo piso cravado de símbolos, atravessou os entalhes que brilhavam com a luz do fogo e levou Kate para o meio da noite.

A Guarda Sombria e sua carruagem estavam esperando do lado de fora. Dalliah entregou Kate nas mãos do oficial, que a segurou com firmeza, impedindo-a de voltar para dentro.

– Onde está Bandermain? – perguntou ele. – A garota teve sucesso?

– Seu comandante está morto – respondeu Dalliah. – A culpa não é da garota. A doença dele estava muito avançada. Se a tivesse encontrado antes, ele teria tido mais chance.

O oficial fez sinal para que seus soldados investigassem. Um deles entrou no local cheio de fumaça, tapando a boca e o nariz com a manga, e saiu minutos depois.

– Três corpos – disse. – Sangue por todo lado.

– Corpos? – A voz de Kate era um sussurro. Ele estava enganado. Ele tinha de estar enganado.

– Seu comandante lutou até o último fôlego – explicou Dalliah. – Ele perdeu uma batalha, mas vai levar uma vitória muito maior para o túmulo. Ele acabou com a vida de Silas Dane. O Sentinela Bandermain é um herói.

O oficial da Guarda Sombria considerou as palavras de Dalliah e baixou a cabeça em respeito.

– Então devo agradecê-la por seu trabalho – disse ele. – Sua tentativa de salvar a vida dele não será esquecida. O nome de Bandermain viverá.

– Eu sei que sim – concordou Dalliah rapidamente. – Ele estava disposto a fazer o que devia ser feito pelo bem de seu país. Vai continuar o trabalho que planejamos juntos em honra ao nome dele?

O oficial fez posição de sentido.

– É claro.

– Ótimo. Então ordene a seus homens que queimem este local. Queimem a casa. Queimem tudo. Nosso plano permanece inalterado.

– Não pode fazer isso! Edgar está lá dentro! – Kate lutou para se libertar, mas os dois Guardiões Sombrios já estavam acendendo tochas e atravessando o pátio para atear fogo na casa principal. – Não! Esperem! – gritou ela. – Precisa tirá-los de lá! *Silas!* – Ninguém a estava ouvindo. Mil pensamentos estavam brigando por sua atenção de uma vez só, mas tudo que Kate via eram as chamas aumentando e a fumaça saindo pela porta da construção em cúpula enquanto Dalliah virava as costas para ela.

– Necessito de sua carruagem e de seu navio – disse ela.

– Sim, minha senhora. Meus homens vão ajudá-la em tudo que puderem.

– Vou precisar de cavalos e de um pássaro mensageiro assim que chegarmos à praia de Albion. Ainda tem homens posicionados dentro de Fume?

– Sim, minha senhora. Tudo está pronto.

– Então vamos começar.

O líder da Guarda Sombria obrigou Kate a entrar na carruagem, e ele e Dalliah subiram também, um de cada lado da garota enquanto a grande casa negra brilhava com o fogo em seu interior.

– Não podemos deixá-los assim!

Dalliah repousou a mão no pulso de Kate, a voz do véu deslizou por sua mente e ela sentiu que estava cedendo, vendo as janelas da casa sendo devoradas pelo fogo que se alastrava e ouvindo o crepitar da construção circular enquanto a madeira se partia e queimava.

– Edgar – murmurou Kate, mas o toque de Dalliah desacelerou seus pensamentos até ela não ter mais certeza de por que havia dito o nome dele. Não sabia por que estava chorando ou por que as chamas a faziam sentir um nó de medo no estômago.

Ficou observando pela janela da carruagem enquanto os dois Guardiões Sombrios voltavam, passando direto pela fumaça como se fossem fantasmas e subindo na carruagem para se sentar nos dois bancos da frente.

– Logo chegaremos à nossa terra natal – disse Dalliah, com a voz gentil e estranhamente tranquilizadora. – Já faz muitos anos que não ponho os pés em Albion. Desta vez, pretendo ficar.

Assim que os dois guardas subiram, bateram as rédeas e os cavalos logo passaram a trotar, levando a carruagem para longe das chamas que aumentavam. Pararam somente uma vez, para deixar o guarda de cabelos negros abrir os portões e subir de volta a bordo, e depois partiram, entrando no meio da floresta. Kate ficou vendo as árvores carregadas de pingentes de gelo reluzirem à luz do luar, as pontas transparentes brilhando como cristais quando a carruagem os sacudia, batendo neles e fazendo com que se espatifassem no chão congelado.

Assim que Dalliah atravessou o portão, sua conexão com a energia na construção circular foi rompida. As energias caíram, e Kate olhou para trás enquanto o fogo engolia tudo a distância até que só o que conseguia ver era o brilho das chamas.

– Não se preocupe com o passado – disse Dalliah. – Carregamos tudo que precisamos conosco aonde quer que formos. Não precisamos de mais nada. Não concorda?

– Sim – respondeu Kate, mas aquela palavra parecia estranha para ela. Sentiu como se estivesse esquecendo alguma coisa, mas não sabia mais o quê.

– Acelere os cavalos – ordenou Dalliah. O líder da Guarda Sombria passou a mensagem para o condutor, e Dalliah sorriu para Kate quando a floresta engoliu os prédios em chamas e ela por fim se afastou da janela. – Quero estar no mar quando o dia clarear.

22
Destino

Assim que a conexão de Dalliah com o círculo foi rompida, o espírito separado de Silas mergulhou de volta em seu corpo, e ele obrigou os olhos a se abrir. Estava deitado de lado, debaixo de uma camada grossa de fumaça escura, e alguma coisa estava bicando seu nariz. A luz do fogo reluziu de leve sobre as penas negras de seu corvo quando o pássaro tentou acordá-lo, e as chamas estavam devorando as paredes de madeira, deixando ossos espalhados e tostados no chão quando as cordas que os seguravam se queimaram e arrebentaram. Ali perto, o fogo se propagava devagar pelas roupas do corpo sem vida de Bandermain. O casaco vermelho estava totalmente em chamas, o rosto virado para uma forma escura estendida no chão.

Silas levantou-se devagar, o corpo aos poucos se recuperando à medida que ele o dominava. Testou os pulmões feridos e descobriu que a dor havia diminuído consideravelmente. Seu peito estava limpo. Seja qual fosse a influência que aquela sala tinha sobre ele, fora rompida com a ausência de Dalliah. Ela usara o poder do próprio sangue de Silas contra ele, que não sentia mais um único arranhão ou mordida enquanto respirava no meio da fumaça negra e quente. Os ferimentos que o levaram para dentro da escuridão da meia-vida eram apenas impressões... manifestações, mas pareciam bem reais. Se Silas tinha alguma dúvida sobre o tamanho do Dom de Dalliah, ela havia desaparecido naquele momento. Era uma mulher formidável. Ela o tinha derrotado com facilidade e esperava que seu corpo queimasse, deixando seu espírito separado do corpo perdido no véu pela eternidade.

Havia restado o suficiente da influência do véu dentro da sala para repelir os efeitos daninhos da fumaça, e Silas passou diretamente por ela, indo em direção à forma escura deitada ao lado de Bandermain. Passou pelo corpo do inimigo em chamas e se agachou ao lado de Edgar. O rapaz não se mexia. Silas ergueu um de seus braços, passou-o por cima do ombro e o carregou até a porta. Um chute forte foi o suficiente para arrancá-la das dobradiças, alimentando com mais ar o fogo no interior da sala.

Silas carregou Edgar até o pátio e viu a casa negra de Dalliah sendo devorada pelas chamas ao deitar o rapaz no chão.

– Aiiii... – Edgar gemeu e piscou os olhos. Silas abriu os olhos dele puxando as pálpebras com os polegares.

– Quantas de suas nove vidas ainda lhe restam, sr. Rill?

Edgar tossiu, fraco.

– Fique parado – pediu Silas, verificando com cuidado o ferimento da punhalada. – Você perdeu muito sangue. Posso estancar o sangramento, mas não posso curá-lo aqui. Parece que bateu com a cabeça quando caiu. Achei que estava morto.

– Onde está... Kate?

– Partiu – respondeu Silas, abrindo o casaco manchado de sangue de Edgar e rasgando tiras de tecido do colete dele.

– Dalliah a levou?

Silas apertou as tiras sobre o ferimento.

– O ferimento está limpo – observou. – Se o sangue coagular rápido o suficiente, você deve sobreviver.

– *Devo?*

– Temos preocupações mais importantes.

– Eu diria que isso é muito importante! Ai!

– Vou encontrar Kate. Você fique aqui.

– Estou bem! – mentiu Edgar, tentando se levantar. – Consigo andar.

– Adeus, sr. Rill.

– O quê? Espere!

Silas deixou Edgar no chão e caminhou em passos largos pela fumaça em direção ao portão aberto.

– Silas?

Os gritos de Edgar ecoaram pela propriedade de Dalliah. Silas ignorou-o. O garoto não era importante. Só o que importava era alcançar Kate antes que Dalliah a levasse para o mar.

Suas botas socavam os pedregulhos, levando-o para o lado de fora dos portões, onde ele parou e procurou algo que esperava ainda estar lá. Um movimento à direita o fez se virar, e um olho grande piscou para ele no meio da escuridão. O cavalo que ele havia roubado dos estábulos em Grale estava parado calmamente no meio das árvores. Seu corvo voou, batendo as asas no meio dos galhos acima da cabeça de Silas enquanto ele ia em direção ao animal e acariciava seu focinho largo.

– Uma fera destemida – disse. – Eu estava certo. – O toque de Silas acalmou o cavalo, e ele montou devagar no lombo do animal. – Chega de destino – acrescentou, guiando o cavalo rapidamente para o caminho.

O vulto de um par de árvores mortas gradualmente foi aparecendo sobre ele enquanto cavalgava em direção ao cruzamento que o levaria de volta a Grale. A cidade ficava ao norte, a casa de Dalliah ao leste. Ele ainda tinha tempo. Só precisava cavalgar... mas seu pensamento se voltou para Edgar: um homem ferido, deixado sangrando e sozinho em terras inimigas. O cavalo deu a ele uma vantagem. Deu a ele velocidade. Não importava o que mais estava em jogo, sua consciência não o deixaria abandonar o garoto ferido.

Edgar ouviu o eco de galopes ressoando no chão e piscou os olhos na escuridão, meio que esperando que a Guarda Sombria tivesse enviado alguém de volta para acabar com ele. Uma grande fera surgiu feito um raio em sua direção. Conseguiu se levantar, mas o ferimento do punhal queimava, e sua cabeça ficou zonza. Fizera o melhor possível. Tentara ajudar Kate e, se ia morrer ali, pelo menos morreria de pé, sabendo que não poderia ter feito mais nada. Então o cavaleiro puxou o cavalo para diminuir a velocidade e circulou o rapaz, estendendo o braço para que ele o segurasse.

– Pode estar incapacitado de correr, sr. Rill – disse Silas –, mas pode cavalgar.

Edgar não conseguia acreditar no que estava vendo. Estendeu o braço e segurou a mão de Silas, deixando-o puxá-lo para subir no cavalo.

– Segure firme – pediu Silas, e Edgar agarrou com força o cinto do casaco de couro de Silas.

O cavalo voltou em direção à floresta e partiu a galope, acelerando no caminho através das árvores. A maior parte da estrada para Grale era uma descida, e, em alguns pontos onde as árvores eram mais frágeis e o caminho ia em direção ao oeste, Silas conseguiu ver relances do luar brilhando sobre a superfície do mar. A carruagem de Dalliah teve uma vantagem inicial, mas seu cavalo estava bem descansado, e seu galope ressoava na terra com um ritmo trovejante. O caminho mudou de sentido abruptamente entre as árvores e o cavalo acelerou, encontrando velocidade extra sendo guiado por Silas na descida.

O céu clareou em uma manhã cheia de neblina. O cavalo foi ficando mais lento, até caminhar em um ritmo uniforme, mas, quando chegaram aos arredores de Grale, a carruagem de Dalliah ainda não estava à vista. Silas sabia que a Guarda Sombria estaria vigiando as estradas principais até a cidade, então pegou um atalho pela floresta, mergulhando o cavalo nas árvores, saindo nas ruelas de Grale.

A pegada de Edgar foi enfraquecendo enquanto atravessavam a ponte do rio em direção ao cais, até que seus dedos escorregaram completamente ao passarem por uma curva fechada, e Silas teve de segurar o braço dele, impedindo que o garoto caísse. Não podia diminuir a velocidade do cavalo, mas Edgar estava inconsciente. Seu estado era muito pior do que Silas imaginara. O cais não era longe. Podia segurar Edgar até lá, mas, se ele morresse antes de chegarem, o atraso que teve ao voltar para salvá-lo teria sido em vão.

Atrás de Silas, ao longe, colunas de fumaça e fogo subiam ao céu vindo da casa em chamas de Dalliah. Ele procurou o corvo e o viu sobrevoando no alto, na mesma velocidade do cavalo. Desceu perto o suficiente para ouvir Silas falar:

– Siga a garota – disse. – Não saia do lado dela.

Edgar estava escorregando do cavalo, e Silas precisava fazer uma escolha. Parar e ajudá-lo ou deixá-lo cair. O corvo sobrevoou os telhados, indo em direção ao navio cujas velas já estavam sendo içadas. A carruagem devia ter chegado ao cais, mas o navio não partiria imediatamente. Ainda havia tempo.

Ele parou o cavalo, desceu Edgar até o chão e ficou ao seu lado. A respiração era fraca, e as costas estavam encharcadas de sangue.

– Esta não é a melhor hora para você morrer. – Silas olhou para o navio enquanto rolava Edgar para colocá-lo de lado, e seus dedos formigaram de frio quando o véu desceu sobre eles, preparando-se para levar Edgar para a morte. Pressionou a mão no pescoço de Edgar, tentando canalizar o pouco de energia que conseguia alcançar para ajudar a curar o ferimento. Nada aconteceu. O véu estava muito fraco, sua conexão com ele era pouca e estava desaparecendo.

Silas tentou se concentrar, mas estava muito distraído. Podia deixar o garoto e ir para o navio antes que ele zarpasse. Edgar já estava morto mesmo. Nada seria perdido. Deixá-lo partir seria o mais sensato a fazer, ele só precisava se afastar. No entanto, continuou com a mão no pescoço de Edgar, amaldiçoando a fraqueza do garoto enquanto respirava; sua impaciência crescia a cada segundo que o corpo dele permanecia inerte. Então, por fim, o véu respondeu. O sangue no ferimento de Edgar começou a coagular, e a carne foi se fechando lentamente. O corpo de Edgar tremeu, o peito começou a se mover, e o pulso acelerou até chegar a um ritmo regular.

Silas segurou os ombros de Edgar.

– Está me ouvindo? – perguntou. – Pode se mexer?

Edgar abriu os olhos. Sua força estava voltando, quando um sino bateu no cais e o navio da Guarda Sombria começou a sair para o alto-mar. Silas olhou em direção ao oceano. Era tarde demais.

– Onde está o navio? – perguntou Edgar.

– Onde ele *está*? – Silas se esforçou para conter a raiva enquanto o navio virava para oeste. – Está lá! – exclamou, apontando para as velas em movimento. – Onde deveríamos estar!

– Ele partiu?

– Devia ter deixado você morrer. Já estava morto mesmo. Nunca devia ter voltado para buscá-lo!

– Não guarde nada – disse Edgar. – Simplesmente diga o que sente. – Os trapos ensanguentados tinham caído de suas costas, o sangue havia parado e o ferimento estava curando. – Não pedi que voltasse para me salvar. Queria que partisse e encontrasse Kate.

– Eu poderia ter alcançado o navio – falou Silas. – Podia tê-la detido. Se você não fosse tão fraco, isso poderia estar acabado.

– Não me culpe por isso! – gritou Edgar. – Eu estava muito feliz morrendo no lombo daquele cavalo antes de você decidir ajudar. – Baixou a voz um pouco: – Obrigado por tudo.

Silas olhou furioso para ele.

– Eu devia matá-lo – disse. – Você tem ideia do que Dalliah vai fazer com Kate? Sabe o que vai acontecer se conseguirem fazer o véu ceder?

– Isso não vai acontecer. Kate não faria uma coisa dessas.

– Kate não sabe o que está fazendo! Não mais.

– Se parasse de gritar e pensasse nisso por um segundo...

As lanternas do navio da Guarda Sombria foram acendendo uma a uma enquanto ele penetrava cada vez mais na escuridão, com um ponto negro que era o corvo de Silas seguindo-o com obediência. As mãos de Silas cerraram, e Edgar falou baixinho:

– Só estou falando: até onde podem ir? – perguntou, apontando para o mar. – Eles estão bem ali. Se quisesse fazer alguma coisa com o véu, aonde você iria?

– Fume – respondeu Silas imediatamente.

– Está dizendo que nesta cidade inteira não há uma pessoa que tenha um barco para nós alugarmos? Isso não pode estar acabado. Fui apunhalado, ameaçado, perseguido e quase morri bem ali. Agora estou preso aqui com você, e o Continente está planejando invadir Albion. Você pode querer ficar aqui e se sentir derrotado por tudo isso, mas eu não vou deixar o oceano me impedir de ajudar Kate. Se eu tiver de atravessá-lo inteiro a nado, é o que farei!

Silas sorriu de forma irônica.

– Mas um barco seria mais fácil – disse ele.

– Então vamos achar um e dar o fora daqui!

Silas olhou para Edgar.

– Os guardas teriam gostado de você. Teria sido um ótimo recruta.

– Obrigado... eu acho.

– Se insiste em ficar vivo, ao menos pode ser útil – falou Silas. – Venda o cavalo, rápido. Temos de atravessar o oceano.

Kate ficou no convés do navio da Guarda Sombria, olhando para o Continente enquanto a terra aos poucos desaparecia. Dalliah estava ocupada dando as ordens finais à tripulação, e as grandes velas sacudiam acima delas, levando-as de volta através do mar gélido para as praias de Albion.

– Logo você estará em casa. – Dalliah havia parado ao lado de Kate. – Vai se sentir melhor assim que nos aproximarmos de Albion. O véu vai lhe dar as boas-vindas outra vez, e qualquer confusão que estiver sentindo passará.

Kate não disse nada.

– Fume não é o que você acredita ser – disse Dalliah. – Ela nunca se destinou a ser uma cidade e nunca foi um lugar para o repouso de carne e ossos. Seu propósito é muito maior que esse. O *Wintercraft* abrirá seus olhos. Ele revelará a você a verdade que se encontra embaixo das pedras, exatamente como era para ser. O círculo que você abriu na Noite das Almas foi apenas a primeira chave de uma fechadura muito mais poderosa. Cabe a você abrir as outras. Está me entendendo, Kate?

Kate olhou para Dalliah, seus olhos prateados refletindo a luz do luar.

– Ótimo. – Dalliah virou-a de costas para o oceano e a guiou em direção à cabine, na parte de trás do navio. – Deve descansar agora. E tente não pensar em nada que aconteceu antes de hoje. Em breve, nada disso terá importância.

Kate entrou sozinha na cabine, e Dalliah trancou a porta. O *Wintercraft* pesava dentro de seu casaco. Ela tirou o livro, sentou-se na cama estreita e colocou-o ao seu lado. Só de tocar sua capa, sua cabeça ficou mais clara, mas as sensações indistintas não passaram completamente. Ela o carregou até a minúscula janela da cabine e abriu o vidro, protegendo-se com os braços contra o jato de vento gélido enquanto olhava para trás, para o Continente, incapaz de deixar de sentir que estava deixando alguma coisa importante para trás.

Algo do lado de fora da janela chamou sua atenção: uma forma negra flutuando sobre as ondas. Kate olhou mais atentamente. Havia um pássaro lá fora. Um corvo, vigiando o navio, com partículas de gelo salpicadas no bico. O corvo olhou para ela e gritou uma vez antes de baixar a cabeça e continuar o voo, tranquilo.

– Silas – disse ela em voz baixa, mas não conseguia se lembrar por que o nome era importante. Sempre que tentava se concentrar, as lembranças fugiam.

Observou o corvo durante um tempo enquanto o navio cortava rapidamente as ondas congeladas, mas alguma coisa em sua presença fez com que se sentisse vazia por dentro. Por fim, fechou a janela e deitou-se ao lado do livro, tentando adormecer.

O mundo fora da cabine estava frio, o mar, escuro e vazio, enquanto fantasmas de gelo vagueavam em segredo ao lado da janela no meio da noite. Kate sonhou com fogo, punhais e sangue, seu espírito preso em um lugar escuro criado por Dalliah para manter seus pensamentos trancados. Os sonhos não eram suficientes para ajudá-la a se libertar das lembranças que estavam seladas em sua mente. Estava cansada demais e não confiava mais nos próprios pensamentos. Tudo que sabia com certeza era o que Dalliah havia lhe dito. O navio a estava levando em direção ao destino reservado para ela havia muito tempo por seus ancestrais. Tinha uma responsabilidade a defender. Sabia que tinha um trabalho importante a fazer e não daria as costas para ele. Não decepcionaria sua família.

Aquele pensamento fez companhia a Kate durante a longa jornada, e ela abraçou o livro junto do corpo até que o sol começou a nascer no mar. Não viu o corvo pousar na beirada de sua janela nem o ouviu batendo no vidro. Dalliah havia colocado sua mente à mercê do véu, e lá fora no oceano Kate sentia apenas que estava completamente só e impotente.

Impresso na Gráfica JPA Ltda., Rio de Janeiro – RJ.